致命干预

吴楚 | 著

作家出版社

图书在版编目（CIP）数据

致命干预 / 吴楚著. -- 北京：作家出版社，2021. 8
ISBN 978-7-5212-1398-0

Ⅰ . ①致… Ⅱ . ①吴… Ⅲ. ①长篇小说 – 中国 – 当代
Ⅳ . ①I247.5

中国版本图书馆CIP数据核字（2021）第065253号

致命干预

作　　者：吴　楚
责任编辑：杨兵兵
装帧设计：老　左
出版发行：作家出版社有限公司
社　　址：北京农展馆南里10号　　邮　　编：100125
电话传真：86-10-65067186（发行中心及邮购部）
　　　　　86-10-65004079（总编室）
E-mail:zuojia@zuojia.net.cn
http://www.zuojiachubanshe.com
印　　刷：唐山嘉德印刷有限公司
成品尺寸：145×210
字　　数：254千
印　　张：11.5
版　　次：2021年8月第1版
印　　次：2021年8月第1次印刷
ISBN　978-7-5212-1398-0
定　　价：48.00元

《致命干预》的创作理念，源自手机上收到的越来越多的令我毛骨悚然的"精准广告"，广告的内容、措辞证明："他们"知道我的经济状况、健康隐患、情感状态和生活习惯，甚至，比我自己还了解我自己。

无处不在的智能设备每时每刻都在出卖用户的隐私数据，拥有这些数据的人，既然可以"谋财"，或许也可以"害命"。

《致命干预》完本于2019年，当时我对作品的定义是"七分悬疑三分科幻"，但如今，我认为当初"科幻"元素有很大一部分已成为现实。

谨在此感谢对作品提出宝贵修改、指正意见的运河文学艺术研究院。

作品前传《未来之罪》也将于近日出版。

目 录

contents

楔　子

5月18日，早晨6点59分。

云城国际马拉松是这座古城一年一度的运动盛宴，马拉松起跑点位于古运河畔的龙口古渡。虽说已是初夏，但晨风依旧裹挟着寒意，为保证赛事的圆满举行，前一晚进行了人工降雨，如今一夜过去，赛道两侧的绿植上依旧缀满水珠，在初阳的照耀下分外青翠欲滴。

王鸿儒低头扫了一眼胸前的号码，6888，这是他专程找体育局周局长搞到的"吉号"。王鸿儒是云城第一中学的校长，在常人看来也算"身居高位"，但他心知肚明，自己能要到这号码，唯一的原因是：周局长的儿子周小鸣正在他的学校读高二。一想起周小鸣，王鸿儒又开始头疼起来，这周小鸣可不是个好伺候的主儿，平时没少在学校惹事。上学期期末，周小鸣瞄上个高一的小太妹，居然在晚自习期间，在教学楼下搞了场灯光示爱，全校轰动。最后还是王鸿儒在党委会上力排众议，给了个不痛不痒的严重警告才算了事。谁知这还没完，就在前一阵，周局长居然私下找到王鸿儒，暗示他想个办法，劝退那个小太妹，以免影响周小鸣学习。

学习？那小子学个屁！

当然，这话只能烂肚子里。王鸿儒当场答应得痛快，但事后仔细琢磨，不免有些犯难。虽说那小太妹也不是啥善茬，抽烟喝酒逃课泡吧，黑材料一抓一把，但他王鸿儒好歹是一校之长，若是亲自过问一小太妹的私生活，未免太掉份儿了一点。而那小太妹的班主任，偏偏又跟他不太对付……

一个清脆的女声打断了王鸿儒的思索：起跑倒计时一分钟。

人群出现一阵轻微的骚动，一些人开始向前挤，以求跟起跑线拉近几米、十几米距离。王鸿儒也身处一股涌动的人流里，被十多个小年轻裹挟在中间，身不由己地向前挪动。

挤个屁啊！就算让你先跑10公里，你能跑赢那些主办方花钱请来的老黑？！王鸿儒暗自咒骂了一句。不过很快，这份拥挤带来的不快就因一个插曲消散得无影无踪，不知何时，王鸿儒被挤到了一个年轻女孩身后，女孩梳着整齐的马尾辫，皮肤白皙，运动短裤下的双腿好像白杨树一样修长挺拔。由于人群太挤，王鸿儒整个身体几乎贴在女孩凹凸有致的躯体上，鼻窍处传来的青春气息让他不由得心猿意马起来。

王鸿儒有些眩晕，原本清醒的大脑似乎有些缺血。

跟我没关系，是后面人挤我的，王鸿儒理直气壮地想。

砰，发令枪响了。

王鸿儒跟在少女身后跑了出去，他今年五十一岁，由于近年来坚持锻炼，身材在他这个年龄段称得上优秀，外加儒雅的气质、不俗的谈吐，在不少异性眼里，无疑是个颇具魅力的文艺"大叔"。当跑到1公里时，王鸿儒追上了前面的女孩，两人齐肩奔跑了三五秒，女孩的侧脸十分精致，鼻梁小巧高挺，很有点电视明星的感觉。"窈窕淑女，君子好逑。"王鸿儒默念了两句诗，但毕竟不好意思和女孩长时间同跑，于是再度加快脚步，将女孩甩在身后。

半分钟后，异变陡生。

毫无征兆地，一股强烈的眩晕感席卷了脑海，王鸿儒眼前一黑，踉跄了两步，脑壳里嗡嗡作响。

"我怎么了？"王鸿儒赶紧减速，同时用力呼吸，呼哧、呼哧、呼哧……当呼吸到第三下时，眩晕感渐渐减弱，大脑重归清明。"难道是昨晚喝了酒，又或是没睡好的缘故？"王鸿儒心想。

"算了，毕竟年纪不饶人，还是慢点好了。"王鸿儒调整脚步，以低一挡的配速匀速前进。半分钟后，此前被超过的女孩追了上来，这一次，她好奇地看了王鸿儒一眼，目光在他胸前的"6888"上停留了两秒。

王鸿儒挺了挺胸口，仅剩的一点不适感也消失得无影无踪，荷尔蒙的魔力让双腿再度焕发青春。他再度加速，很快便超过起跑时的速度，甚至超过了这两三年夜跑的最快配速，很快，王鸿儒再次超过了少女，并将一个又一个年轻人甩在身后。2公里、3公里、4公里，迷你马拉松（5公里）终点，那株被视为城市标志的千年古槐出现在视野远方，王鸿儒瞥了一眼路边的计时器，7点19分，这是他五十岁生日后，最出色的4公里成绩了，王鸿儒深呼吸了一口，正准备开始最后的冲刺，异变再度发生了。

又一次，眩晕感毫无征兆地袭入脑海，而且，比前一次强烈了好几倍，仿佛滔天巨浪般，瞬间剥夺了他的五感。惯性驱动着身体继续前进，但小脑已完全失去对平衡的控制。王鸿儒右脚一软，险些摔倒在湿润的路面上。

"到底怎么了?"王鸿儒不敢再逞能,他勉力站稳身体,走到路边的绿化带,找了一处相对干净的地方,缓缓坐了下来。这一次,眩晕感并没有像起跑时那样转瞬即逝,也没有像上次那般迅速减退,相反,好像连绵不绝的潮水,一波波冲击脑海。他的呼吸越来越沉重,心跳越来越急促,思维则变得无比迟钝,好像喝醉了酒一样。

　　"难不成是低血糖的毛病犯了?"想到这一点后,王鸿儒心头反倒安定了几分,这是跟了他十多年的老毛病了,尽管这几年通过锻炼有所改善,但在上衣口袋里,还是习惯性地备着三五粒软糖,以应对不时之需。王鸿儒抬起颤抖的右手,往胸前的口袋摸去,然而下一秒,指尖的触感让他一下子如坠冰窟。

　　今天跑马拉松,王鸿儒换了崭新的赛事专用运动服,为了轻装上阵,出门时只拿了一张20块钱的纸币,用于来回打车,如今,这张20元纸币已经变成了一张10元纸币与一卷出租车发票——王鸿儒并不死心,用两根颤抖的手指,将口袋里的所有东西都翻了出来。

　　叮,一个薄薄的、闪烁着金属光芒的物件从一卷出租车发票中滑了出来,这是一个普通的易拉罐拉环,上面印着"再来一罐"的字样,拉环落在水泥地面上,发出一声弱不可闻的脆响。王鸿儒并没有注意到这声细响,只是继续在口袋深处翻找那几粒并不存在的软糖。

　　十秒钟后,王鸿儒放弃了,他将车票、纸币捏在手上,抬头四顾,前方200米左右有一个挂着红十字旗帜的服务站,但王鸿儒并不认为自己已危重到需要医疗救助的地步,于是艰难地扭过头,继续在附近寻找目标:这一次,他很快就找到了——在身后约50米的路边,立着一个不大的报亭,门口的冰箱里整整齐齐地码了两排饮料，在阳光的照耀下，反射出生命的光芒。

王鸿儒用尽全身力气，挪到两三米外的隔离护栏边缘，隔着护栏，对一个穿志愿者服装的大学生说："帮个忙，去那边买一瓶可乐给我。"

大学生疑惑地看了王鸿儒一眼，接过纸币，转身往报亭走去。此时王鸿儒的虚脱感更强了，双脚好像踩在棉花糖上一样，再也无法支撑身体的重量，靠在护栏上的身体缓缓下滑，最终跌坐在冰凉的路面上。

"你怎么了？"一位好心的中年跑者觉察到王鸿儒的异样，放缓脚步，走了过来。

王鸿儒喉管翻滚了两下，挤出一丝微弱的音节："感觉像……低血糖犯了。"

那位大学生此时刚刚买到可乐，一回头，瞧见王鸿儒这番模样，双手一哆嗦，可乐摔在地上，滴溜溜滚出去好远。他赶紧捡起可乐，一路小跑到王鸿儒身边，拧开，送到嘴边，此时王鸿儒脸上已没剩多少血色了，第一口可乐下肚，他便剧烈咳嗽起来，黑褐色的液体溅得满身都是，当喝到一半时，一旁的中年人忽然大叫起来："这是无糖可乐，赶紧去重买一瓶。"

大学生愣了片刻，小声说了句"对不起"，撒开腿再次奔向报亭，这一回，他几乎用上了百米冲刺的速度。然而，喝完一瓶含糖可乐后，王鸿儒依旧没有好转。鼻腔里的气息越来越微弱，脸色越来越苍白。这变故让不少跑者都停下了脚步，四周的围观群众也渐渐聚拢过来。大约半分钟后，一个之前在护栏外直播马拉松赛事的摄像记者也走了过来。

其实，早在王鸿儒跟跄走到路边时，这名记者便注意到了这个插曲，并第一时间将摄像机镜头对准了他。此刻见事态升级，王鸿儒又被一群人包围，他便将摄像机从三脚架移到了肩膀上，快步走了过来。记者的模样很年轻，但挺有职业道德，他并没有采访任何问题，只是站在两三米外，真实客观地记录下一切。很快，这记者意识到了什么，大声问："有人打120了吗？"

"打过了！"

"这里有人懂急救吗？"

众人面面相觑。

记者摇了摇头，这情况他也帮不上忙，唯一能做的，也只能是聚精会神地专注拍摄了。王鸿儒有些恼怒，自己毕竟也是有头有脸的人物，如果以"这种方式"上电视，对个人形象显然会造成负面影响。"你，你别拍。"这微弱的声音还没传到对方耳中便被鼎沸的人声淹没了，王鸿儒想摇手示意，然而直到这一刻，他才惊恐地发现，自己竟然连举起右手的力气都没有了，生机正以可怕的速度从躯体中消逝，又过了七八秒，他发现，眼前的人影也变得模糊起来，好像对焦失败的照片。

王鸿儒彻底放弃了形象，他呻吟着，叫出"救命"二字。人群发出一阵骚动，围观者纷纷露出爱莫能助的表情。

两分钟后，一个三十来岁的女护士从前面的医疗点跑了过来，她跑得很快，怀里还抱着一个一尺见方的医药箱，等跑到王鸿儒身边时已累得上气不接下气，但她顾不上喘息，打开医疗箱，用最快速度给王鸿儒量血压，掐人中。"你怎么了？""你有心脏病？""身上带药了吗？"只是此刻王鸿儒已虚弱到没有力气回答任何一个问题了，他嘴唇翕动，只吐出几个含混不清的音节："救，救我……"

"你不要紧张，到底什么情况？"

"我……我……"最后一丝清明消失前，一个强烈的念头忽然出现在脑海中，王鸿儒用尽全身的力气，伸出右手拇指，颤抖着指向胸前的口袋。

"你口袋里有药？"护士脸色一喜，然而这表情须臾之后便就消失得无影无踪，除了一卷打车票外，口袋里空空如也。

"不，不是……"这是王鸿儒在世间留下的最后一句话，说完这句话后，他脑袋一歪，彻底晕死过去。护士眼看情形不对，赶紧俯下身，给王鸿儒做人工呼吸与心肺按压。又过了四五分钟，一辆"云城马拉松急救专用车"驶至现场，两名医生跳下车，摸了摸王鸿儒的脉搏，撑开眼皮看了看瞳孔。"上车，准备心肺复苏。"一位医生大喊，而另一名医生则摇了摇头，他心知肚明，接下来他们所做的一切，都是为了将新闻报道中的"当场死亡"，变为"经抢救无效死亡"的表面文章罢了。

上 部

连环死亡

第一章　邂逅

7月3日，早晨8点50分。

杜宇是怀着一种矛盾的心情走进小区门口的城市书屋的，往日这个时间，他要么在办公室开选题会，要么已坐上采访车，准备开始一天的采访。然而大前天晚上，他的直属领导忽然在电话里说了一句："这几天不用来上班了，爱干啥干啥吧。"

杜宇双手一哆嗦，手机险些摔到地上，幸好，领导很快补充了一句："等这件事过去再说。"

杜宇是云城电视台的记者，平日里主要负责民生新闻一块。领导说的"这件事"，追根溯源，还得从一个多月前说起：云城马拉松那天，担任现场摄像的杜宇恰巧拍下一起意外事件，市一中校长王鸿儒，在4.2公里处突发低血糖，体力不支倒地，经抢救无效后死亡。

意外发生后，死者家属分成两拨，分别跑到市体育局、教育局门口，拉起横幅，竖起花圈。扬言死者是响应教育局号召才报名参赛，同时追究体育局赛事组织不力、医疗保障不足的责任。两边局长花了好大精力才勉强摆平。按理说这事都过去了一个半月，眼看要过死者的七七了，居然又掀起一股风浪——暑假前，接替王鸿儒上任的周校长忽然通知后勤处，下学期学校食堂承包权要重新竞标，这一来原先的承包商、已故王校长的小舅子炸毛了，当即召集了四五十名家属，聚集在教育局大院，死活要局长出来给个说法。由于局长正在外地出差，家属开了四五辆车，把教育局门口的马路堵了足足三个小时，闹了个满城风雨。

按理说这事再怎么闹，也不至于殃及杜宇这条池鱼。谁知死者家属闹事时不知从哪儿听说，在马拉松现场，有一名电视台记者用摄像机记录下了死者发病、抢救、死亡的全程，而且角度、清晰度、完整程度都比他们先前要到的手机视频好上数倍，这一来家属如获至宝，一心想弄到这段录像，从中找出急救过程的不及时、不专业之处，进而占据更高的谈判主动权。就在三天前，死者遗孀找到杜宇，开价3000，向他索要现场录像，杜宇自然不敢应允，而是将事情上报给频道总监。总监的回复很简单："不行！"

"家属追着我要怎么办？"

"就说删了。"

"昨天人家问我，我说我无权处置，得请示领导，现在回人家删了，谁信啊？"

"你这年轻人，头脑咋这么不活络呢。"总监恨铁不成钢地说，"那你就说，台里有规定，要视频的话，得找公安局或者法院走程序。"

杜宇虽心中不服，但也没法抗命，只好把总监的话略微加工了一下："你们要视频，得通过公安或法律途径。"通过短信发给了死者家属。这一来可算捅了马蜂窝，第二天一早，电视台大门就被两个花圈堵上了，花圈上拉了一条横幅，"政府草菅人命学校落井下石，死者沉冤难雪媒体为虎作伥"。杜宇早晨上班时，被两名男性家属拦在门口，"恳谈"了两个钟头，其间差点动手。为了防止事态进一步扩大，领导决定，给杜宇放一个星期的假，让他在家避避。

一想起那两名死者家属愤怒、丑陋的嘴脸，杜宇心头便泛出一股难以遏制的恶心，但转念想想没错，死者家属确实是无理取闹，但自己说谎敷衍，又比他们高尚多少呢？诚然，他可以找到很多理由为自己开脱，但换个角度想，即便是最卑劣的小人，也能为自己的所作所为，找到一个合理的借口与解释吧。

被强制"休假"后，杜宇就选择了家门口的城市书屋作为打发时光的去处，泡上一杯咖啡，品读一本小说，也算"偷得浮生半日闲"。今天是"假期"第三天，然而这一次，杜宇刚推开门，目光便被不远处的一道身影吸引了过去，当他看清那张面容时，灵魂仿佛被无比强烈的电流穿过一样，不可抑制地战栗起来。

在书屋的落地窗边，坐着一个穿蓝色运动服的女孩，模样很年轻，大约二十出头，杜宇推门时，女孩抬起头，往这边看了一眼，旋即低下头去，继续聚精会神地读手上的小说。

平心而论，女孩的颜值够不上"惊为天人"，她的五官都不算完美，眼睛大而清澈，可惜是单眼皮，鼻梁小巧但不够挺拔，唇线很美，但血色略显稀薄。然而，当这些不算完美的五官搭配到一起时，却焕发出一种难以言状的美妙气质。更重要的是，这女孩身上的一切，仿佛都是为杜宇"量身定做"的一般：她身上穿的勇士队30号球衣，属于杜宇最喜欢的球星库里，脚上的运动鞋则是杜宇梦寐以求的AJ4，女孩的发型是杜宇最钟爱的纯黑色直发，手机外壳上印着杜宇最喜欢的"星夜"油画，而她腕上那条浅绿色的限量运动手环——恰好是杜宇一直想下单，却又舍不得的那款。她是捧着书阅读的，这让杜宇得以瞥见她手里的小说封面——就在一天前，杜宇刚读过这本相当小众，又相当特别的科幻小说。

杜宇的呼吸顿时变得急促了，一颗心几乎从胸腔里跳出来，他僵硬地走到书架前，开始翻找今天要读的小说。一番纠结后，他从书架上抽出一本科幻小说——与女孩手上的那本书出自同一个作者，然后在女孩正对面，距离三四米远的座位上坐了下来。

整个上午杜宇心猿意马，每隔两三分钟，他就偷偷抬起头，佯装漫不经心地扫一眼对面的女孩，女孩看书的表情很专注，阳光透过玻璃，洒在被长发遮盖的侧脸上，折射出无比美丽的色彩。从11点开始，杜宇的心思便完全脱离了小说，他犹豫要不要在女孩离开前，上去打个招呼，问她要电话号码——这样的"表白"显然是需要足够的勇气与脸皮的，杜宇一次次地深呼吸，并用"错过这一次，或许就是一辈子的遗憾"的理由来给自己打气，然而即便如此，他的双腿依旧被什么绊在地上一样，难以迈出分毫。

就在杜宇天人交战之际，女孩从座位上站了起来，顺手抓起了桌上的手机。

"她要走了？"杜宇一咬牙，终于下定决心，他放下书，准备上前抓住最后的机会，没想到女孩并未出门，反倒径直朝杜宇走来，她走到目瞪口呆的杜宇面前，脸色微红地说："你好，我手机没电了，能借下你的充电宝吗？"

杜宇愣了大约两秒，巨大的幸福感让他甚至忘了点头答应。女孩似乎误会了其中的意思，咬了咬嘴唇，说："如果你马上要走的话，那就算了。"

　　"不，不，我不走，你拿去用。"由于太过激动，杜宇连说话都不太利索了，他手忙脚乱地把桌上的充电宝递到女孩手里，结结巴巴地补了一句："你也喜欢看××的小说吗？"

　　话一出口，杜宇便后悔了，因为女孩来借充电宝的时候，书是留在桌上的，这意味着这句"搭讪"，显然暴露了自己一直在偷偷注视对方的秘密。然而女孩似乎并未察觉到这一点，又或者，察觉到了也不介意——毕竟杜宇也是个卖相不错的文艺青年，女孩的脸更红了，小声说："是啊，你也喜欢？"

　　"嗯。"杜宇扬了扬手上的书，"你叫什么名字？"

　　"姜宜，你呢？"

　　"我叫杜宇，杜甫的杜，宇宙的宇。"这是杜宇用过无数次的自我介绍，迈出最艰难的第一步后，杜宇渐渐恢复了往日的幽默与健谈。他主动站起身，坐到女孩身边，在接下来一个多小时里，一对年轻男女聊了很多，包括喜爱的书籍、音乐、电影。没有一秒钟冷场，没有一秒钟尴尬。直到下午1点，一个电话打破了这场相见恨晚的邂逅，女孩接起电话，嗯了两声，说："我爸喊我回家吃饭，谢谢你。"

　　"要不加个微信吧。"

　　"嗯……"这个短短的音节在杜宇的脑海里缭绕、回旋了整整一晚，仿佛最优美动听的仙乐。

第二章　杀人游戏（1）

7月20日，晚上7点。

雕琢时光茶吧位于市中心某步行街边缘，楼下卡座加楼上包厢，总面积约500平方米，茶吧的门牌是用一整块红松木刻成的，上面刷了六个银边红底的艺术字"咖啡 棋牌桌游"，茶吧的装饰颇为别致，墙壁上涂满后现代风格的涂鸦。虽说装修不错，但生意却颇为冷清，二楼的六间包厢空着五间。

"杜宇，你看这会儿茶吧的生意也不忙，要不把你女朋友叫上来一起玩？对了，咱先说好，这次不要她请客，该轮到谁买单，就谁买单！"208包厢里，一个刺猬头，打扮很"潮"的年轻男子笑嘻嘻地说。

"阿明，你就别客气了，这次我请，感谢大家照顾小宜的生意。"

"你跟我客套个啥，你每个月挣多少钱，我还不清楚吗？"阿明大名叫周宏明，是杜宇的发小，也是云城最出名的"新闻线人"——所谓"新闻线人"，说白了就是些交际广泛的"信息灵通人士"，依靠向记者提供新闻线索，赚取信息费为生。

但阿明这个"线人"可不简单，他的父亲是云城公安局副局长，主管全市一百多个派出所，舅舅则是市民政局副局长——是七十八个社区主任的顶头上司，由于这两点得天独厚的条件，阿明每个月"卖新闻"的收入，是杜宇这个正牌记者的三倍。阿明抿了一口茶水，又说："话说回来，我看你这女朋友，肯定是家里有矿！"

"啥?"

"你想想，她一留美归来的医学硕士，不去三甲医院做个医生，却在这儿开个小茶吧体验生活，不是家里有矿，还能有啥原因?"阿明笑嘻嘻地拆开一副崭新的扑克牌，眼睛在桌上扫了一圈，最后落在一个明眸皓齿、打扮时尚的女孩身上，"夏晚晴，就说你吧，你的爱好是玩音乐，但毕业后，还不是老老实实考进电视台，做个外景主持人?"

"嗯……"夏晚晴点点头，俏脸上露出一丝红晕，她是杜宇采访时的"搭档"，因为还在实习期，平时都叫杜宇"老师"，"对了，师娘怎么还不上来，楼下有服务生打理不就行了吗?"

"我下去问问。"杜宇被说得两颊发烧，逃也似的推门跑了出去。包厢里的七八个年轻人是他的同事，大家年龄相仿，又都喜欢玩桌游，就自然而然地组成了一个小"团伙"。自从杜宇在城市书屋结识姜宜后，"团伙"的"集会地点"便定在了这家"雕琢时光"茶吧。这茶吧是姜宜一年前开的，一来环境雅致，二来与电视台相距不远，最重要的是，每次买单的时候，姜宜都只收一个极低的价格，说是赔本经营也不为过。

来过几次后，大伙与姜宜也熟络了起来，几乎每次过来，都要拉"老板娘"一同聊天、玩桌游。

杜宇匆匆下楼，刚转过楼梯拐角，便看见姜宜正站在吧台前，一脸严肃地跟一位老者攀谈着什么。

这老者看模样至少有七十岁了，银发一尘不染，上身穿了一件唐装，衣服的面料、剪裁都十分讲究。"难道，是什么重要的客人？"杜宇愣了几秒，也不知该不该上去打招呼，但姜宜已看到了杜宇，唇角牵出一抹微微的弧度，冲杜宇招了招手，说："杜宇，这是我爸。"

"你爸？"杜宇的大脑瞬间当机，姜宜今年二十四岁，在杜宇的想象中，她的父亲，应该是位刚知天命的中年人才对……"就算是老来得女，也不至于这么夸张吧？这都够做她爷爷了。"短暂的惊愕后，杜宇不免感到一丝紧张，毕竟他跟姜宜刚认识半个月，虽说感情发展迅速，但毕竟还没做好见家长的心理准备。杜宇硬着头皮走到老者面前，说："叔叔好。"

老者哑然失笑："应该叫伯伯吧。"

杜宇更尴尬了，赶紧改口道："伯伯好。"

"呵呵，我知道你一定奇怪，我咋这么老，没办法，年轻的时候读书读傻了，觉得女人都是大猪蹄子，一直到三十五岁才开窍。"姜宜的父亲虽然面相苍老，但说话却很风趣，里面还带了这些年的网络流行语，他的面容很清癯，目光锐利，鼻梁上架了一副精致的黑框眼镜，乍一看颇有几分仙风道骨的感觉。杜宇怔怔地看了姜诚许久，总觉得有几分面熟。

"伯伯，我是不是见过您？"

"噢，你们电视台前些年有个国学节目，我讲过两个月的《周易》。"

"《周易》？"杜宇一下子回忆起来了，眼前这位老者可不简单，大名姜诚，不过更耳熟能详的是他的外号：姜太公。他听同事说，这老先生的人生可以用"开挂"二字形容：从小是学霸，以云城理科状元的身份考上国内某知名高校计算机系，之后在一家IT公司担任软件工程师，兼任云城大学特聘教授，可谓国内第一代计算机精英人才。真正传奇的是，就在两三年前，姜诚居然玩了回"跨界"，弃理从文，转行研究起了国学。最擅长的是用数学逻辑与概率论，来"科学"解释诸多玄学命题。姜诚转型后声名鹊起，不少达官贵人专程找他算命、看风水，开出的价格据说令人咋舌。而云城电视台之前策划的那档国学节目，在请姜诚做嘉宾后，收视率也节节攀升。只可惜树大招风，几个坚持马列主义无神论的老干部看过节目后，写信举报电视台宣扬迷信与唯心主义，随即便紧急停播，"中道崩殂"了。

只可惜，杜宇是个无神论者，对这位传说中的玄学大师，此前一直抱着嗤之以鼻的态度，然而当他得知，这位"姜太公"居然是姜宜的父亲时，他的态度，至少表面态度立刻转了个一百八十度的大弯，毕恭毕敬地说："姜老师，我听过您的故事，您可是传说中的人物。"

"呵呵，你不用奉承我，我听小宜说过，你这人最讨厌封建迷信，上个礼拜你们去鉴真寺玩，门口那个半仙拉着你要算一卦，结果被你一句话糗了回去。你说，咱这些人都是江湖骗子，这声老师，我可当不起哦！"

姜诚的这番话明显不太"友善"，而他略带戏谑的口吻，脸颊上的笑容，又让人很难猜透到底是玩笑还是真言。杜宇大窘，恨不得找个地缝钻下去。姜宜一看气氛不太对，赶紧插话道："爸，我去楼上玩一会儿。"

"嗯，去吧！"

姜宜扯了扯杜宇的袖子，两人一前一后地往楼梯走去，转过楼梯拐角后，杜宇长出了一口气，正打算小声问姜宜几句，谁知姜宜忽然回头，说出一句让杜宇目瞪口呆的话："爸，要不你也上来玩玩？"

杜宇瞬间石化，一时几乎不敢相信自己的耳朵，心里嘀咕道：

"你大脑里哪根弦搭错了吗？"

"你爸这个年纪，让他跟我们一起玩桌游？"

"你是想让我们一起陪他老人家忆苦思甜，谈人生理想吗？"

"姜伯伯，姜太公，姜爸爸，你可千万别答应，千万别答应啊！"

遗憾的是，杜宇的祈祷并没有见效，吧台前的姜诚沉默了两秒，居然一口答应了："好啊，就陪你们年轻人玩一玩。"

杜宇感觉自己快要崩溃了，姜宜却笑嘻嘻地说："你不知道，我爸是桌游的顶尖玩家，三国杀、杀人游戏、狼人杀，排名全都进过全国前两百。"

"我×，你逗我？"杜宇在心里骂了一句脏话。一个仙风道骨的老学究、国学大师，居然还是桌游顶尖高手，这"斜杠青年"，不，"斜杠老年"也太颠覆正常认知了吧！但仔细寻思，这也完全在情理之中。要知道，姜诚能在那个年代考上国内某知名高校，智商肯定甩寻常人好几条街，而精通算命、风水，则证明他在察言观色、揣摩人心方面也是大师，顶尖的智商加上顶尖的情商，这种人只要玩桌游，几乎铁定是大神级别的存在。想明白这一点后，杜宇对姜诚一起玩桌游也就不那么抵触了。姜宜带着二人走进包厢，大大方方地说："各位小伙伴，这是我爸。"

和几分钟前的杜宇一样，一群年轻人纷纷流露出不可思议的神色，两个电视专题部的编导原本就认得姜诚，自然不免客套一番。当姜宜说道，姜诚是国内顶级桌游玩家时，所有人瞠目结舌，此前一直跷二郎腿坐着的阿明更是跳了起来，从口袋里掏出一包软中华，抽出一根递到姜诚眼前，仰慕地说："姜太公……不，姜伯，我玩桌游七八年了，三国杀最高排过全国前两千，当时觉得自己很了不起了，跟您一比，那简直……大神，今晚您可多多指教我们。"

"谈不上，谈不上，玩玩罢了。"姜诚正要接烟，却被姜宜一个眼神瞪了回去，"不许抽烟！还有你，阿明，别以为跟我爸套近乎，就能在包厢里抽烟了！"姜诚无奈地看了一眼姜宜，老脸一红，讪讪地把烟放回桌上。这个小小的插曲也让包厢里的气氛更加活跃起来。

因为在场有两个桌游新手，所以大家一致商定，当天就玩最入门的"杀人游戏"，这游戏规则很简单，从参加游戏的十个人里选出一名法官（类似于裁判），然后每局游戏根据抽牌，决定两名杀手、两名警察和五位平民，法官宣布"天黑请闭眼"后，杀手睁眼并指定"暗杀"对象，之后经过警察指认、平民投票环节，找到藏在人群里的杀手。这游戏门槛很低，但门道又很深，可谓老幼咸宜。正当大家准备一睹姜诚"大神"的风采时，意外出现了。在第一轮抽牌里，姜诚居然抽到了代表"法官"（裁判）身份的王牌，这意味着这一晚他都要全程旁观，没法直接参与了。

"这不行，重抽一把！"阿明第一个跳出来反对。

"呵呵，有什么不算的，抽到什么就玩什么呗。"姜诚摆摆手，"我也好久不玩了，要真的下场，说不定要让你们失望呢！"

众人又劝了一会儿，但姜诚态度坚决，大家也就各安天命了。第一局游戏正式开始，姜诚喝了一口茶水，说："天黑请闭眼……杀手请睁眼……选择你要杀的对象。"

　　姜诚的普通话很标准，不但字正腔圆，而且语调、语韵，都将杀人游戏的阴森、悬疑气氛烘托得极为到位，说到几个关键字时，更是加上了些许的颤音，让众人仿佛真的置身于一个月黑风高的恐怖杀人夜。第一轮的"杀手"是杜宇和阿明，一对发小在短暂的眼神交流后，默契地选定了第一个杀人对象……

　　"你们选择的目标，是TA，确定吗？"在杀人环节里，除"法官"外的所有玩家都不能说话，只能通过眼神以及小幅度的手势彼此交流，杜宇轻轻扭过脖子，向姜诚颔首示意，就在两人目光相交的一霎，杜宇忽然感到一种如芒刺背的感觉，不是别的，姜诚的目光实在太锐利了，就像两根笔直的钢针，直直地扎在他的脸上。杜宇丝毫不怀疑，只这一眼，姜诚就看出了许多复杂的内容——换而言之，假如姜诚不是法官，而是对手的话，自己只怕会输得一败涂地。

　　"杀手请闭眼，警察请睁眼，指认你们的嫌疑对象……"

　　杜宇双眼紧闭，开始思索第一轮指认环节的说辞。

　　"天亮了，所有人请睁眼……"姜诚的嗓音一如既往的抑扬顿挫，杜宇睁开眼，并没有第一时间看向本局搭档阿明——在杀人游戏里，所有人都得眼观六路耳听八方，任何一点异样都可能出卖自己的身份，一点微小的细节都可能决定最终的成败。杜宇毫无表情地扫视了所有人一圈，然而，一个细节让他的心跳加速了许多。

　　阿明，这小子居然在冒汗？

要知道，在这个桌游小团伙里，拥有全国排名的阿明是独自一档的超级高手，在他下面，空着整整一档，才轮到杜宇这个"白金"段位的准高端玩家，再往后则是一干同事，以往玩杀人游戏、狼人杀这类推理游戏时，阿明永远是谈笑风生、指点之间大获全胜的那个，如今，这个高手居然在冒汗！

　　唯一的解释就是，姜诚在担任法官时，只用语调、目光、表情，就让阿明感到了莫大的压力。

　　"我这个未来岳父，可真深不可测啊。"如果说在场诸人里，有谁比阿明更紧张的，那自然只有杜宇了，毕竟姜诚是姜宜的父亲，他的"准岳父"。至于其他几位同事，因为档次相差太远，反倒感觉不出压力，只是纷纷称赞姜诚的"解说"精彩到位，令人沉浸其中。随着时间的推移，阿明跟杜宇的紧张感也渐渐消失了。"他强任他强，我宰我的羊。""老丈人你再厉害，你女儿一句话还不是乖乖把烟收起来。"不知不觉中，一个下午很快就过去了，但众人依旧鏖战正酣，完全没有罢手的意思——直到傍晚6点，阿明的手机响了起来，他接通电话，嗯嗯了两声，忽然脸色一变，大声说："别玩了，来新闻了。"

　　"什么事？"

　　"市人医收到一个急性农药中毒的年轻姑娘，据说是失恋外加父母离婚，想不开喝了农药，现在正在急诊室洗胃，咱赶紧出发，不然万一人送到ICU，再采访就麻烦了。"阿明站了起来，"今天轮到谁买单？"

　　"我！"实习主持人夏晚晴站了起来，一把抓起桌上的钱包，"姜宜姐姐，今天你什么都别说，就按原价给，不然每次收那么点钱，我们以后都不好意思来了。"

　　"呵呵，都别谦让了，这次不收钱，我这个做长辈的请!"姜诚开口说,但夏晚晴哪肯依言,当即从口袋里掏出两张百元大钞,扭头往门外跑去,姜诚眼看拦阻不住,只好笑了笑,说:"那事先说好,你们下次过来,我请客。"

"好!好!"

"那你们先忙!"姜诚端起杯子,抿了一口温热的茶水,谁知茶水刚一入口,姜诚忽然咳嗽了两声,几滴茶水飞溅到洁白的墙壁上,宛若几朵盛开的小花。

"姜伯,怎么了?"杜宇关切地问。

"没事,这几天嗓子有点不舒服。你快去吧,工作重要!"

"嗯……"杜宇虽有心"讨好"姜诚,但迫在眉睫的新闻事件让他来不及多想,赶紧抓起手机,起身出门,就在这时,之前一直没说话的姜宜忽然抬起头,白皙的脸蛋微微发红,明显鼓足了很大的勇气,说:"那个,能带我去看看吗?"

杜宇有些发木,下意识地看了姜宜一眼,问:"你?"

姜宜低下头,避开了杜宇的直视,说:"其实,我上学时的理想是做个新闻记者,高考时想填新闻专业,但心仪的几所学校都不招理科生……所以才学了医。"

杜宇还在犹豫,阿明却大大咧咧地说:"没事,跟着一起去呗,万一有人问,就说是实习生好了。杜宇,你摄像机放车上了吗?"

"嗯,在的!"

"你开车,赶紧下楼!"阿明跟杜宇一前一后走出包厢,临行前,还不忘揶揄另外几名同事一句,"至于你们几个做娱乐、专题节目的大爷,就各归各家吧!"

第三章　抢救

云城市人民医院，急诊病房。

阿莹孤独地躺在洁白的病床上，屋顶的无影灯有些晃眼，刺激得瞳孔几乎要流出泪来，一道道穿白大褂的身影伴着杂乱的脚步声，急匆匆地从床前走过。病房外，一个中年女人的呜咽在走廊里反复回响："你快回来！阿莹要死了！要死了！"病房内，那个胸口挂着"主治医师尤济世"名牌的中年医生脸上阴云密布，只见他跟护士低语了两句，然后掏出电话，拨号："师兄，你认识齐鲁医院的人吗？"一张张面庞、一道道身影、一种种声音，接连不断地刺激着阿莹的感官，让女孩心中涌出一股奇异、残酷的快感。

"看来，我要的效果达到了呢。"

嗯，那个正在配药的、剑眉星目的医生小哥哥，已经看我第三眼了，看他的眼神，好像很难过，很可惜。唉，这世界上有这么多可爱的小哥哥，我怎么偏偏就看上那个人渣呢？唉，不知道等住院之后，还能不能再看见这个小哥哥呢，要是他再靠近一点儿，让我看清他胸口的名字就好了……

"你快点，她是你的女儿！是你的女儿啊！！"走廊上，中年女人的哭声更大了，不太寻常的是，女人的这句哭诉，重音并非落在"女儿"二字，而是落在"是"这个字上。阿莹的心情很复杂，她恨这个女人，正是因为她的愚蠢，她的下贱，阿莹失去了这世上对她最好的男人——那个被她叫作"父亲"的男人，然而，她又很爱这个女人，毕竟，这个女人是抚育她二十多年的母亲。

呜呜，爸爸，我真的不是故意要骗你的，但妈妈威胁我……说如果我把她的丑事告诉你，如果不帮她作证，她就去跳楼，还说要拉着全家人一起同归于尽，爸爸，我真的怕，我真的怕啊！

爸爸，我真是你女儿啊，你来吧，你快来吧，我好想你啊。

还有，妈妈，你不是说，要拉着我们一起死吗？现在，我真的要死了，你怎么这么慌呢？嗯，你就是吓唬吓唬我，是吗？

"准备好了，开始洗胃。"剑眉星目的年轻医生推着一台四四方方的仪器朝阿莹走过来，仪器的外形有些像一台大型打印机，两侧连着两个巨大的透明"水箱"。"这就是洗胃机吧。"护士将一条细细长长的管道插入阿莹嘴里，几秒钟后，一股冰凉的水流从管道里喷涌出来，顺着食道流入胃中，虽然并未直接经过味蕾，但阿莹依然能清晰地感受到液体的味道，那是一种呛鼻的肥皂水味。"看来，也没有想象中那么痛苦嘛……"短暂的庆幸随着时间的流逝烟消云散，伴随胃部的一次次充盈，又一次次紧缩，痛楚感越来越强烈，就像少女月经的阵痛，周而复始，层层相叠。当洗胃到十五分钟时，阿莹甚至没有觉察到，一旁的护士在她胳膊上抽了整整两针管的血，等到三十分钟时，再也无法遏制的呕吐感让她开始用鼻腔嘶声呻吟，身体微微痉挛。

"半小时了。"年轻医生再次走到床边，看了一眼阿莹扭曲的五官，露出微微不忍之色，"停三分钟，休息一下。"

"我，我不治了，我回家。"洗胃机刚一暂停，阿莹便呻吟着说。

"别怕，再坚持一会儿就好了。"医生轻声安慰，然而这充满磁性的声音此刻已无法打动阿莹了，她拼命摇头，泪水如拧开的水龙头般涌了出来："我真的不看了！我没事……"

"再坚持一小会儿，一小会儿就好……"

"不，不，我说实话……"

在阿莹说出最重要的几个字之前，一个胡须杂乱、身上带着几分酒气的中年男人冲进了急诊室，男人的个头挺高，身形瘦削，黑亮的双眼陷在深深的眼窝里，在男人身后，跟着一个烫着卷发、打扮入时的中年女性。男人不顾医护人员的劝阻，冲到阿莹床前，扳过她的肩膀，大声说："阿莹！对不起！对不起！"

男人刚说到一半便哽住了，肩膀如秋风中的落叶般瑟瑟发抖，他猛然转身，扑通跪在一名比自己小至少二十岁的年轻护士跟前，哀求道："求求你，救救她！救救她！"

"呜呜……"尽管喉管火辣辣地疼，但阿莹的心里仍有一丝暖流涌现，她还想再说些什么，医生却已做出继续洗胃的手势，冰凉的液体再度灌入饱受折磨的胃部，翻江倒海的呕吐感让她无法发出一个完整的音节。阿莹不愿让别人看见自己的痛苦，挣扎着摆了摆手，在手机屏幕上打下一行字：

让爸爸妈妈出去吧，我没事的。还有，爸爸，我以后再也不骗你了，你原谅我吧。

护士将手机拿到中年男人眼前，男人扫了一眼，肩膀猛烈颤抖了一下，迟疑了片刻，从地上站了起来，深深地看了阿莹一眼，扭头往门外走去，打扮入时的中年女人则紧紧跟在男人身后，当两人出门时，女人悄悄拉了一下男人的衣袖，却被男人粗暴地甩开了，大约五秒钟后，走廊上再度爆发出一阵喧闹声，男人和女人吵了起来，又过了一会儿，争吵声渐渐减弱，应该是被医生劝到了更远的地方。

阿莹双眸里再次涌出泪来，那男人是她的父亲，在她的心里，父亲是这世上最宽厚、最高大的男人，过去是，现在也是，然而，最近这半个月，父亲已不记得多少次挂断她的电话了。唯一的那次例外，是上个礼拜，他跟母亲刚签完离婚协议书的那个中午，阿莹清楚地记得，那天父亲接了电话，却只说了四个字："等结果吧。"

阿莹从这四个字中听出了无数复杂的情感：她清楚父亲有多爱自己，她也知道，当父亲不得不怀疑，自己并非他亲生女儿的一刻，心中有多痛苦。

呜呜，我的鼻子、眼睛、嘴巴，都跟爸爸你一模一样，你怎么能怀疑我呢？我知道，我是帮妈妈骗了你，但我真的不是为了那个男人啊！那个男人，我一看就恶心呢！呜呜，爸爸，我就是太胆小，太害怕失去了，爸爸，你不是知道这一点吗？

呜呜，男朋友不要我了、爸爸也不要我了、老板也不要我了，上个礼拜天，就连做个指甲都能把钱包丢了。这样的人生，还有什么意义呢？

唉……如果我真的死了，又有多少人会为我难过呢？

漫无边际的想象分散了洗胃的痛楚，又过了一会儿，阿莹觉得，头顶的无影灯仿佛没那么刺眼了，洗胃的液体也不那么刺鼻了，她微微侧过头，往病房门口看去，想看看父母是否依旧站在门外，然而结果让她失望了，阿莹并没有看见那两道熟悉的身影，反倒有五六个年轻人，正站在病房门口，用好几台摄像机、照相机、手机对着自己。

"不会吧，我要上新闻了？"阿莹不太开心，但也不太恼怒，她微眯起眼，仔细打量这几名记者，嗯，站在正中间那个，阳光帅气，扛着摄像机的记者小哥哥，他脚下的那双球鞋，我也有一双呢。哎呀，他身旁站的那个扎马尾辫的漂亮姐姐，不是我最喜欢的主持人，晚晴姐姐吗？晚晴是我高中的学姐，但她肯定不会记得我这个不起眼的小学妹吧。也不知道他们一会儿要不要采访我？如果采访我，我又该说什么呢？咦，另一个小姐姐怎么在抹眼睛，不会是哭了吧？唉，她一定很同情我吧！

唉，我好感动，如果晚晴姐姐一会儿采访我，我一定要问她留一个手机号码，以后，我们说不定就是好朋友了呢！

第四章　新闻

《花季少女喝百草枯自杀，令人扼腕叹息！》

（现场主持）大家好，我是主持人夏晚晴，我现在正在云城市人民医院急诊室门口，半小时前，120救护车送来一个名叫阿莹（化名）的女孩，阿莹才二十二岁，在开发区一家电子厂打工，然而，就在这最美好的青春年华，她选择了轻生。

（采访）主治医生：据患者自述，下午4点左右，在家喝了大约50毫升的百草枯农药。现在正在进行洗胃抢救，同时抽血化验。

（配音）为了不影响抢救，同时照顾女孩的情绪，我们没有进入病房。在急诊室外，我们看见了一对中年男女，据其他病人说，这对中年男女是患者的父母，就在刚刚，两个人还爆发了一些争吵。

（采访）旁观者：这个女的送这个小姑娘来的，男的刚到没多长时间，然后两个人一到就吵架，好像刚离婚没多长时间，肯定有什么家庭矛盾吧。

（配音）当采访到一半时，阿莹的洗胃结束了，她的脸色有些苍白，但精神还不错，可以自主行走，看到摄像机后，阿莹居然主动跟我们打了个招呼。

（同期声）阿莹：你是《今日云城》的晚晴姐姐，是吧？

夏晚晴（愣了几秒）：嗯！你认识我？

阿莹点头。

夏晚晴：能问你几个问题吗？

阿莹：对不起，我现在脸色应该不太好，而且不太想说话……晚晴姐姐，其实我早就认识你了，你是我的高中学姐，我特别喜欢你的节目，能加下你微信吗？

晚晴：当然可以……既然这样，那我们先不提问了，你早点休息，配合治疗。

阿莹：嗯，谢谢姐姐！

（现场口播）夏晚晴：说真的，刚才阿莹主动地跟我打招呼，我一时有点没反应过来（哽咽），我……（哽咽）对不起，我只希望，她能尽快好起来……

（采访）主治医生尤济世：她喝下的百草枯剂量，可以说（停顿）……怎么说呢，希望极其渺茫。百草枯的半数致死量是三到五毫升，而据患者自述，她喝了小半瓶，当然，只要有一点希望，我们就不会放弃努力。

（现场主持）夏晚晴：让我们一起期待奇迹的发生，让我们为这个迷途的花季少女共同祈祷，阿莹，希望你早点好起来，也希望电视机前的每位观众都能珍爱生命，珍惜健康。

杜宇用了整整一个半小时，才写完这篇不足八百字的新闻稿，这对平素以工作效率著称的他来说是个难以想象的速度，毕竟，如此近距离目睹一个鲜活、怒放的生命走向消逝，即便是再坚强的人也会扼腕叹息。更让他揪心的是，直到采访结束，阿莹似乎都对自己的命运一无所知，这从她跟夏晚晴打招呼时的语气中就能看出。如果阿莹知道，在未来的十多天里，要忍受多么可怕的痛苦与煎熬，最后，在无比清醒中因窒息而慢慢死去，她还会表现得那么无所谓吗？想到这儿，杜宇双手抱头，喃喃地说："不行，这条新闻我不能发……反正结果都不会改变了，不如就让她多轻松几天吧，如果她看了电视，精神会立刻崩溃吧。"

"嗯……"一直坐在杜宇身后的姜宜点了点头，她的眼眶有些红肿，美丽的五官因痛苦而扭曲，"怎么会这样，怎么会这样？"

"唉，也许在她看来，活着比死了更难……"

"不，我的意思是，她为什么要喝百草枯？！为什么不给自己留一点机会？！"姜宜的情绪很激动，牙齿在嘴唇上留下一道深深的血印，"为什么会这样，为什么会这样！"

"你，你没事吧？"杜宇有些愕然，恻隐之心人皆有之，就连平时大大咧咧的阿明，从医院回来后都沉默了许多，但姜宜的反应激烈程度依旧让他有些措手不及：在去采访的路上，姜宜还表现得相当兴奋，先是拿起杜宇的摄像机研究了半天，之后还学夏晚晴，对着镜头来了一段模拟主持，但等到了医院，得知阿莹的病情是"百草枯中毒"后，姜宜整个人一下子变了，全程沉默寡言，神情恍惚，就像傻了一样。

"唉，姜宜本来就是个感性的姑娘，如今亲眼看见一个跟自己差不多大的女孩选择这么痛苦的死法，心情也能理解吧。"杜宇心想。

"没事。"姜宜的肩膀仍在不断颤抖，"唉，就算你不发，别的记者应该也会发吧，刚才在病房门口，一共有三五家媒体呢。"

"管不了别人，反正我不写。唉，那个女孩真可怜，短短一个月里，接连遭遇失恋、失业、丢钱、父母离婚……"杜宇的语气也很低落，他叹息了一声，正准备关掉新闻采编系统，忽然，办公室的木门被从外面推开了，阿明拿着三听可乐，大摇大摆地走了进来。

"哟，半天就憋出这么点字来。"阿明瞥了一眼电脑屏幕，大大咧咧地说，"你这个人，就是大脑不会转弯。女孩家人不愿意接受采访，可以去问街坊邻居，同学闺蜜啊……我打听到，这姑娘半年前处了个男朋友，两个人原本爱得死去活来的，谁知就在前几天，这个男孩子忽然移情别恋，被一个妖艳贱货给勾走了，不过这还不是她自杀的主要原因，更要命的是，这丫头的爸妈最近离婚了，起因是她的妈妈一直在外面有男人，据说这男人还是她妈的初恋男友，当初因为家里反对才没在一起，后来虽然各自有了家庭，但关系一直就没断过，就在半个月前，这事不知被谁曝了出来，你说这男人戴了二十多年绿帽子，头上都成内蒙古大草原了，不离婚那要做王八吗？对了，据阿莹的一个闺蜜说，阿莹她妈妈在外面偷情，这事街坊邻居都知道，据说阿莹也知道，但她非但没告诉她爸，还好几次帮她妈遮掩。现在她爸爸怀疑，阿莹是那个男人的女儿，坚决要做亲子鉴定，如今样本已经寄到深圳了，正在等结果！"

"还有这事？"杜宇虽说已决定不发这条新闻，但还是被这番话勾起了好奇心，他打开电脑，将刚刚拍的素材看了几遍，"我拍到阿莹她爸了，跟阿莹长得挺像啊。"

"不只是你，大家都觉得是亲生的！据那闺蜜说，阿莹这丫头，性子特别懦弱，有一次，她走在路上，正好碰到她妈妈跟那个男人进宾馆，回家后她妈妈吓唬她，说只要这事败露，她就去跳楼，还说要拉全家人一起陪葬，阿莹一下子被吓到了。更过分的是，那个贱女人之后好几次拿女儿做挡箭牌，说带阿莹出去玩，其实是去跟那个野男人见面，阿莹不答应帮她圆谎，她就各种威胁。唉，可怜这个小丫头，摊上这样的妈，能怎么办啊！话说阿莹她爹平时特别疼她，如今闹到这份儿上……"阿明叹了口气，说，"除此之外，据说阿莹最近还接连遇上工作失误、丢钱、手机摔坏等一串倒血霉的事儿，你说搁谁身上谁不疯啊……"

"这些消息，都是真的？"

"那当然，这种人命关天的大事，我可不敢瞎编……对了，还有个更劲爆的内幕消息，独家！这小姑娘自杀，很可能和一个国外的自杀组织有关系？"

"自杀组织？"杜宇更震惊了，险些从椅子上跳起来。

"是这样的，我刚才整理现场照片的时候，发现一个细节，这小姑娘的手腕上，有一个奇怪的图案，也不知道是文身，还是画上去的。"阿明一面说，一面掏出手机，将相册中的一张照片放大，这张照片是抽血时拍下的，阿莹的长袖被捋了起来，露出白皙的胳膊，在女孩手腕的位置，有一个略显模糊的图案，看上去像一只飞鸟。

"这是什么？"

"你听过白鸽游戏吗？"

"白鸽游戏？"

"嗯，一个从国外传过来的，带有邪教性质的死亡游戏，简而言之，就是通过一步步的心理暗示，来诱导一些好奇的、叛逆的、悲观的年轻人自杀。例如，让你连续几个月，在凌晨3点醒来，读十分钟书，听五分钟的音乐。这些书跟音乐大多都是悲观、阴暗的。通过这样的手段，来控制你的心理，诱发你的抑郁情绪。而自杀者手腕上的白鸽图案，就是这个游戏最重要的标志。"阿明说，"这些诱导别人自杀的畜生，通常以'导师'自居，他们这么做一般也不为了钱，就是为了满足自己的变态阴暗心理，你说该死不该死？"

"该死！"杜宇咬牙切齿地说，"要是这样的话，那我们得报警才行！"

"嗯，是得报警！"阿明虽然平日里吊儿郎当，但关键时刻从不缺正义感，杜宇看了一眼身边的姜宜，她似乎还没从先前的悲伤情绪中解脱出来，低着头，表情隐藏在灯光的阴影中，没有说话。

"现在打110？"

"也不用这么急，我看这样，明早你跟夏晚晴一起，再去一趟病房，确定一下这图案到底是不是白鸽，毕竟这张照片太模糊了，万一看走了眼，那不就成报假警了，别人不说，我爹还不把我训死？"

"你自己去就是了，非要我跟晚晴跑腿干什么？"

"这不废话嘛，我自己去病房采访，就算姑娘不反对，人家父母不得把我轰出去？你也知道，晚晴是那丫头的学姐，两个人还加了微信，只有你们去，这丫头才愿意配合！"

"好吧……"说实话，从内心来说，杜宇实在不太愿意再次面对病榻上的阿莹了，然而一种莫名的责任感让他下定决心查清真相——即便无法挽回阿莹的生命，也可以为她讨回一个公道，他关掉电脑，拍了拍姜宜的肩膀，柔声说："别难过了，我送你回店里吧。"

"嗯。"

第五章　推算

　　杜宇将姜宜送回茶吧时已是深夜11点了，透过一尘不染的落地窗，他看到年轻的服务生小茜正在低头清点账目，看来是准备打烊了。下车后，杜宇轻轻牵起姜宜的手，却发觉她的手心前所未有的冰凉："你怎么了？"

　　"没什么……"姜宜咬了咬嘴唇，"心里有些难受。"

　　"别难受了，早点休息吧。"

　　"嗯，再见……"

　　杜宇正准备转身上车，却听见头顶有人在叫自己。"小杜，没事的话，上来坐坐。"姜诚从二楼包厢窗口探出脑袋，"姜宜，你在楼下帮小茜收拾，我找小杜聊聊。"

　　"找我聊聊？"杜宇愣住了，用征询的目光看了一眼姜宜，姜宜眨了眨眼睛，没有应声，而是一溜烟跑到吧台前，跟小茜窃窃私语起来。杜宇硬着头皮走上楼，姜诚正端坐在下午玩桌游的包厢里，面前摆了一套古色古香的茶具，茶叶的清香伴着蒸腾的水汽弥漫在不大的空间内，让人心旷神怡。

　　"坐！"

　　杜宇战战兢兢地坐了下来，姜诚并没有立刻说话，而是俯下身，将冒着热气的茶水从壶里倒入茶杯，他的双手十分稳定，一点儿都不像是一个七旬老人，就连脸上的皱纹仿佛都被蒸汽熨得平整了几分，杜宇忽然生出一种奇异的错觉，他发觉自己完全无法猜透面前这个人的真实年龄。

"姜伯，您今年多大？"

"六十一。"

"嗯……"杜宇一时词穷，按照通常的交流套路，他的下一句台词应该是，"您看起来哪有六十一，五十五顶天了。"然而看着姜诚的面容，这句话他怎么都说不出口。

"我知道，只看外表，我至少有七十了。"姜诚笑着说，"说起来，这对我的事业还挺有帮助的！"

"事业？"杜宇一时没反应过来，不过他很快想到，姜诚如今的身份是"国学大师"，这副仙风道骨的老翁形象，可以说一下子就把层次拔高了一个台阶，杜宇会心一笑，说："姜伯，您找我有事吗？"

"能有什么事，听说小宜刚找了个男朋友，找你聊聊呗。"姜诚一句话将杜宇的心吊到了嗓子眼。

"我，我们目前还只是朋友……"杜宇话一出口就后悔了，赶紧补了一句，"我跟小宜表白了，但是，她还没答应我……"

"呵呵，她要是不喜欢你，能让我来见你？"姜诚双眼微微眯了起来，锐利的目光直直投到杜宇的手腕上，杜宇先是一愣，旋即意识到，自己的手腕上，正戴着一条跟姜宜同款、情侣色的运动手环。

"小宜送的？"

姜诚一言说中真相，杜宇脸色通红，只能点头承认。

"我那会儿问她为什么又买一条，她说是送闺蜜的。"姜诚笑得更灿烂了，"男闺蜜啊！"

"姜伯，您慧眼如炬。"

"我知道，你一定在想，就算见家长，未免也太早了。不过别慌，我虽然岁数大，但心态年轻，我跟我女儿，看模样像爷孙，但论关系，说是兄妹一点儿都不夸张，她有什么话都跟我说的。其实我本来也不想这么快见你的，但小宜说我看人准，非要我帮她掌掌眼，她还让我先暴露身份，找个其他法子跟你聊聊，被我一句话骂回去了，你说咱俩以后早晚要认识，到时候你发现我这老小子是个搞特工的，关系还怎么处啊？"

姜诚这一番话说得轻松幽默，而且极有水平，杜宇的心情顿时轻松了许多，说："姜伯，您虽然年纪比我爸大一轮，但是您这心态、谈吐，说三十岁都有人信。"

"你也不用奉承我，我今天陪你们玩了一下午桌游，但本质目的还是考察你。"姜诚做了一个奇怪的动作，他偏过头，将耳朵贴在墙上听了听，然后鬼鬼祟祟地从口袋里摸出一盒烟，"小宜在楼下，咱俩来一根？"

"不，不……"杜宇连连摆手。

"唉，小宜什么都好，就是性子倔了点，我知道，其实你性子也强，现在你俩正在热恋，所以你凡事都能让着她两分，但是日子久了，难免会有摩擦……"姜诚将杜宇没接的烟含进嘴里，啪的一声，点燃了打火机，"回头我跟小宜聊聊，让她也收敛点，多让让你，她小时候其实挺听话的，应该能扳过来一点儿。"

"不，小宜是女孩子，我让她也是应该的。"

"不，小宜本性柔弱，之所以看起来倔，不过是因为年轻漂亮，被惯出来的一点小傲娇，外加一点叛逆期的后遗症罢了，但你性子好强，多半是从小养成的，难改！我猜，你爸爸在家，应该也是一言九鼎。不过没关系，我知道你心性没问题，男子汉，性子强一点儿挺好。"

"姜伯……"杜宇有些诧异，他性格确实有些强势，属于宁折勿弯那种，但自从认识姜宜后，爱情的魔力已经让他学会了让步与妥协，他实在想不通，姜诚是从哪儿看出来的。

"你一定很好奇，我怎么会这么了解你，其实很简单，就是下午玩的那十多局杀人游戏。"姜诚吸了一口香烟，"我发现，当你做杀手或警察时，无论搭档是谁，基本上，都是你在拿主导意见，就算跟阿明这个高手搭档，你们的决策比例也是一半对一半。这就代表，在小团队里面，你已经习惯了担任领导者和决策者，而且，大多数情况，你都做得不错。"

杜宇不敢说话了，端起茶抿了一口，静静等姜诚继续说下去。

"但你也有一点不足，那就是不善于引导、说服别人，比如说，倒数第二局游戏，你跟晚晴是警察，姜宜跟阿明是杀手的那次，其实到了第二轮，你已经猜到了姜宜的杀手身份，但你却不能把完整的推理过程很好地表达出来，从而说服那几个有投票权的平民。相反，阿明靠他的忽悠功底，成功忽悠了平民，最后反杀了你们。"姜诚说，"说白了，你是一个不错的决策人才，但绝不是个合格的演讲人才。能'断'，却不能'侃'。"

杜宇的后背直冒冷汗，只不过几局桌游而已，姜诚居然观察出了这么多东西。他觉得，自己在姜诚面前，简直是个没穿衣服的透明人，杜宇说："嗯，阿明在我们几个里面，确实是水平最高的。"

"嗯，这小子情商很高，尤其善于察言观色，有一局游戏，你跟姜宜一个简简单单的眼神交流，他就看出来，你们俩是一个阵营的。"姜诚笑了笑，"可以说，他在心理揣摩这方面，已经是顶尖水准了。不过可惜，这小子智商还是低了点，如果是线上游戏，玩家都用变声器的话，他排名进不了全国前一万。"

"智商低?"杜宇哑然失笑，自己跟阿明从小一起长大，几乎所有的长辈评价这小子，都会说一句"有点小聪明"，当然，这点小聪明在姜诚这位高考状元、清华高才生眼里，自然是不值一提了。

"呵呵，也不能算低，估计在110到120之间吧，在普通人里面不错，但跟顶级桌游玩家比，就明显不够看了。大多数桌游，一方面玩心理，但更重要的还是选手的逻辑推理和概率分析能力，可以说，这才是地基，至于察言观色、审时度势的能力，需要建立在这个基础上。"姜诚将刚吸两口的烟嵌入烟灰缸的缺口，从一堆牌里盲抽出六张，又将六张牌平分成两堆，每堆三张，反扣在桌面上。

杜宇一脸茫然，不知姜诚葫芦里卖的是什么药。

姜诚微微一笑，将其中三张牌推到杜宇面前，同时将另三张牌掀开，分别是黑桃K、方块10和红桃6，姜诚问："炸金花（注：炸金花，一种常见的扑克赌法，双方分别抓三张牌后比牌面大小，基础规则为：豹子>同花顺>同花>顺子>对子>单张）会吧?"

"会的。"

"那好，我的牌是K、10、6，你的牌还没翻，你能估算出来，你的胜率大概是多少吗?"

杜宇闻言一愣，几秒钟后，汗滴顺着额头流了下来，他自然清楚，炸金花属于最标准的概率游戏，放在自己面前的这手牌，凭他的经验头脑，最多只能得出"应该赢多输少"这个相当模糊的结论而已，至于那些看一眼牌，就能估算胜率的高手，应该在电视、电影上才能见到才对。

杜宇结结巴巴地说："您……您能算出来？"

"估算而已，你的胜率在57%到60%之间，我有个大学同学，能把误差范围控制在1%以内，所以到大三之后，我们全班的男生都不跟他玩牌，那不是赌博，是捐款！"姜诚嘿嘿一笑，重新捏起香烟吸了一口，"我没猜错的话，阿明这小子，大学高数分数也就在及格线上下徘徊，认真学一学能上70，但就算学死了，也上不了80。"

"这，这也太准了吧……"杜宇心悦诚服，他终于明白，为什么姜诚会被称作"姜太公"了，这不活脱脱一神仙嘛。

"阿明这小伙子，虽然油嘴滑舌，但人还是挺讲义气的，他跟别人搭档，关键时刻，大多会牺牲自己来保全队友，其中好几次，明明保全自己胜算更大，但他还是选择了队友。"姜诚说，"那个报社的文涛，你最好离他远点，这个人私心太重，玩游戏的时候，好几次卖队友，不值得深交。"

"游戏里的性格，未必就跟现实一样吧。"

"这么说吧，游戏里讲义气的人，现实未必讲义气，但是，游戏里都自私的人，现实一定自私。"

"姜伯，以后我们都不敢跟您玩游戏了。"杜宇半开玩笑地说。

"哈哈，别紧张，很多事我都看破不说破的，比如我就不会说，你带的那个小丫头，夏晚晴对你有意思……"姜诚嘿嘿一笑，"她每次做杀手，第一个杀的都是你，而跟你搭档时，又会想着法子反驳你的决定，跟你唱对台戏。她最后买单的时候坚持要给原价，就是不想欠姜宜一分一毫，毕竟，她们算情敌嘛……"

杜宇闻言大窘，夏晚晴对自己有意思，这一点他之前隐隐能感觉到，但也不能确定，大家也都心照不宣，没想到姜诚一语点破，这就让人尴尬了。

"没事，没事，她对你有意思，说明你有魅力啊。再说了，那丫头那么漂亮，性格也不坏，如果你是那种没法抵御诱惑的人，一定早就从了，还轮得到小宜吗？"

"嗯，嗯……"杜宇说话更不利索了，姜诚话锋一转，说："晚上你们去医院采访，是一个二十二岁的女孩喝百草枯的事吗？"

"嗯，您怎么知道？"杜宇问。

姜诚没有回答，指了指一旁的手机。杜宇立刻明白了现在这个信息时代，任何一个三线城市发生的热点新闻，几乎都会在几小时甚至几十分钟内，传遍网络。想到阿莹看到新闻后，面临的那种可怕的心理折磨，杜宇心头唏嘘，叹息了一声，说："可惜了。"

"是啊，可惜了。"姜诚摇了摇头，"但愿有奇迹吧。"

"嗯。"杜宇说，"对了，姜伯，小宜回来后，情绪就很不好，您晚上多开导开导她……"

"嗯？情绪不好？怎么不好了？"

"我也不知道，我问了几次，她也不说，应该是同情那个自杀的女生吧。"

"我知道了。"姜诚掐灭手里快要燃尽的烟头，深深地看了杜宇一眼，嘴唇翕动，似乎想说什么，但迟迟没有张口，这样的沉默持续了两三分钟，姜诚摇了摇头，从椅子上站了起来，"不早了，你先回去吧。"

"好的。"杜宇虽有千般疑虑，但也不好意思问出来。

姜诚转过身，推开房门，缓缓往楼梯走去，他的动作有些蹒跚，腰背佝偻，跟此前活力十足的模样形成鲜明的对比，杜宇甚至觉得，在刚刚的几分钟，姜诚仿佛一下子苍老了十岁，咚、咚、咚，姜诚下楼的脚步声沉重而缓慢，当走到楼梯正中时，姜诚忽然扭过头来，用杜宇刚好能听见的语调说："其实，小宜之前有个妹妹，叫姜婉……"

"嗯?"杜宇有些愣神，"之前?"

"三年前，姜婉自杀了。"姜诚的语气依然很平静，但扶着楼梯的右手开始微微颤抖，他再次转过头，只留给杜宇一个孤独瘦削的背影，"如果姜婉活着的话，应该也跟这个姑娘一样大了……"

杜宇怔怔地站在原地，脑中天旋地转。

第六章　转机

　　杜宇在浑浑噩噩中度过了大半个夜晚，这一夜他做了无数噩梦，大多数在醒来后都无法记起，而那些留存下来的梦境，第一个是关于姜宜妹妹的，他梦见，一个面容与姜宜有七分相似，稚气未脱的女孩躺在洁白的病床上，挣扎、呻吟，将床头的药盒摔到地上，花花绿绿的药片撒得满地都是，杜宇走上前，正想把药捡起来，却惊恐地发现几十粒药片竟然围成一个惟妙惟肖的白鸽图案，白鸽的嘴巴很大，仿佛要将自己一口吞噬。杜宇竭尽全力从这个梦中挣脱，却又跌入另一个更可怖的梦里，这一次，梦境的主角是他当晚采访的阿莹，这个二十二岁的可怜女孩还活着，却蜷缩在一口巨大的、黑漆刷成的棺材里，她的嘴巴张得很大，喉管里发出呼哧、呼哧的声音，显然，她正在用全部气力在做一件最简单的事情——呼吸，这是绝大多数喝下百草枯的患者的标准死法：因肺纤维化而活活憋死，好似一场无比漫长的活埋。杜宇记得的最后一个梦境依然与死亡有关，在这个梦里，他回到了两个多月前，云城马拉松现场，但这一次，死亡的主角并非那个编号6888的中学校长，而是一个看不清面容、看不清身材的神秘男子，男子从远方跑来，身体裹在一团朦胧的雾气里，当跑到杜宇的摄像机镜头前时，忽然笔直地倒了下去，就像一株被砍倒的杨树。

杜宇从连环不绝的噩梦中惊醒，狂跳的心脏让他无法再度入眠，他望着窗外微微发青的天色，开始起身做早饭。

显然，这一连串噩梦源自他这段日子里目睹、经历的一切。上个月的马拉松事件是杜宇人生第一次如此近距离面对死亡，王鸿儒临死前绝望挣扎的眼神，至今仍深深刻在他的脑海深处，而昨晚喝百草枯自杀的阿莹，则以同龄人的身份，进一步勾起杜宇对死亡的联想，以及恐惧。最后，当杜宇蓦然得知，自己深爱之人——姜宜还有一个名叫姜婉的妹妹，这个素未谋面的女孩，也在三年前离开人世，情感中最脆弱的一面便被全部激发了出来。

杜宇还很年轻，他的父母也是，他亲身经历的唯一一次至亲离世发生在记事之前：杜宇两岁那年，他的爷爷因脑溢血死亡。杜宇一度以为，死亡距自己相当遥远，然而最近这一连串的经历让他真真切切地感受到了死亡的可怕魔力，它是黑暗，是虚无，是悲恸，是世上最强大无情、不可战胜的存在。

早晨8点50分，杜宇神情恍惚地走进办公室。十多名同事正围坐在桌边准备开选题会。五分钟后，杜宇的领导、新闻部王主任快步走了进来，一屁股坐在正中的椅子上，却没有像往常那样宣布开会，而是咳嗽了一声，锐利的目光毫不掩饰地射向杜宇。

怎么了？

"我们新闻工作者，首先要讲政治，顾大局；其次，要能吃苦，肯奉献。"王主任刚一开口，所有人立刻发现苗头不对了，几个原本懒懒散散、聊天玩手机的同事赶紧端正了坐姿。

王主任说："昨天晚上，市人医急诊部收治了一名喝农药自杀的女孩，杜宇，夏晚晴，你们是不是去采访了？"

"是。"杜宇一下子明白过来，刚过去的这一夜，这条消息在微信圈传疯了，那些自媒体发布的现场照片，有好几张都拍下了自己扛摄像机的背影。

"有新闻第一时间赶到现场，你们的新闻敏感性很好，值得表扬。但是，你们采访完这类重大突发事件，为什么不第一时间向我汇报？还有，这事是昨晚7点发生的，算你们花两小时采访完，晚上9点到早上9点，十二个小时，你们的稿子呢？为什么采编系统里看不到稿子？"王主任怒气冲冲地说，"今天一大早，市人医的王院长打电话给我，让我把医生采访里病情分析那段去掉，我都不知道怎么回事。你说，如果打电话的是台领导，我一问三不知，领导不会问责我们部门的管理流程吗？"

杜宇沉默不语，在他们新闻部，前一晚采访的稿件，拖到第二天上班才写，这本是件司空见惯的小事，主任明显有借题发挥的意思。究其原因，多半还要追溯到之前马拉松那档子事：那件事，杜宇虽然没有做错什么，但说到底，毕竟没有"安抚"好死者家属，领导们不敢开罪那帮无理取闹、来广电堵门的大爷大妈，自然只能迁怒于杜宇了。不过有一说一，这一次，杜宇自作主张地打算不发"阿莹喝百草枯自杀"这条新闻，这倒是严重违纪违规的，想到这一点，杜宇不免有些心虚，只能硬着头皮说："领导，那条新闻，我不太想发。"

"不发？什么意思？有人找你打招呼了？"

"不是打招呼，我的意思是，看那小姑娘的样子，应该还不知道喝百草枯的结果，也不知道接下来几天要受怎样的折磨。我觉得，既然人十有八九救不回来了，不如让她稍微轻松两三天……我觉得，这也算一种人道主义吧……"

"人道主义？你不报，别人就不报了？你没看这事都上热搜了吗？还有，我们做这个报道的目的，并不在于事件本身，更重要的目的是引导、劝诫观众，让大家知道，喝百草枯自杀会死得多痛苦，这样一来，以后是不是就会少一些效仿的人了？这不是我们媒体的社会责任吗？还有，早在好几年前，百草枯就全国禁售了，这小姑娘喝的药是从哪儿来的？究竟有多少无良企业还在生产这种剧毒农药？淘宝能不能买到？你调查了没有？你的敬业精神呢？"

主任这一番话说得义正词严，杜宇无法辩白，只好低下头，摆出一副虚心接受的样子，主任发完官威，装模作样地抿了口茶水，慢悠悠地说："你先把稿子写出来，但不急发，上午院长电话里说了，通过一晚的观察，这个女孩的病情有些奇怪。"

"奇怪？"

"医生怀疑，这女孩很可能喝的是假药。"

"假药？"杜宇失声说，这可是他一个上午听到的最好的消息了，之前的一肚子憋屈瞬间消失得无影无踪，就连主任那张扑克脸看上去都没那么讨厌了，"什么情况？"

"情况具体我也没听太清楚，大概意思就是，百草枯农药因为毒性较强，为了防止人误喝，里面都加入了臭味剂，但昨晚医生给女孩洗胃，引流出来的液体却没有特别明显的气味，而且，患者的消化道，也没有出现符合百草枯急性中毒的大面积烧伤、溃疡，当天晚上，女孩的妈妈也把家里的农药瓶带来了，包装确实是百草枯的包装，但里面剩下的一点液体也闻不出明显的臭味，据有相关经验的人说，倒像是草甘膦的味道。"

草甘膦，这名字有些熟悉，好几个记者都开始掏出手机查询："貌似是致癌物？"

"你们不用查了，院长说了，草甘膦的毒性，就算喝一斤下去，也死不了人！"主任说，"院长说了，血检结果中午能出来。杜宇，你现在跟晚晴再跑一趟医院，我安排人把片子剪好，等结果出来，我们在午间新闻抢发。"

"好！"现场响起了两个声音，一个是杜宇，另一个则是夏晚晴，显然，这个意外之喜让她也十分兴奋。两人对视了一眼，迅速起身准备采访设备，进电梯前，杜宇给姜宜发了条微信，把这条"喜讯"告诉了她，但姜宜并没有回复，这也正常，这个点她多半还在睡懒觉。上车后，夏晚晴掏出随身的化妆包，开始抹粉描眼线，这让杜宇有些诧异，问："你平时出现场不是不化妆的吗？"

"昨晚没睡好，眼袋都出来了。"夏晚晴的五官很精致，属于标准的第一眼美女，这也是她一向素颜出镜的底气，"昨天晚上，阿莹跟我在微信上聊了一会儿，我想起来她是谁了，上高中的时候，她的宿舍就在我楼下，我俩经常在楼梯上遇到。唉，昨晚我一直到3点都没睡着，就是为她难过。"

"是啊，昨晚姜宜回家后，情绪也很不好……"杜宇刚说了一半便自觉地闭嘴了，没错，在一个喜欢自己的女孩面前提女朋友，这举动确实有些蠢。杜宇说："我准备几个采访问题，你现在给阿莹发个微信，就说我们想花半个小时做个采访，让她配合一下。对了，阿明昨天说，他拍的一张照片，阿莹的手腕上有一个奇怪的白鸽图案，他怀疑，女孩自杀是受了别人的怂恿跟引导！"

"白鸽游戏?!"夏晚晴显然听过这个曾"风靡"一时的名词，右手一滑，眼线笔在脸上留下一道黑色的斜线，"这些人真该死!"

"嗯，是该死。你一会儿采访的时候，帮我留意一下，如果阿莹是长袖的话，你想个办法说服她，让她把衣袖捋起来。"

"这不是给我出难题吗?"夏晚晴露出为难的神色，"我试试吧。"

十分钟后，急诊住院06号病房。

病房的门虚掩着，阿莹的脸色有些苍白，但精神还不错，此刻正躺在床上，耳朵里塞着耳机，目光停留在空无一物的墙壁上，似乎在听音乐。令杜宇失望的是，阿莹穿着一件长袖的蓝白条纹病号服，手腕被衣袖遮蔽得相当严实，根本看不见那个"白鸽图案"。在床边靠窗的一侧，站着一个身形高大的男人，正是阿莹的父亲。夏晚晴敲了敲门，在门口探出个脑袋，正想开口，却被阿莹的父亲一个眼神瞪了回去。

"我都说了，不要采访!不要采访!你们这些记者怎么素质这么低!"

"爸，这个主持人姐姐是我的学姐，我答应她过来的，要不，你先出去抽会儿烟吧。"阿莹一眼就认出了夏晚晴，摘掉耳机，开口向父亲求情，但阿莹的父亲显然还在气头上，他咬着牙，冲杜宇吼道:"不行就是不行!阿莹现在这个样子!你们什么意思?!"

阿莹被父亲的语气吓到了，小小身子缩成一团，再也不敢多说一句，阿莹的父亲瞧见女儿这番模样，自知态度有些犯冲，梗着脖子不说话了，夏晚晴开口道:"叔叔，我是阿莹的学姐，你放心，我不会问任何她不想说的问题，还有，除了采访外，我也想以朋友的身份，劝劝阿莹妹妹，希望她以后可以开心点。"

夏晚晴这一番话说得极具水平，总之，阿莹的父亲被说服了，摇了摇头，从口袋里摸出一盒烟，转头离开了。

夏晚晴将病房里的陪护椅拖到阿莹的床头，坐了下来，这样会给被采访者一种平视的感觉，避免了仰视带来的压抑和距离感。杜宇赞赏地点了点头，打开了摄像机，示意夏晚晴调试话筒。"喂，喂。"夏晚晴对话筒说了两句话，忽然皱起眉头，问杜宇："你听到什么声音没有？"

"嗯？"杜宇闻言一愣，随后发现，刚被阿莹放到枕边的耳机里，正飘出微弱的音乐，这是一首相当小众的拉丁文曲子，以至于杜宇、夏晚晴都叫不出名字，音乐旋律低沉忧伤，听在耳中，自然而然地生出一种说不出的压抑感。夏晚晴侧耳听了片刻，说："妹妹，别听这样的音乐了，换个欢快点的吧。"

"嗯！"阿莹顺从地点了点头，"我听你的，学姐。"

夏晚晴展颜一笑："现在感觉怎么样？"

"嗯，好多了，多亏了医生。"阿莹的吐字很清晰，嗓音清脆响亮，这一点更加验证了医生的猜想——如果一口气喝下50毫升的百草枯，患者的喉咙应该受到严重灼伤，难以呼吸说话才对。

"嗯，希望你早日康复，对了，你最近遇到什么特别不开心的事了吗？"

阿莹犹豫了几秒："也没什么特别大的事情，就是好多不顺心的事忽然凑一块了，前两天上班，不小心填错了一个报销数字，被扣了1000块钱，第二天又把刚买的手机丢了。还有，我男朋友也跟我说了分手……"

阿莹目光闪烁，但只字不提父母离婚、吵架一事，显然，这是她不愿提及的刻骨之痛，夏晚晴很清楚阿莹的心思，自然也避而不谈，只是劝慰她说："嗯，你这么年轻漂亮，以后的路还长呢，你男朋友不要你，是他的损失。"

　　"谢谢你，我现在很后悔，以后不会再做这种冲动的事了。"

　　"嗯，那我们做个约定，以后不管遇到什么，都要勇敢面对，好好地活下去。"夏晚晴笑了笑，轻轻伸出小指，和阿莹拉了拉钩。接着，她话锋一转，开始跟阿莹聊当年上学的往事，两个女孩聊得很细碎，大多是一些女孩家的八卦，包括当年寝室楼下体重200斤的舍管阿姨，校篮球队最帅的男生以及道貌岸然、喜欢抓早恋的教导主任等，两人聊了大约二十分钟，夏晚晴忽然说："对了，你还记得那个王校长吗？就是那个整天穿西装、眼神色眯眯的王校长。"

　　"当然记得，我们都喊他隔壁老王，那家伙一看到漂亮女生，口水都要流出来了，还装出一副很正经的样子，虚伪！"

　　"嗯，就在上上个月，王校长死啦！"

　　"死了？"阿莹惊讶地问。

　　"嗯，5月份不是云城马拉松吗？王校长跑到一半，忽然就猝死了，听说是低血糖发作。"

　　这一回轮到杜宇吃惊了，夏晚晴说的王校长，不正是猝死在自己眼前的王鸿儒吗？怎么从没听她提起过？不过转念一想，云城马拉松那会儿，夏晚晴还在学校念书，没到电视台实习。就在杜宇回忆的当儿，夏晚晴忽然惊叫了一声："哎呀，你的水好像挂完了。"

　　杜宇茫然抬头，果然，输液瓶中的液体只剩下浅浅的一层，他正准备起身叫护士，却被夏晚晴一个眼神瞪了回去，只见夏晚晴手忙脚乱地关掉输液阀门，然后抓起阿莹的左手："让我看看，有没有气泡、回血。"

夏晚晴在抓阿莹手时，外带了一个小小的动作，那便是用两根手指，将阿莹的衣袖悄悄往上蹭了几公分，这样一来，阿莹的手腕就露了出来。果不其然，在她的手腕背面，有一个椭圆形、类似白鸽的图案，杜宇瞬间明白了过来，强忍激动，不动声色把镜头移动了一些角度，同时调整焦距，按下录制键……在确定已经拍下足够清晰的特写画面后，杜宇对夏晚晴使了个眼色，示意大功告成。

又过了一分钟，值班护士走进病房，换上了新的输液瓶。夏晚晴也站起身，跟阿莹道别。出了病房后，杜宇深深吸了一口气，说："你看到了?"

"嗯，你拍下来了?"

"拍下来了。"

"是白鸽吧?"

"是……"杜宇叹息了一声，上车后，他将摄像机连接到笔记本电脑，点开那段最关键的特写画面。果然，阿莹手腕上的椭圆形图案，和网络上疯传的"白鸽游戏"的白鸽有九分相似，它是用蓝色的圆珠笔画上去的，线条笨拙歪斜——和网上查到的，一些极端自杀者用刀刻、文身的方法弄出来的白鸽相比，阿莹手腕上的这只白鸽甚至显得有些——可爱。杜宇在视频里截了两张清晰度最高的图片，在微信上发给了阿明。

"刚截的图，确实是白鸽，还有，女孩病情有转机，百草枯可能是假药。"

阿明很快就回复了消息："谢谢!"

杜宇刚回到电视台，医院那边就打来了电话：血检结果证明，阿莹前一晚喝的农药，果然不是百草枯，这意味着她这条命基本是保住了。听到这个消息，杜宇一下子从椅子上跳了起来，大笑了两声，接着在一众同事异样的目光中坐回原位，开始续写前一晚的新闻稿。

"就在发稿前，医院传来了消息，阿莹昨晚喝下的百草枯农药是假药，这意味着……"杜宇正在写最后的导语，耳边忽然传来"砰"的一声巨响，十分钟前还和颜悦色的王主任满脸怒气地走了进来，用力一拍桌子："杜宇！你搞什么名堂！"

杜宇有些发晕，办公室里的七八个同事抬头瞄了瞄，也被领导铁青的面色给吓住了，一个个低头不敢吭声。

"杜宇，你给我解释清楚，'云城焦点'上这条新闻是怎么回事！"主任又拍了一下桌子，这一次他用的力气更大，直接把年久失修的桌面拍出一条裂缝。

杜宇更蒙了，"云城焦点"是当地最大的新闻公众号，但跟电视台一向没什么太大的瓜葛。他战战兢兢地点开公众号，一行醒目的标题立刻跳了出来：

花季少女身陷"死亡游戏"，万幸假药救回一命

新闻虽然略有标题党之嫌，但内文部分却很专业，图文并茂地重现了阿莹喝农药自杀的前后始末——包括抢救过程、自杀背景、白鸽图案、最新进展等。虽然新闻没有署名，但从文字风格、配图习惯来看，明显是阿明的大作，杜宇有些困惑，焦点新闻被自媒体抢发，这也是司空见惯的事，也不知道主任为什么会雷霆大怒。

"杜宇，我开会强调过多少次，严禁素材共享，你倒好，

我们还没播出，你就把拍到的素材提供给人家自媒体！你还有没有集体荣誉感！知不知道自己是广电员工！还有你，夏晚晴！上个星期就让你去把指甲油洗干净！一直当耳边风！你看看你的指甲，涂得跟彩虹糖似的，你是做网红还是电视主持人呢！！"

杜宇愣了两秒，旋即反应过来。原来，阿明在这条新闻里，配上了杜宇刚发给他的，那张以阿莹手腕上白鸽图案为主体的照片，而在照片的右下角，出现了夏晚晴极具辨识度的右手，如果仅是如此，领导或许还不会注意，然而更要命的是，在这只手上，还握着一个贴有"云城TV"标签的话筒。杜宇犹豫了一会儿，还是决定放弃用"自媒体也去了"的理由狡赖，毕竟在场者有好几个，万一说谎再被戳破，那就更加理亏了。

"领导，我错了。"杜宇老老实实地说，"但我也没办法，阿明您也认识，我至少有三分之一的新闻选题是他给的，以前他拍到什么现场资料，也都第一时间发给我。而且，女孩手腕上有白鸽图案这件事，还是他先发现的，他知道我上午去做采访，跟我要素材，我也没理由回绝啊。"

"你不知道回绝！你不知道回绝！"杜宇的理由确实充分，但只能让主任更加怒不可遏，一张脸涨得通红，手上的青筋都凸了出来，"白鸽图案这事儿，你为什么不汇报？"

"这个，我们昨晚也没敢确认，上午刚拍到，正准备写进稿子里呢……"

"算了，别写了！"

"什么？"

"还不是因为你，刚才公安局一把手打电话给台长，说是有警察看到网上的报道，怀疑这起自杀可能涉及刑事犯罪，为谨慎起见，在事件定性之前，建议不做报道！"主任悻悻地说，"本来一条好好的独家报道，就被你给弄没了！更麻烦的是，现在台领导也知道了素材外流的事，责令严查处理，你让我怎么办？"主任越说越气，最后大手一挥，对办公室内勤说，"现在打电话通知所有人，一小时内回办公室报到，开整风会议！杜宇，你写一份情况说明，一会儿开会时念给大家听！"

这个意外将杜宇的心情一下子从峰顶打落进深渊，但形势比人强，也只能捏着鼻子认罪。他愤愤地拿出手机，给阿明发了条消息："你这小子，用我的图也不好好修一下图，害死兄弟了！"然后坐到电脑桌前，怀着一肚子怨气写下八百字"情况说明"，接着在部门会议上，低着头，"言辞诚挚"地读完了说明，并接受了长达半小时的批斗教育。这一通忙完，已经是中午1点了，杜宇拿起手机，正准备订一份外卖打发肚子，却发现居然有七个未接来电和超过十条未读信息。

> 兄弟，对不住啊，这个月的饭我包了。
> 死了没，吭一声啊！
> 半天不回我，电话也不接，不会被拉到台长室批
> 斗了吧！
> 要不要我打个电话给我爹，让他给你们领导打个
> 招呼？

看到这四条道歉短信，杜宇的怨气也消去了大半。然而下一秒，他的心情又开始忐忑起来，不是别的，除了阿明的四条消息和两个来电外，另外五个未接电话，外加超过十条消息都来自姜宜。

啊啊啊！那女孩喝的是假药？是医生说的吗？

血液检查结果出来了吗？

你怎么不回我消息啊?!

电话也不接！

我送你的手环呢，不是还特地让你跟电话绑定，每天都戴着的吗？

手环？杜宇先是一愣，旋即回想起来，就在跟姜宜相识一周后，自己去工地采访了一条安全事故的新闻，因为环境太吵，导致整整"失联"了四个小时。第二天晚上，姜宜一脸嗔怒地将一条橙黄色的手环交给杜宇："你回去把手环跟手机配对，这样就不会听不到我电话了!"

"这手环好贵的……"杜宇瞬间意识到，姜宜送自己的这条手环，跟她手腕上那条是同款，又恰好是情侣配色。这让他心头一颤，十秒钟后，杜宇用戴上手环的右手将姜宜拥抱入怀，姜宜略微躲闪了一下，但终究没有避开……

最近这一周多，杜宇一直戴着这条手环，只不过前一晚他床头的插座坏了，只能把手环放在客厅里充电，早上上班走得急，就忘了戴上。杜宇苦笑了一下，准备编信息回复姜宜——他十分理解姜宜对阿莹一事的关心，这女孩的轻生之举一定让姜宜想到了她的妹妹，以至于勾起心灵深处那缕掩藏了多年的痛楚。

想到这里，杜宇忽然发觉，自己对姜宜的了解，似乎远不如他想象中那么透彻。没错，他们爱读相同的书，喜欢相同的音乐、相同的球星，可谓完美的灵魂伴侣，然而另一方面，尽管已相识半个多月，但他对姜宜的家庭背景几乎一无所知。他不知道这是巧合，抑或是姜宜的刻意隐瞒。如果是后者的话，那么想必，在姜宜身上，有许多沉痛的、不愿提起的过往吧。

杜宇放弃了编辑到一半的信息，拨通了姜宜的电话。

"对不起，刚才部门紧急开会，没看手机，手环早上忘家里了。你别急，医院的化验结果出来了，确定是假药，人没事了！"

"嗯，我在网上看到了。"姜宜的语气很平静，"我就是很关心这个女孩子的情况……我爸上次跟你说了我妹妹的事。"

"都过去了……希望你早点走出来。"

"你放心，我没事。你刚才不接电话，我有点着急，但现在好了。"

"唉，当时是特殊情况……"

"对了，昨晚你跟我爸聊得怎么样？"

"挺好的，就是有点突然。"杜宇有些尴尬，"下次，你给我提前说一声。"

"呵呵，提前说的话，说不定你就有准备了，你们这些做媒体的，编故事比谁都在行。"听说阿莹转危为安的消息后，姜宜的心情显然大有好转，在电话里跟杜宇开起了玩笑。杜宇笑了笑，并没有再辩驳。电话里温婉的声音让杜宇回忆起那张让他魂牵梦萦的面容，一股浓情蜜意夹杂着强烈的呵护欲从心底涌了出来。

第七章　白鸽

7月21日，23点50分，云城市人民医院。

三号住院楼是云城市人医最老的建筑，兴建于上世纪80年代，装修、设施都很陈旧，正因如此，通常情况下，都用于安置暂时病情不太危重，又一时"排"不进其他病区的病人，类似"加床"性质。阿莹被确认脱离危险后，就从急诊住院处搬进了这里。楼内有一多半病房空着，此时又值深夜，整栋大楼一片寂静，唯一的声响，是从几间病房里飘出的清脆的仪器嘀嘀声。杜宇、阿明、夏晚晴一行三人，就跟做贼一样，蹑手蹑脚地走进大楼。走廊上的三盏长明灯坏了两盏，剩下的一盏也因年久失修而有些昏暗，三人的影子拖得很长，刚走到走廊正中，身后的一扇木门忽然嘎吱一声打开了，门里闪出一个小小的白影，大声喝问道："你们干什么？"

三人被这么一吓，险些叫出声来。幸好，他们很快从这人身上的白大褂认出了身份，这是个鹅蛋脸的年轻护士，看模样还不到二十岁。

"我朋友在住院，我们来找她！"夏晚晴说。

"这个点？"护士不依不饶。

"嗯，我朋友是个女孩，叫阿莹，31病房的，她刚才发消息给我，说晚上一个人有点害怕，我们三个都是她同学，过来陪她说说话，过个把小时，她睡着了就走。"夏晚晴说。

"噢，那个喝农药的吧，没事，是假药。"这小护士显然初出茅庐未久，也挺好说话，小手一挥就放行了。

事实上，杜宇一行选在这个时间夜探病房，也是无奈之下的权宜之计——尽管阿莹算是捡回了一条命，但大家依旧有个心结没有打开：那个被摄像机拍下的白鸽图案，证明阿莹的自杀极可能并非出自本心，而是被人唆使、诱导的。这让他们几个，尤其是听说警方虽然已介入此案，但调查很不顺利的阿明怒不可遏。出于与生俱来的正义感和好奇心，21号傍晚7点，三个人又结伴跑了一趟医院，准备以好友探病的名义，问清楚其中的真相。谁知到病房之后发现，陪床的并非前一天的阿莹父亲，而是她的母亲，这个泼辣的中年妇女一眼认出了三人的身份，然后用最恶毒的语言，将他们骂了个狗血淋头。三人灰溜溜地逃出病区，正打算各回各家，夏晚晴却收到了一条来自阿莹的道歉消息：

对不起，我妈妈就这样。

没事的。你妈什么时候不在，告诉我们一声，我们去看看你，不是采访，就是聊聊天。

我也不知道，我妈妈下午把我爸气走了，我估计这几天她都会在这儿，除了晚上回家睡觉……但是会比较晚，应该要十一二点了。

要不我们晚上去找你？不打扰你休息吧？

没事，我也想有人陪我说说话呢！谢谢！

就这样，杜宇一行三人在外面"流浪"了四五个小时，然后在深夜重返医院。阿莹的房门虚掩着，房间里已灭了灯，透过门上的玻璃，三人看见，阿莹正独自坐在床头看手机，笃、笃，夏晚晴敲了两下门："是我。"

　　"我还在挂水，门没锁，进来吧。"

　　杜宇、阿明跟在夏晚晴身后走进病房，阿莹放下手机，弱弱地说："这么晚还来看我，真麻烦了。"

　　"不麻烦。"夏晚晴笑了笑，然后从随身的小包里拿出一件小小的礼品盒，里面放了一个限量版的星巴克猫爪杯，这个别致的小礼物让阿莹的脸上绽放出笑容："谢谢学姐。"

　　"妹妹，你怎么这么傻，喝百草枯，幸亏是假药……"

　　阿莹的眼睛闪了闪，旋即用力点头，她的脸上依旧缺少血色，但是整个人的情绪与心情明显好转了许多，她说："嗯，我真傻。我以后一定要好好生活，不再让别人担心了！"

　　"你想通啦?!"

　　"是啊，我刚才正在手机上看电影，特别有感触。里面有一句话，人生就像一盒巧克力，你永远不知道下一颗是什么味道。我的人生也刚刚开始，我相信，以后肯定会越来越好的！"

　　杜宇下意识地看了阿莹放在床头的手机一眼，没错，是《阿甘正传》，屏幕上的画面，恰好是男主角迎着太阳，努力奔跑的经典画面。对一个心灰意冷的厌世者来说，这部经典影片无疑是一剂相当对症的"良药"。四个人在屋里聊了十来分钟，夏晚晴脸色一正，说："妹妹，有一件事想跟你商量。"

　　"嗯?"阿莹有些警觉。

　　"把你的袖子卷起来，让学姐看看。"

"学姐?!"阿莹脸色顿时变了，她迅速低下头，贝齿轻咬，一言不发。

"妹妹，我是真的关心你，为你好，你跟姐姐说，是什么坏人害你的?"

"嗯，哥哥我去帮你削他!"阿明装出一副豪气万丈的模样。

"不，没有……没有……"阿莹头更低了，小小的脸蛋隐没在房间的阴影中，瘦弱的身体瑟瑟发抖，过了一会儿，她说，"今天警察也来问过我了，真的没有，我就是自己想不开，真的。"

"你别骗我!"夏晚晴有些生气，在她看来，阿莹这时候还不肯吐露真相，就等同于包庇恶人，对自己和别人不负责。她握住阿莹的手，将袖子往上捋了几公分，阿莹颤抖了一下，缩了一下手，但并没有用力。

两秒钟后，杜宇、阿明同时呆住了，只见阿莹手臂上一片光洁，那只白鸽早已消失得无影无踪。

"你?"夏晚晴起初以为自己记错了，于是又卷起了阿莹的另一边袖子，然而却只看到了一样的结果。

"我……我下午就洗掉了，呜呜，你们别问了，呜呜……我错了，我真的错了……"阿莹开始抽泣，惊动得不远处的护士都跑了过来。

"你们闹什么?"先前好说话的小护士此时也不好说话了，柳眉横竖地问。

杜宇、阿明面面相觑，心头不由得升起一缕负罪感：阿莹的心情本来已大有好转，没想到最后这一折腾，似乎又开了一段"倒车"。这让原本口齿伶俐的二人也有些理屈词穷："我……我们……"

"别解释了，你们快走吧，病人需要休息。"小护士毫不犹豫地下了逐客令，这一来杜宇他们自然不好意思继续待下去了，只好赔了个笑脸，扭头出门。此时已是凌晨0点20分，偌大的病区更加死寂，就连先前听到的仪器嘀嘀声都少了一半。三人下了楼，当走出电梯的一刻，夏晚晴忽然哆嗦了一下，一种奇异的、如芒刺背的感觉爬上脊背，瞬间笼罩全身。

似乎，有一双眼睛，正在背后的黑暗深处，死死盯着自己。

她强忍无边的恐惧，猛然回头，看向身后的住院楼。

大楼一片漆黑。

"你怎么了？"

"我感觉好怕。"夏晚晴带着哭腔说，"我总觉得，自从我们出病房后，就有人一直跟着我们。"

阿明大大咧咧回望了一眼："哪有人？你是不是眼睛花了？哦，说不定是那个小护士，我看她刚才的样子，应该是看上我了。"

阿明的插科打诨让恐惧的气氛轻松了一些，上车后，三个人叽叽咕咕地讨论了很久，主要话题自然集中在那个已经被洗掉的白鸽图案上，大家都认为，阿莹的性子实在太柔弱、太缺乏主见了，几乎不会拒绝任何人的任何要求，无论这要求是正义的，还是邪恶的，这般的软弱，到头来不但会伤害自己，也很容易伤害别人，最简单的例子就是，一度负气跟她要断绝父女关系的父亲。这样的性格，让她很容易成为"白鸽游戏"的猎物。

那么问题来了，这样的一个"完美猎物"，最后又是如何幸存下来的呢？仅仅是依靠运气吗？

即便在各回各家后，三人依旧没有立刻入眠，都在脑子里回想这件事。这其中，夏晚晴的思虑更多是感性而非理性的，除了同情、怜悯之外，她还担心阿莹未来的前路与生活。杜宇则想到了姜宜，以及她在三年前自杀离世的妹妹。三人中只有阿明，这个桌游高手、心理分析大师，是从纯理性、人性的角度，来思考背后的真相，他躺在床上，将这两天来与阿莹见面时，对方的每一句言语、每一个表情以及每一个细节都在脑中回放了一遍，终于，在某个瞬间，一道亮光从乱麻般的思绪中放射出来，一个尚无实据但极合情理的猜测从心头冒了出来。阿明整个人一下子轻松了，他翻了个身，很快便沉沉睡去。

第八章　虚惊

两天后，7月24日。

云城市公安局副局长周锐这几天心情相当憋屈，四天前，市人民医院收治了一名疑似百草枯中毒的少女，在少女的手腕上，有一个用蓝色水笔画的白鸽图案。周锐对这个配图相当熟悉，可以说，每一个白鸽图案背后，都隐藏着一个以引导他人自杀为乐的"导师"。前些年，他还在做刑侦队长时，就曾在三名自杀者的遗体上，看见过同样的图案，每一次他都热血上涌，恨不得能手刃那些恶魔，还人间公道与清明。

然而事与愿违，引导那三名年轻人结束自己生命的"导师"，至今仍逍遥法外，无一落网，周锐甚至不知道对方是男是女，是同一个人、同一群人，还是三个不同的个体或群体。

周锐还了解到，在全省乃至全国范围内，类似案件的破案率都不高。主要原因有二，第一，这些引导、指导他人自杀的"导师"，虽说是一群变态，但大多具备卓越的智商和反侦查能力。其中，智商主要体现在他们的沟通技巧上，"导师"很少会用"直截了然"的言语去诱惑别人自杀，而是会用"循循善诱"的口吻，直击对方最大的软肋，从而激发对方的厌世情绪，至于反侦查能力则体现在，他们与诱导对象的聊天，都是通过一些国外的聊天软件进行，这意味着无论是调取聊天记录，还是追查IP都障碍重重。第二，从城市形象、城市治安考虑，公安机关往往也不太愿意将一桩自杀案件升级为谋杀案件——毕竟，大多数被"白鸽游戏"引导自杀的年轻人，本身就具备较强的抑郁倾向，他们的轻生之举，到底是自身因素还是外界因素占比更多，原本就见仁见智。

就拿阿莹这件事来说，一把手局长给周锐打电话时，说的原话是"你安排下面查一查"，而非"立刻安排侦查工作，力求尽快破案"。这两者之间的差别，周锐心知肚明，在这之后，当他在电话里严肃地给自己的下属刑警队徐队长派任务时，对方的语气更让他感到一种深深的无力感。

"你立刻安排侦查，不要因为受害者没死就不重视！"这是周锐的原话。

"好的，领导放心。"徐队长回答得看似恳切，但语气就像背书一样。

"有什么消息，第一时间通知我。"

"好的，一定第一时间上报，由领导定夺。"

挂断电话后，周锐叹了口气，这个徐队长之前跟过他十年，用两句话评价：刑侦能力全队倒数，（政治）斗争能力全队第一。以他对这人的了解，这次阿莹自杀（未遂）一案，最后十有八九也会不了了之。更何况他也听说，这起案件最重要的当事人阿莹对警方的调查极不配合。而最终的调查结果也确实印证了他的猜测：这一刻放在他桌上，徐队长交上来的调查报告一共有六页，其中有三页是比"新闻报道"略微翔实一点的"案情描述"，剩下的三页里有两页是当事人笔录：

我不想说这些。——阿莹。

我不知道。——阿莹。

没人教唆过我自杀。——阿莹。

等我女儿出院你们再查吧，她现在需要休息。——阿莹父亲。

你们再不走，我女儿出了什么问题，我就去找你们负责。——阿莹母亲。

最后一张纸则是案情总结，其中充斥着"线索中断""无法调取相关数据""当事人配合度低""物证湮灭""调查难度大""继续努力，排除万难"等字眼。总的来说，报告就一个中心思想："人没死，极度不配合，上面不希望定性为刑事案件，又调查不出什么实质内容，不如算了吧。"

周锐提起笔，咬牙切齿，却又无可奈何地在报告上签上自己的名字，一想到那些隐藏在人间的恶魔继续逍遥法外，并可能引导更多无辜者走上轻生的道路，周锐全身的血液仿佛都在燃烧。

"你是我爹，你是我爹。"周锐口袋里的手机冷不丁响了起来，这个铃声是他活宝儿子阿明设置的，好几次在大庭广众之下引发哄笑。周锐接起电话，没好气地说："什么事？"

"爸，你有没有接到一个案子，有个漂亮小姑娘，喝百草枯自杀的。"

"你问这个干什么？"周锐很敏感，这案子虽然不算什么机密，但通过他的口传出去，还是不符合纪律的。

"你还瞒我什么啊，'云城焦点'上的那条新闻就是我写的。"阿明笑嘻嘻地说，这语气让周锐更生气了——在这之前，对儿子打着自己这面大旗，跟各个派出所套近乎，换新闻线索的事，周锐就很恼火，甚至好几次威胁要断绝父子关系，但一来狠不下心，二来阿明做事也算有分寸，哪些事能报道，哪些不能报道，哪些要重点报道，哪些要淡化报道，一向拿捏得很准。久而久之，周锐也就睁一只眼闭一只眼了。这回，一听说这件让全局头疼的案子是儿子捅出来的，周锐自然更是气不打一处来："你报道这件事，也不提前跟我说一声？最后我们公安还是看了新闻才立案的，这要追究起来，不是给我添麻烦吗？"

"爸，怪我当时太激动，其实刚发完稿我就想到这一点了，但又怕你熊我，只好装不知道了。"

"那你现在打我电话干吗？"

"就想问问，这件事立案了没，调查到哪一步了？"

"调查了三天，没啥结果。"周锐怒气冲冲地说，"你关心这个干吗？"

"我看老爸你这几天心情不好，又听到你在房间里打的几个电话。是不是领导不重视这个案子，然后徐大草包又敷衍了事，让你不爽了？"

周锐被儿子一语说中心事，但隔墙有耳，也不方便点头认同："我在办公室呢！"

"其实，这件事，我后来又去找了这个小丫头一回，回来后仔细想了想，有了一些想法。"

"嗯？"周锐有些意外，"什么情况，你说说清楚。"

"等你下班再说吧，6点10分，我在家门口的红星浴室等你。"

两小时后。

红星浴室是一家有七十多年历史的老澡堂，二十年前，这儿曾是云城最热闹的地方之一，然而时过境迁，随着一家家商务洗浴中心拔地而起，外加习惯洗老澡堂的人们日渐老去，这家位于狭巷深处的浴室的生意也越来越差，几乎到了门可罗雀的地步。周锐进门后，看见七十多岁的擦背陈师父正光着膀子，坐在吧台前玩手机，便好奇地上前看了一眼。

"老陈，你在上网买东西？"周锐看见老陈的手机上开着一个购物页面，界面做得花里胡哨，到处都是广告。

"嗯，德国出了一种治糖尿病的新药，只要吃三个月就能根治。我让我闺女给我买，但她死活不肯，我自己也没网购过，试了半天也没成功。"

周锐心头一沉，不用说，老陈明显是被虚假广告给忽悠了："哪有这种药？肯定是假的。"

"怎么会假，这可是中央电视台推荐的。"老陈点开一段视频，视频中，一名观众耳熟能详的央视主持人正襟危坐在宽敞的演播室里读稿，稿件的内容和下方的字幕都是"新药糖必灵正式通过美国 FDA 验证"。周锐拿过手机，看了短短十秒，说："假的！"

"中央电视台主持人也说假话？！"

"这确实是中央电视台主持人，但声音是后期配上去的，字幕也是骗子加上去的，你看，她说话的声音是不是跟口型有点对不上。"周锐拍了拍老陈的肩膀，说，"这药谁介绍给你的啊？"

"唉，没人介绍我，就手机上忽然蹦出来的！"

"手机上忽然蹦出来的？"周锐心头一凛，这种事他也见了不少。近年来，有不少手机软件都会悄悄收集用户的行为数据，你通过搜索引擎查过什么，买过什么，甚至聊天聊过什么，软件都会偷偷"记录"下来。然后通过这些数据，分析推断出用户的需求，进而精准投放广告、推送商品。记得半年前，局里接到一起酒托诈骗案，为了调查需要，周锐用自己的手机下载了一个当下流行的陌生人社交软件——说得更直白些，约炮软件。而自从那一天开始，他手机上好几个App，都开始不断地推送一个"坐标云城市开发区，十八岁萝莉，想找一个高学历大叔，希望能陪我去海南玩耍"的App广告。

这事乍一看啼笑皆非，实则细思极恐。原因很简单，首先，这些投放广告的软件，很"清楚"周锐的位置：云城市开发区；其次，还"知道"他的学历、年龄——高学历大叔；最后，海南岛，是周锐近两年出差去得比较多的地方。可以说，这则广告，基本就是为周锐"量身定做"的，可想而知，他有多少个人隐私信息，在不知不觉中就被手机上的流氓软件窃取、出卖、利用了。

不过凡事有利有弊，最近这几年，也有一些刑侦学专家提出，可以利用大数据协助破案甚至预防犯罪。去年春节，一位在沿海某城市考察投资环境的外商在酒吧回宾馆的路上，遭遇一对蟊贼劫道，被劫走三千多欧元现金，外加一块劳力士限量款手表。接到这起"影响极其恶劣"的案件后，当地刑侦队员两天两夜不眠不休，通过大数据手段，先后排查了六百多名手机定位与蟊贼的行动轨迹存在重合的"嫌疑对象"。之后将每名对象的身份信息、近期消费、聊天记录、上网记录彻查了一遍，最终凭借某部小米手机上的两条网页浏览信息锁定了嫌疑人，这两条浏览信息分别是"欧元兑换人民币比例"和"劳力士手表价格"，浏览时间则是劫案发生后的两个小时。

据说，这两名蟊贼都是惯犯，他们一路避开了所有的摄像头，没有留下任何指纹或者其他传统证据，得手后没有急于销赃，也没有任何异常消费，整个作案过程近乎"天衣无缝"，在这样的前提下，大数据技术起到了关键的"破局"作用，是"对传统刑侦手段的一次革命性创新"。

就在两个月前，云城市公安局也作为全省试点，挂牌成立了大数据合成作战中心。只不过作战中心刚成立，很多工作还处于试验、摸索阶段，不得不说，利用大数据这件事，云城市公安机关暂时落在了一些发达地区，甚至一部分不法分子的后面。周锐叹了口气，认真地说："老陈，以后手机上推送的消息，只要是让你买东西的，啥都别信。"

"知道了！谢谢周局。"老陈点了点头，其实在这之前，他女儿反对他买药的时候，也说过同样的话，只是老陈并不为所动，甚至因此和子女大吵了一架，但周锐不一样，人家是公安局局长，说出来的自然是金玉良言。老陈撇下手机，恭恭敬敬地跑到周锐身旁，把他刚脱下的外套用衣叉叉到三米多高的挂衣架上，又从冒着热气的毛巾柜里仔细挑出一条最白的，递到周锐手上："周局，您擦背不，不收你钱。"

"不用，谢谢！"

周锐接过毛巾，一扭头，钻进热气腾腾的浴池，浴池里雾气很大，能见度不过两三米，在浴池最里面，坐了一个白晃晃的身影，周锐走近一瞧，没错，正是自己的儿子阿明。

"回家说不好吗？非要来这儿说？"周锐挨着阿明坐了下来。

"这不是你教我的吗？有什么重要的事情，就找个澡堂子，脱得赤条条地当面说，不怕录音，不怕偷听。"

"放屁，我会对你做这事？"

"你自然不会做，但你毕竟是领导嘛，说不定咱家里，就被装了窃听器啥的呢。检察院的钱院长，不就是栽在这上面的？"

"唉，那你说吧。"

"那个女孩自杀的事，我想到了一种可能。"

"什么可能？"周锐一下子从水里站了起来。

"你老人家别激动，我猜测，这桩事，说不准还真不是案件，非但不是案件，也不是自杀，就是这丫头为了吓唬家里人，搞的一出假自杀。"

"假自杀？"周锐眉头一皱，做警察这么多年，这类假自杀的情况他接触过不少，民间有句俗话，一哭二闹三上吊，一番哭闹之后当众上吊，就是最标准、常见的"假自杀"，周锐问："有什么理由吗？"

"这案子你知道多少？"

"跟你差不多。"周锐没好气地说，"你也不是不知道，他徐队是怎么上去的。"

"这话就不对了，我知道的明明比你多。"阿明笑嘻嘻地说，"这姑娘被送诊时，从家属到医生，都以为她喝了百草枯，做好最坏的打算了，结果最后发现喝的是草甘膦，假药救命，对吧？"

"嗯。"

"这药哪儿买的，查到没？"

"没查到，当事人家住在农村，附近确实有杂货店卖农药，但当事人拒不配合，什么都不肯说，至于快递、网购信息，他们估计也懒得去追，毕竟最后没出人命。"周锐有些惊讶，"你查到了？"

"你都查不到，我哪能查到。但我查到一件事。"阿明一改之前嬉皮笑脸的语气，认真地说，"百草枯，一瓶十二块钱；草甘膦，一瓶二十五块。你有看过做假酒的，把茅台当洋河卖的吗？"

周锐全身一震，心里把徐队长的祖宗十八代都骂了个遍，这么明显的疑点都没发现，可见这家伙对案子有多敷衍了。周锐沉思了几秒，说："会不会是老板又或者淘宝店看出这丫头有自杀的念头，故意给换成了假药？我前些年在省里开会，就听说过类似的案例。"

"这倒不能排除，但还有一点，我看网上说，大多数身陷白鸽游戏的自杀者，手腕上的白鸽图案，要么是刀划出来的，要么是用红墨水画上去的。但这个小丫头好像不一样，她是用蓝色水笔画的，而且画得也……怎么说呢，就是感觉不太专业。"

"我觉得，这一点没什么说服力。"

"你听我说完，我看了网上的几个案例，大多数玩白鸽游戏，最后自杀的人，胳膊上的白鸽图案，线条都很直，笔画的轻重变化很大，会有不少突兀的棱角，在正常人眼里，就是那种一看就身上起毛的感觉，但这小丫头手腕上的那只白鸽，虽然画得挺难看，但线条整体比较圆润，怎么说呢，丑萌丑萌的，说真的，不像是一个人在绝望的心态下画出来的。"

周锐表情一僵，阿明说的这条理由，虽然依旧不足以构成充分的证据，但绝不是信口雌黄瞎说八道。他读公安大学时曾学过笔迹学，从笔迹里推断一个人的心理状态，这是完全具备科学依据的。他说："你怎么想到这一点的？"

"是这样的，从阿莹第一天在医院抢救，到第二天被确诊脱离危险，我都到现场采访了，也拍下了很多视频素材，事后仔细想想，我总觉得，阿莹的表现有些不太自然，就拿第一天抢救来说，她妈妈当时坐在病房门口号啕大哭，按理说正常人都能猜到问题严重了，但阿莹却没有表现出一点害怕的样子，同时，也不是视死如归的那种平静。如果这可以以当时现场比较乱，她没注意这些细节来解释的话，那么，等到了第二天，她喝百草枯自杀的消息已经在本地的朋友圈里传遍了，你说她可能一点都不知情吗？但杜宇去病房里采访她的时候，她依旧一副没心没肺的模样，明显不对劲。"

"你的意思是？"

"我觉得，从前到后，这个阿莹的状态都不太符合逻辑。就我的观察，阿莹是个很懦弱、很胆小的女孩子，还有些自卑，所以，搞一出假自杀来吸引别人的注意，也挺符合常理的。"阿明顿了顿，说，"对了，抢救那天，她还有心思找她的学姐、电视台主持人要号码，你见过一心求死的人，会做这种事吗？"

周锐眉头皱得更紧了，他点点头："当时采访的素材，你还存着吗？回家发我看看。"

"有是有，但是以照片为主，视频主要是杜宇在拍，回来发了一部分素材给我。要不我跟他说下？"

"杜宇？"周锐对这个名字相当熟悉，杜宇跟阿明之所以是发小，追根溯源，还是因为周锐跟杜宇的父亲是多年战友，"不用麻烦你了，这事我自己去找他，还有些问题想问问他。"

"嗯，有什么结果的话，记得跟我说下。"

"知道了。"周锐抹了把脸，从齐腰深的热水里站了起来，在池子里泡了十多分钟后，他心头的郁结仿佛也被一并蒸发了出来，全身上下说不出的畅快——如果阿明的推论属实，那这起"自杀案"的真相应该就是：一个被动卷入父母感情纷争，以至于被父亲记恨的懦弱女孩，为了气一气母亲，挽回父亲，外加吓唬一下刚分手的男友，故意搞了瓶百草枯，然后把剧毒的百草枯倒掉，换上人畜无害的草甘膦，一口气喝完。至于手腕上的白鸽图案，多半是她为了"演"得更逼真一些，故意画上去的。如果事实真是如此，那这件事从头到尾就是一场无伤大雅的闹剧，自己也不用因为下属的偷懒渎职，犯罪分子逍遥法外而愤怒了。

"但愿如此吧。"周锐在心里说。

第九章　意外发现

7月26日，下午4点。

和周锐一样，这段日子杜宇的心情也不太顺畅，前几天，因为素材外泄这件事，他被主任抓住了小辫子，导致工作上处处被针对，写好的稿件动辄因为"新闻价值不够"被废掉不发，或是提一堆吹毛求疵的修改意见。不仅如此，他还从同事那里听说了一个让他义愤填膺的消息：据说阿莹喝农药一事已经出了官方通告，通告中丝毫未提女孩手腕上的白鸽图案，只是以"情感、家庭因素引发抑郁，最终自杀未遂"给事件定了性。听到这个消息后，杜宇的第一反应是想打个电话给阿明的父亲，也就是公安局副局长周锐，请他继续彻查此事，但杜宇随即又想到，周锐这个人疾恶如仇，如此结案八成并非他的本意，很可能是更高层的决策者为了"维持人民群众情绪稳定"，故意淡化处理的。就在他患得患失犹豫的当儿，居然接到了周锐的电话。

"有事找你聊聊。"周锐言简意赅地说，"关于阿莹自杀的事。"

杜宇毫不犹豫地答应了周锐的请求，两人在一家茶楼见面后，杜宇就跟竹筒倒豆子一样，把自己采访这条新闻的前后始末，包括心里的一些猜测都给周锐说了一遍。周锐认真地听完了杜宇的回忆，并将其中的一些关键点记在了随身的小本子上，最后反问道："阿明跟我说，他怀疑，这女孩是故意演了一出自杀的闹剧，这事他跟你说了吗？"

"没，他这几天都没好意思找我。"

"嗯，是这样的……"周锐也不藏私，大大方方地把阿明说的几点理由，原封不动地转述了一遍，杜宇听完沉默了几秒，然后说："有道理，还是阿明聪明，我就没想到这一点。"

"小聪明而已。对了，你采访的视频、照片，方便提供给我吗？"周锐说，"如果要走程序的话，我让局里盖章发函。"

"不用这么麻烦，我一会儿去单位，把素材弄出来给你，只要周叔你不张扬就行。"

"那当然，对了，我听说，阿莹跟你们台那个主持人是同学，两个人还挺聊得来，是吗？"

"嗯，要不是晚晴，估计阿莹也不会接受我们采访。"

"那就好，阿莹之前不太配合我们警方工作，如果有必要的话，可能还要麻烦那个主持人，让她找那姑娘聊聊，看看能不能问出一些信息来。"

"没事，晚晴挺好说话的，我把她电话给你。"

"好。"

杜宇平时拍新闻的设备是松下公司生产的一款半专业摄像机，摄像机的储存介质并非常见的SD、FLASH记忆卡，而是一种名叫P2卡的特殊储存卡。P2卡外观像一张金属制成的加厚身份证，容量通常在64GB至256GB。它的优点很明显：稳定，不易损坏，但缺点更多，包括价格昂贵、电脑无法直接读取等。跟周锐聊完后，杜宇便回到单位，将随身携带的P2卡里阿莹自杀的素材通过读卡器导入电脑。

文件导入需要半个小时，在等待的同时，杜宇也没闲着，开始着手将电脑里的历史文件进行归类、整理，同时删除一些已播出的无用视频素材，从而给硬盘腾出空间。这是一门繁琐、枯燥的活儿，也是每个一线记者的必做功课。杜宇捺住性子，把最近半年的素材认真梳理了一遍，就在做这件事的时候，一种奇怪的感觉就跟冒芽的种子一般，渐渐从脑海里生长出来。

不对，不对，有什么地方不对。

总感觉少了什么。

不，一定是少了什么。

而且，是极其重要的东西。

杜宇打开新闻采编软件，把最近这段时间的新闻稿件，仔细过了一遍，然后一一对照电脑里的视频素材，当时间线推移到两个月前时，杜宇终于发现问题出在哪儿了。

5月18号那天，他拍下的"马拉松跑者猝死"视频素材居然不见了！

那个上午发生的一切，杜宇可谓记忆犹新：马拉松早上7点起跑，王鸿儒倒地猝死发生在7点25分到7点40分之间，王鸿儒被抬上救护车后，他便一路跟到医院，在确认了"抢救无效死亡"后，就马不停蹄地赶回台里，将素材从记忆卡拷入电脑。大约11点，他接到领导通知，"为保护城市形象，猝死事件淡化报道"，然后不得不把五分钟的头条新闻剪短为五十秒——对于这种重大新闻素材，杜宇一向相当重视，当时在电脑里专门建了一个文件夹用来存放，然而这一刻，这个文件夹也跟素材一起不翼而飞了。

"到底怎么回事？"杜宇忽然感到一丝寒意，他百分之百确定自己绝对没有删除，也不可能删除这些素材，如今，怎么会凭空消失了？

"会不会之前死者家属来要素材，领导想着多一事不如少一事，安排人把视频删了？"想到这一点可能后，杜宇不免有些火大，毕竟，就算再大的领导，擅自删除素材，对记者来说都是一种极度不尊重。"傻×领导，你让我回复家属，通过公安或法律途径要视频素材，事后却自作主张地把素材删了，万一家属走完了程序找我要，那不是把我放火上烤吗？"杜宇百爪挠心了很久，终于灵光一闪，想起一件事来。

当天他从现场回来，将素材导入电脑后，还做了一件事：把其中最重要的几段视频，通过QQ发给了阿明——毕竟两人是老搭档，这种"互通有无"的事一向没少干。想起这一点后，杜宇立马发了条消息给阿明："两个月前，马拉松跑者猝死那事，我发了几段素材给你，文件还在吗？"

"在啊，怎么了？"

"我电脑上的素材不知道被谁删了，你上传一份到网盘，然后把密码给我。"

"你要那玩意儿干什么？"

"你知道的，最近死者家属来找我要，有备无患。"

"OK。"

接到阿明的消息后，杜宇一颗心也算落回了肚子，毕竟，那段素材是他从业两三年来，拍下的最特别、震撼的现场片段了，可以说从头到尾记录了一个活生生的人走向死亡的全程，如今失而复得，杜宇心情大悦，于是泡了杯咖啡，在网上找了部最新的电影观赏起来。电影刚放到一小半，手机响了。

阿明来电。

"这么快就上传好了？"杜宇接通电话，谁知电话那头，阿明一改平日里嬉皮笑脸的语气，"方便说话不？"

杜宇有些奇怪，他跟阿明相识多年，但还从来不曾听他用这么严肃的口气说话，连忙问："什么情况？"

"我刚刚上传你要的素材时，把视频又看了一遍，我感觉，这校长的死有蹊跷！"

蹊跷？杜宇打了个激灵，手上的咖啡险些从杯里泼了出来："什么情况？"

"要不这样，你现在来我家，咱俩面聊。"

21点，阿明家中。

杜宇、阿明并肩坐在真皮沙发上，目不转睛地盯着墙壁上的70英寸高清投影，荧幕上播放的，正是杜宇当天用摄像机拍下的那段视频，视频时长约十五分钟，完整地记录下了王鸿儒从远方跑入画面——忽然跟跄，脚步减慢——坐在绿化带上休息——起身走到护栏边向路人求助——倒地晕厥——被抬上救护车的全过程，一镜到底，没有一点中断。

杜宇强忍心头的不适看完视频，并在笔记本上记下了几个自认为的"疑点"——为了不让杜宇有先入为主的想法，在播放视频前，阿明并没有透露任何信息。直到杜宇把视频完完整整看完两遍后，才开口发问道："看出什么可疑的地方没？"

杜宇低下头，将笔记本向前翻了一页，之后将视频倒回三分钟的位置，指着画面左下角，人群里一个老头说："你看，这个穿白衣服、头发半秃的老头，从视频第三分钟开始，脸上一直挂着笑，明显幸灾乐祸的样子，你说，这老头会不会是王校长的仇人，这件事跟他有关？"

阿明皱了皱眉，从杜宇手里拿过投影遥控器，旋转，缩放，将画面聚焦在杜宇所说的"疑犯"脸上。果不其然，在一群焦急、担忧的围观者中间，这老头脸上的笑容显得格外违和扎眼，阿明把这一小段视频反复看了两三遍，最后摇了摇头，说："我觉得不像，这老头从视频一开始就站在那个位置，你想想，王鸿儒是跑到半路，突然出状况的，你说这老头得算多准，才能算到王鸿儒正好跑到他面前倒下？还有，他从视频的第一分钟开始，就注意到了你的摄像机，这意味着他之后的一切表情跟反应，都是在明知摄像机存在的前提下做出来的，如果我是凶手，一定不会这么傻，故意暴露自己。"

"嗯。"杜宇拿起笔，在笔记本的第一行推测上打了个大大的×，皱着眉，说："这么看，第二条也不成立了。"

"第二条是什么？"

"我刚才看到，王鸿儒跑到路边，向路人求助，那个大学生志愿者第一次帮他买可乐时，犹豫了一两秒，最后拿了一瓶零度可乐，心想这个大学生会不会也有问题。但听你一说，显然也是我想多了，因为是王鸿儒主动找这个大学生求助的，这守株待兔也不会这么准……"

"嗯，下一个……"

二十分钟后。

杜宇懊恼地拿起笔，在最后一条"推论"上也画上了×，经过反复推理、论证，他找出的这六七个"疑点"全都不成立，于是用力合上记事本，问阿明说："你发现了什么？"

阿明的眼睛亮了起来，神秘地笑了笑，将画面调到某一帧："看!"

杜宇将眼镜在衣袖上擦了两下，聚精会神地往投影上看去：这幅定格画面位于视频的一分半钟左右，当时王鸿儒刚走到路边，坐在绿化带上休息，这种情况在马拉松赛中十分常见，所以无论是沿途的观众，还是其他跑者都没太在意。然而，休息了一会儿后，王鸿儒的状况并没有好转，只见他伸出左手捂着胸口，大口大口地喘气，又过了十来秒，王鸿儒费力地抬起右手，缓缓往上衣口袋摸去。

阿明按了两下遥控器，将视频的播放速度放慢到0.2倍，接着缩放画面：只见王鸿儒将拇指、食指伸入口袋，摸索了几下，先掏出一张10元纸币，接着是一长卷出租车发票，在这之后，王鸿儒并没有停手，而是继续摸索了一会儿，然而口袋里已空空如也，什么都没有了。

"嗯?"杜宇注意到，在王鸿儒取出发票的同时，一样指甲大小、闪闪发光的物件也随着发票，被一并带了出来，在空中划过一道抛物线，最终落在身边约半米远的马路上。

"这是什么?"

阿明并没有回答，而是滑动手指，调整画面的位置、焦点、视角——得益于清晰的图像质量，杜宇很快认出了这样躺在马路上闪闪发光的神秘物件：它居然是一个易拉罐拉环，上面依稀印着几个模糊的字样。

"这是，易拉罐的拉环?"当看清这物件的真实面貌后，杜宇不免有些失望，在他看来，喝饮料中奖后，随手把拉环放进口袋，这实在是件再寻常不过的事了，"你觉得，这个校长一直在摸口袋，是为了找这个易拉罐拉环? 这也太不靠谱了吧!

你也知道，死者有低血糖症，平日里衣兜里都放了糖，只不过当天换了运动服才没带，他在口袋里这一通摸索，不应该是找糖才对吗?!"

"嗯，刚开始我也是这么想的，但之后越想越不对劲。"阿明说，"这件事，你事后采访家属没有?!"

"没去! 这条新闻后来当短讯发了，背景听说了一些，但没有具体了解。"

"这就对了，你们传统媒体比较讲政治，肯定淡化处理，但我们新媒体的胆子大一点儿。第二天，我去死者家里采访了一趟，家属那时应该是准备闹事了，为了争取舆论支持，也很配合我。据死者老婆回忆说，死者当天为了轻装上阵，身上非但没有带糖，就连钥匙、手机都没带，唯独在出门前，问她拿了一张20块钱的纸币，说是打车、吃早饭用。"

"这不就对了吗?"杜宇有些不明就里，"既然这么说，这饮料应该就是他吃早饭时买的!"

"你听我说完，死者的家距离马拉松起点将近3公里，他打车过去刚好是起步价，10块。"阿明将画面往前倒放了两三秒，"你看，死者口袋里有10块钱，外加一卷出租车发票，现在问题来了，死者出门时带了20块钱，打车花了10块，口袋里还剩10块，那么请问，这听饮料他是用什么钱买的?"

"你这真把自己当福尔摩斯了啊。"杜宇想了一会儿，说，"会不会死者在比赛前一天晚上，穿着这身运动服去热身跑步，然后买了一听饮料，中了奖，就把拉环搁口袋里了。"

"你跑过马拉松吗?"

"没有，怎么了?"

"你没跑过，自然不明白，马拉松这种强度的长跑，是一定要轻装上阵的，有些马大哈的跑步者，就因为穿了件粗糙点的衣服，10公里下来，就把乳头给摩擦得鲜血淋漓，而王校长都坚持跑好几年了，怎么可能明知要跑马拉松，还在口袋里留这么个硌人的玩意儿？还有，今年马拉松我妈参加了，这套衣服是比赛前一天发到手上的，我不信，死者第二天要比赛，前一天还要特地穿这套衣服去跑步热身，这洗了也晾不干啊！"

这一来杜宇哑口无言了。

"所以，我推测，这拉环出现在这件运动服口袋里，不正常！说不准死者的死，就跟这听饮料有关！"

"你是说，下毒？"杜宇打了个寒噤。

"嗯，你想想看，这事会不会是这样：当天死者出门后，有人请他喝了一听被下了药的饮料，正是这罐饮料，让王校长跑到一半的时候猝死。只不过凶手没有想到，这听饮料居然中了奖，王鸿儒又比较节俭，所以宁愿跑着不舒服，也把拉环留在了口袋里，当然，为了不硌着自己，他特意用出租车发票，把拉环给裹了起来。"

"不对，既然想在饮料里下毒，那就肯定要开封啊，这不要动拉环吗？"

"给饮料下毒，最简单的方法是在易拉罐的顶盖边缘钻一个针孔，然后用注射器把毒药注射进去，这样很隐蔽，不对着光仔细观察，根本发现不了。"

杜宇点了点头，盯着电视画面看了五六秒："还有一个疑点，死者口袋里，怎么会有一卷打车票？你看，至少有三四张，不是应该只有一张才对吗？"

"呵呵，这就是你外行了，有那么一些领导，打车开票的时候，都是能多要几张就多要几张。"

"嗯，这倒是。"杜宇低头沉思了片刻，"这么看的话，死者口袋里掉出这个拉环，确实有点可疑，但你要说，就凭这一点线索，就能推断出毒杀什么的，说服力还是差了点吧！"

"没错，如果只是这个拉环，确实证明不了什么。但是，如果把这一点跟后面的一件事放到一起看，你就能理解我为什么会这么怀疑了！"

"后面还有什么？"

"别急。"阿明重新坐回沙发上，按下遥控器上的播放键，随后是快放键，投影画面开始以四倍速快进，大约两分钟后，阿明再次暂停了画面，说："你看！"

"怎么了？"杜宇睁大了眼睛，这一段位于视频的第九分钟左右，那名从附近医疗点赶来的女护士正蹲在路边，给瘫软在地的王鸿儒掐人中抢救："你有心脏病？"摄像机的前置话筒清晰地记录下两人的对话，此时王鸿儒已气若游丝，只是含混不清地说："救，救我……"

"你不要紧张，到底什么情况？"护士问。

"我……我……"画面中，王鸿儒做了一个动作：他竭力抬起右手，用颤抖的大拇指指向胸口的口袋。

"你口袋里有药？"护士低下头，在王鸿儒的口袋里一阵翻找，只可惜，她的唯一收获是一卷出租车发票——10元零钱已给了那个帮忙买可乐的学生，至于那个被认为是"疑点"的易拉罐拉环，则早在王鸿儒第一次翻口袋时就掉在地上，此刻正在画面右下角某个毫不起眼的角落里闪闪发光。

"你看这一段，王鸿儒昏迷前最后一个动作，是用手指胸前的口袋，很自然地，护士理解为，他口袋里有药。然而，刚才我们看到了，王鸿儒在七八分钟之前，已经翻过一次口袋了，并且确认里面并没有治疗低血糖的药物或糖，那么，请问他这一次指口袋，又想表达什么意思？"

杜宇愣住半晌，当弄清楚阿明这番话的含意后，交叉在膝前的双手开始不受控制地颤抖起来："你的意思是，这个时候，王鸿儒已经意识到自己是被人害了，而那卷车票，又或者那个拉环，里面就藏着他被害的线索？等等，会不会他那时神志不太清醒，忘记口袋里没有糖了呢？"

"没错，临死前意识混乱，这也能说得通。但是，死者口袋里多出了一个不该有的拉环；之后又在明知口袋里没有药和糖的前提下，再次用手指向口袋；最后，你电脑里的这段视频素材，居然莫名其妙地消失了，这三件事凑在一起，你还觉得，能用巧合来解释吗？"

"你的意思是，删这段素材的人，可能就是凶手？"杜宇打了个哆嗦，半晌没说出话来。他从阿明手里拿过遥控器，将整段视频又回放了一遍，这一次，他的目光焦点不再是王鸿儒，而是那个落在路边，在画面里毫不起眼的易拉罐拉环，大约一刻钟后，杜宇将视频定格在某一帧：这是一个无比寻常的中景镜头，它的唯一特殊之处是，将那个拉环拍摄得最为清晰——恰好不反光，同时位于画面的正中位置。拉环有字的一面是金色，另一面则是银色，尽管印着的字样依旧无法看清，但至少可以确定是四个字，第三个字是"一"，第四个字的结构笔画比较复杂，无疑进一步坐实了这四个字是"再来一罐"的猜想。

"你怎么看？"阿明问。

"你现在的推论是，死者在跑马拉松的途中，又或者赛前，被人诱导喝下了一听饮料，这饮料有问题，才导致受害人死亡的?"显然,此刻的杜宇,已经在相当程度上认同了阿明的推论,他全身发冷,以至于下意识地往沙发右侧坐了一点,从而远离另一边的空调,"如果真是谋杀的话,那这应该是最合理的解释了。"

"途中不太可能,马拉松围观的人那么多,如有人在现场递饮料给死者,肯定会被人看见。当然,也可能是那卷车票有问题,又或者两者结合,这个开发票的出租车司机,在车上请他喝了一听有问题的饮料!"阿明神情严肃,说,"你说,要不要把这事告诉我爸?!"

杜宇下意识地点了点头,但很快又改口说:"等等……"

"怎么了?"

"不是别的,这个跑步猝死的校长,情况你应该了解,家属特别能闹腾,连我这个新闻记者,都被找过两次麻烦了。你想想,把这事告诉你爸,公安重新立案调查,家属肯定会继续闹,到时候说不准会殃及我们单位。到时候,我们领导万一知道我私自把素材给你,准给我小鞋穿。"

"你怕什么,任何公民都有义务向公安机关提供线索,要不我让我爸给你们领导打个招呼?"

"不急,反正视频在这儿,我们回头多备份几处。这事我去探探领导的口风,至少先请示一下,等领导认可了,你再跟你老爸讲。"杜宇想了想,说,"对了,你不是跟派出所、刑警队熟嘛。我看,这事也不着急告诉你爸,你先想法子打听打听,到底怎么回事。说不定我们怀疑了半天,其实警方早把嫌疑排除了。再说,你不从小就爱做侦探吗?这不是给你机会了?"

阿明眼睛一下子亮了,杜宇说的没错,自打十岁那年,读完全本的《福尔摩斯探案集》后，他便明确了这辈子的最大梦想：做侦探。只可惜长大后他才知道，中国的法律并没有给这一块市场留下任何合法空间，只能忍痛放弃。说实话，前些天追查阿莹自杀一事，他的最主要动力也来源于兴趣而非责任，只"可惜"最终得出的结论是虚惊一场，虽然自己也做出了重要贡献，但终归感觉意犹未尽。如今，又有一条警方尚未注意、充满挑战的犯罪线索摆在眼前，他就像发现了一座宝藏那样，摩拳擦掌，跃跃欲试。

两人商定完毕后，杜宇便跟阿明道别，出门。他开门时双手依旧带着些许颤抖，毫无疑问，这一晚的意外发现将会在很长一段时间内困扰他的神经，让他辗转难眠——意外接踵而至，汽车刚发动不久，杜宇腕上的手环忽然振动起来，半秒钟后，放在口袋里的手机发出清亮的铃声。

是姜宜的电话。

"喂？"杜宇将车停在路边，按下接听键，"亲爱的，什么事？"

电话那头寂然无声。

杜宇心头发毛，赶紧又问了一遍："怎么了？"

听筒里依旧死一般的寂静。

难道是不小心误触了？杜宇试图用这个理由说服自己，但他很快想到，即便是不小心按下通话键，电话那头也不该像这样悄无声息才对，杜宇本是个神经大条的男人，然而当晚的一切让他变得脆弱敏感了许多，他嘶哑着对电话里说："你说话啊！！"

这一次，电话那头终于响起一声微弱的声响，只是这声响丝毫没有抚慰杜宇紧绷的神经，相反，几乎让他瞬间陷入崩溃的边缘。

这声音，竟然是姜宜的抽泣声！

"到底怎么了?!"杜宇吼了出来，"姜宜，你别吓我，你到底怎么了？"

"呜呜……我没事，我跟我爸吵架了。"姜宜的哭声很凄切，一听就受了很大的委屈，这几个婉转哀怨的音节让杜宇如释重负，他长出了一口气，狂跳的心脏渐渐放缓，杜宇问："到底怎么了？你跟你爸为什么吵架？"

"呜呜……我爸，他……生病了……"姜宜泣不成声地说，"他又不愿意去看！呜呜！我该怎么办！"

杜宇脑袋发出嗡的一声，很显然，能让姜宜崩溃至此，能让姜诚放弃治疗的疾病，绝对是一种可怕的、几乎毫无治愈希望的恶疾。杜宇深吸了一口气，说："你在哪儿？我来找你。"

第十章 余生

深夜11点。

这还是杜宇第一次走进姜宜的家里，姜诚这位国学大师身家不菲，他家这栋别墅，占地约200平方米，分上下两层，按照小区接近3万/平方米的房价来算，市场价至少在1000万左右。别墅的装潢属于标准的中式风格，在大门到房门间，有一个六七十平方米的小庭院，院子里有一片绿地，一座假山，一湾绿水，颇有几分古代庭院"天人合一"的韵味。从外面看，整栋别墅最有"现代感"的装饰，是大门顶部一个黑洞洞的金属摄像头。杜宇在门外犹豫了两分钟，然后发了一条消息给姜宜。

"我到了，你爸在家吗?"

"在家，但是睡了，你等等，我给你开门。"

两分钟后，紧闭的房门嘎吱一声打开，姜宜从门里走了出来，她的脚步很慢，大约用了十秒才穿过六七米宽的庭院。与往日里相比，姜宜脸色憔悴，头发散乱，眼角还能看见隐约的泪痕，她打开铁门，对杜宇说："我爸在二楼，刚睡下不久，我们在一楼聊吧。"

姜宜引着杜宇，走进一楼客厅，在换鞋时，杜宇注意到一个细节：姜宜刚刚给他开门时，居然忘了换脚上的毛绒拖鞋，以至于当她穿过院落，走回客厅后，鞋底便在一尘不染的地板上留下两排明显的污痕——姜宜一向是个很精致、爱干净的女孩，由此可见，这突如其来的打击，对她的伤害有多大了。杜宇的整颗心疼得几乎揪了起来，他坐到姜宜身边，握住她冰冷的右手，轻声说："到底怎么了？"

"肺癌。"

"你不要太悲观，现在医学这么发达，听说最近美国还出了一种免疫细胞疗法……"杜宇话刚说出一半就哽回了喉咙，他猛然想到，姜宜本来就是学医的，还是毕业于全美一流大学的医学硕士，自己那点从百度上看来的常识，简直幼稚得可笑。

姜宜直直地盯着杜宇，说："我爸的肺癌是最凶险的那一种，目前国内还没有靶向药，五年生存率，不到1%，一年生存率，10%。"

杜宇无言以对，只能把姜宜的手握得更紧了一些。

"我爸过年后就开始咳嗽了，我劝他去看，但他一直跟我说，就是慢性支气管炎，今天下午，我在家大扫除的时候，翻出一本病历跟CT片，才知道他的病情。"姜宜说，"其实他三个月前就查出来了，但一直瞒着我。"

杜宇全身一颤，他忽然明白，姜诚为什么会这么"急迫"地和自己见面了，想必，这是一个时日无多的父亲，希望女儿在失去父亲的庇护后，能有一个可靠、值得依赖的人吧。

"他为什么不肯看病？"

"这种病预后很差，希望非常渺茫。你刚才说的没错，免疫细胞疗法，是目前最可能出现奇迹的治疗手段，但五年生存率也不超过20%。但就算2%的希望，也要搏一搏啊，关键是我爸自己不愿意看了。"

"为什么？我看姜伯平时挺乐观的。"

"我也不知道，也许是不想折腾，也可能是不想浪费钱……"姜宜顿了顿，用更加低沉的语调缓缓说，"又或者，他是想妈妈了吧……"

"你妈妈？"杜宇晃了晃晕沉沉的脑袋，当他领会姜宜话中含意时，一下子打了个激灵，这句话的意思是，姜宜的妈妈，也不在人世了。

杜宇的心脏里仿佛有一把刀子在反复搅动，就在三四天前，他还天真地认为，姜宜是个乐观、无忧无虑的姑娘，然而事实是，姜宜在二十五岁这个年纪，已失去了生命中的两位至亲，母亲与妹妹，并且，极可能会在未来一年内失去世上最后一位至亲父亲。杜宇的大脑陷入混沌，下意识地说："要不，我来劝他。"

这是一句完全未经大脑思考的脱口之言，毕竟，连姜宜都劝不动，他又能怎么办？但是，即便在冷静下来后，杜宇依然认为，自己的劝说，或许会比姜宜的更有效。毕竟很多时候，男人与男人之间的交流方式是女人难以理解、领会的，杜宇将这份自信说了出来，姜宜痴痴地看着杜宇，许久没有说话。直到一声清晰的咳嗽在耳边响起，接着是"咚、咚"两声拖鞋踩在楼梯上的闷响，一个苍老、瘦削的身影出现在楼梯上。

和上次见面时相比，姜诚的气色明显差了一些，他的上身套着一件浅蓝色的长袖睡衣，白发散乱，额上的皱纹在阴影中如沟壑般清晰。姜诚下楼的步履十分缓慢，但又相当稳定，每一步的频率与步伐都基本相同。在杜宇、姜宜讶异的目光中，姜诚径直走到姜宜身边，拍了拍她颤抖不已的肩膀，轻声说："小宜，我跟杜宇谈谈。"

"嗯？"

"你去小区门口的二十四小时便利店，帮我买杯红茶，过半个小时再回来。"姜诚看了一眼窗外漆黑的天色，"外面冷，你穿件长袖出去。"

"不要，凭什么！我让你去美国看病，你不听我的！我现在凭什么听你的！"

"听话。"姜诚的语气依旧平静温和。

"不！"姜宜大喊。

父女二人在沉默中四目相对，谁也不肯妥协。大约一分钟后，姜诚叹了口气，说："你答应我，这段时间听我的话，我就答应你，下个月去美国。"

"真的？"

"从小到大，我什么时候骗过你？"姜诚静静地看着姜宜，眼神清澈透明，这样的眼神与眼角处刀刻般的皱纹形成鲜明的反差。姜宜被这句话说服了，咬了咬嘴唇，说："我开车出去晃一圈，一个小时后回来。"

姜宜饱含深意地看了杜宇一眼，头也不回地走了出去。偌大的别墅内只剩下杜宇和姜诚，这不过是这两个男人的第二次见面，气氛也因此变得有些微妙。但姜诚很快打破了尴尬，开门见山地说："你们在楼下说的话，我全听到了。"

杜宇没有吱声。

"小宜说的三点我不愿意看病的理由，全说对了。"姜诚缓缓地说，"我确实是这么想的。"

"我觉得……"杜宇正想开口，却被姜诚打断了，他的声音很轻柔，但一旦从口中说出，便仿佛带着一种神奇、不容置疑的魔力，正如那天他在茶吧里，担当"杀人游戏"的法官时那样，姜诚说："关于我的病情，我问了一个朋友，他是长江学者，第一流的专家。不过，我没说是我自己得了这个病，因为我知道，如果这么说，我朋友一定会极力劝我坚持。所以，我换了一种方式，我跟他说的是，我有一个表哥得了这病，现在家里人不知道该放弃还是坚持，想听一个完全客观、不带感情色彩的答案。你知道我朋友的回答是什么吗？"

杜宇不禁悚然，姜诚的这种询问方式看似简单，实则包含了极大的智慧与对人性的了解，他问："他说什么？"

"我朋友的原话是，如果这病发生在他父母的身上，他一定不惜一切代价看病，但是，如果是他自己生了这病，他一定会选择放弃。"姜诚笑着摇了摇头，雪白的鬓发在灯光下闪闪发光，"我那个朋友，经济条件跟我差不多。"

杜宇扫了一眼别墅内的摆饰，一时不知该如何接口。

"我这套房子，市场价在1000万左右，但是欠着400万的贷款。而去美国接受免疫细胞治疗，保守估计，要三四百万，如果稍微多花一点儿，家里就什么都没有了。如果钱没了，人活着，我会毫不犹豫地去看，但事实是，最大的可能是，钱没了，人也没了。"姜诚叹息了一声，"小宜的性子比较散漫，所以毕业后没有做医生，我看她开茶吧的这段日子，挺开心的……"

杜宇咬了咬牙，他很清楚，姜宜的那间茶吧根本就不挣钱，而支撑这种文艺生活的基础，便是金钱。

姜诚做出一个让杜宇心惊肉跳的举动——慢慢踱到电视柜前，弯下腰，从抽屉里摸索了一会儿，也不知从哪个角落里，摸出一包拆封的香烟，抽出一根准备点燃，杜宇坐不住了，赶紧劝阻道："别抽了。"

"这时候戒烟，还有多大意义吗？"姜诚点燃了打火机，幽幽的蓝火映在瞳孔里，仿佛要燃尽所剩无几的生命。他笑着说，"我当然知道吸烟有害健康，事实上，大约在四五年前，我因为肺炎住院了一段时间，那会儿我就犹豫过，要不要下决心戒烟，你知道后来发生了什么吗？"

"什么？"

"很简单，我做了个实验，试着戒烟了一个礼拜，结果发现，因为强烈的戒断反应，在这一个礼拜里，我的工作效率下降了大约四成，还有两个晚上彻底失眠了，我又咨询了几位朋友，他们说，强烈的戒断反应至少要持续半年左右，之后会渐渐减轻，至少四五年才能彻底戒断。最后，我按照自己统计的数据，得出了一个结果。"

"什么结果？"

"那年我五十五岁，每天平均吸烟10到12支，按照医生常挂在嘴边的，抽一根烟少活五分钟来算，如果我那会儿戒烟，大约可以多活三百二十天，然而，由于戒断反应的存在，我因为工作效率降低、失眠所损失的时间，依旧在三百天左右。既然如此，我何必为了多活一个月，而戒烟？"姜诚笑了笑，说，"你不能因为我现在得了癌症，就说我选错了，因为就算我戒了烟，现在也只是'有更大概率'是健康的，在我看来，人生的一切，都遵循最基础的数学规律，都存在概率上的最优解。"

杜宇脑门上的汗一下子冒出来了，姜诚的理由显然有些强词夺理，但偏偏让人难以辩驳，就在这时，一道灵光出现在杜宇脑海中，他急中生智说："姜伯，我只是希望您，现在不要吸烟……"

"为什么?"姜诚皱了皱眉,"没事,我去院子里吸,不让你吸二手烟。"

"不是这个意思……"杜宇摇了摇头,"您想,如果小宜回来,闻到屋子里的烟味,就算知道是我罩不过、拦不住您,也一定会生我的气,您肯定不希望我们吵架吧。"

"嗯?"姜诚愣愣地看了杜宇几秒,唇角牵扯出一丝古怪的笑容,"这确实是大概率事件,你说服我了。"姜诚熄灭了打火机,将烟盒塞回抽屉,"你刚才说得很对,男人跟男人的沟通方式,是女人很难理解、领会的。"

"谢谢。"

姜诚仰起头,看了看墙壁上的挂钟,距离小宜出门已过去了一刻钟,姜诚轻咳了两声,忽然说:"你跟我来。"

"嗯?"杜宇发愣的工夫,姜诚已站了起来,慢慢往客厅一侧的甬道走去,杜宇赶紧跟了过去,姜诚的背影比记忆里更瘦削了一些,隔着睡衣都能看见肩胛骨的轮廓,啪,姜诚打开甬道灯,强烈的白炽灯光投在身上,在地板上勾勒出一个模糊的剪影,姜诚往前走了三四米,最后在一扇紧闭的木门前停了下来,门上贴着一张微微发黄的明星海报,主角是一个四五年前大红大紫,如今早已过气的选秀歌手。姜诚低下头,轻轻握上门把手,嘎吱,门打开了。一间洋溢着二次元与卡通气息的房间出现在杜宇眼前。

相对整栋别墅来说,房间的面积不大,大约有20平方米,房间内目光所及之处至少有90%是粉色,粉色的墙纸、粉色的挂灯、粉色的窗帘、粉色的床单,粉红色的棉被上,斜躺着一个硕大无比的玩偶抱枕,整个房间唯一一处冷色调的地方,是书桌对面的照片墙，这是一方天蓝色的墙壁，上面密密麻麻贴着三五十张照片，由于距离的缘故，杜宇无法看清照片上的内容，只能依稀看出，大部分是一个年轻女孩在校园、公园、街头的独照或合照。

"这是小宜的房间？原来她骨子里这么二次元的？"杜宇有些意外，然而下一秒，随着目光扫至书架上的几本书时，杜宇战栗了一下，心头升起一种奇异的感觉，他看到了一本《高三数学冲刺习题册》、一本《备战高考365天》。随后，杜宇艰难地将目光移到一旁的书桌上，一本看不见封面的作业本平铺在书桌中间，一支拧开笔盖的凌美钢笔静静地躺在一旁，似乎主人刚出门不久。

杜宇深呼吸了一口，房间里空气很清新，却闻不到在这样的房间里本该弥漫着的少女的脂粉和香水味道，他的心沉了下来，因为他明白，这房间的主人是谁了。

"嗯，这是小宜的妹妹姜婉的房间，她是在三年前的夏天走的，之后房间就一直保持着原来的样子，刚开始的那一年，是我爱人每天打扫，我爱人走了之后，就是我在做这件事。"姜诚缓缓走到书桌前，凝望着墙壁上的照片，"如果我不在了，你劝劝小宜，不要再做这件事了，没意义的。"

杜宇心头一酸，险些落下泪来，他走到姜诚身后，往墙上的照片看去。姜婉的五官与姜宜有五分相似，但气质更内敛文静一些，大约从十三四岁开始，姜婉鼻梁上多出了一副黑框眼镜，脸颊上冒出几粒不太明显的雀斑，正因如此，姜婉给人的第一印象绝不是美女，只是一个文静木讷的平凡女孩。这从她拍照时的表情也能看出一二——姜婉极少在照片里，比画出她那个年龄段女孩特有的鬼脸或手势，而是千篇一律地，轻咬嘴唇，笑容羞涩而僵硬。

唯一例外的是挂在墙壁正中的一张七寸合照，合照里是一家四口，站在最左边的男人是姜诚，模样至少比现在年轻了二十岁，照片中间是两名身高相仿的少女：当时的姜宜应该在上大学，头发染成漂亮的酒红色，一身运动装扮，显得青春洋溢，而十六七岁的姜婉则依旧是个稚气未脱的姑娘，身上穿着一件蓝白条纹的中学校服，没有戴眼镜，罕见地对镜头做出滑稽的鬼脸，姜婉的右手挽着一个温文尔雅的中年妇人，身材高挑，看模样只有四十岁上下，一看就是出身书香门第的大家闺秀。

"这张照片是四年前，姜婉高二暑假拍的。"姜诚用听不出丝毫波动的语调说，"也是我们一家四口最后一张合照，大半年之后，姜婉自杀了；一年前，我爱人也走了。"

杜宇将目光从照片移到姜诚的脸上，老人的表情很平静，整张脸仿佛用大理石雕成的一般，看不出丝毫的激动或悲伤，杜宇沉默了，他也不知道在这个时候，自己该说些什么，又能说些什么。

安慰？劝导？同情？

毫无意义，苍白无力，徒增伤感。

姜诚打破了沉默，他直直地盯着杜宇的眼睛，说："小婉的自杀，其实是有隐情的。"

隐情？这两个字就像一颗炸弹，瞬间在杜宇脑海里爆炸开来，他倒吸了一口冷气，问："什么隐情？"然而出乎意料的是，姜诚并没有回答这个问题，甚至没有再做任何解释，而是长长地叹息了一声，继续说："小婉自杀后，我爱人一直到处奔走，想给女儿讨一个说法。第二年，她在开车去北京的路上，疲劳驾驶，出了车祸。"

杜宇心中骇浪再起，讨一个说法？什么说法？找谁要说法？无数问号瞬间填满了他的脑海，但姜诚面容上的表情让他清楚地明白，除非他主动说，不然问再多也只是徒劳，姜诚如雕塑般站在原地，目光怔怔地留在墙壁正中的那张合照上，纯净的白发在灯光下闪闪发光。杜宇无法搭话、无法提问、无法做任何事，只能呆呆地站在姜诚身后，继续端详墙上的照片，这几十张相片记载了一个牙牙学语的女童成长为青春少女的人生历程。其中大部分场景都是杜宇熟悉的，例如云城的几处地标建筑、唯一的5A级景区、城区的老宅，当目光移到照片墙的左上角时，杜宇注意到一处不大不小的细节，在这面照片墙上，居然空出了两小块地方，每一处都恰好是一张照片的大小，依稀还能看见不干胶的痕迹，应该是照片剥落，或者是被人撕下来了。

如果是后者的话，那么，是谁撕的？

姜婉？姜婉的母亲？还是姜诚？

为什么要将这两张照片撕下来？

杜宇忽然想起姜诚刚说的话，莫非，那两张照片里，就藏着姜诚不愿开口的"隐情"？

"小宜回来了。"姜诚忽然开口。两秒钟后，一道乳白色的车灯光透过玻璃射入房间，杜宇扭过头，往窗外看去，果然，在别墅的墙外，姜宜的蓝色宝马车缓缓驶至门口。姜诚静静地凝视着杜宇，说："我以后会慢慢对你说这些的。"

"嗯。"

"你答应我，无论发生什么，一定要好好保护小宜，不要再让她受任何伤害。"

这无疑是一个极其古怪又极具仪式感的场景，两个年龄相差近四十岁，此前只见过一面，完全可以用"陌生"来形容的男人，站在一间粉红色少女闺房内，站在一面花花绿绿的照片墙前。那个年迈的、仙风道骨的老者，要求那个年轻的、飞扬跳脱的青年，给自己一个庄严、认真的承诺。但杜宇没有丝毫犹豫，他毫无畏惧地迎上姜诚的目光，一字一顿地说："您放心，不管发生什么，我一定会保护好小宜的。"

"我们回客厅吧……"姜诚缓缓转身，往客厅走去，杜宇紧随其后。砰，由于心情激荡的缘故，杜宇关门时用力略猛了一些，以至于发出一声沉重的闷响，但姜诚毫不在意，他径直走到别墅门口，对杜宇说："不早了，你早点回家吧。"

"姜伯，我想，如果伯母在天有灵，也一定希望您能好好看病，多照顾姜宜几年的。"其实杜宇在半小时前便想好这句话了，但一直没有机会说出来。

姜诚颤抖了一下，忽然低下头，用力咳嗽起来，他的咳嗽声很吓人，仿佛要把肺咳出来的那种，杜宇有些恐慌，想要上前扶住他，姜诚却摆了摆手，示意不用。姜诚咳了整整半分钟，直到姜宜进门的一刻才勉力抬起头来，沧桑的面容上泛出不健康的潮红色，用嘶哑的声音说："你放心，我会遵守约定，跟小宜去美国的。"

姜宜闻言一喜，脸上绽放出灿烂的笑容，雀跃着往前跳了两步，伸手抱住父亲，她抱得很紧，勒得姜诚几乎喘不过气来，杜宇站在一旁，眼含热泪地见证了这感人的一幕，一时间，甚至忘了近日里发生的许多事。

第十一章　侦探

这无疑是个难以入眠的夜晚，不只是杜宇，阿明也是。

正如杜宇所说，阿明从小就有一个侦探梦想。为此一度想填报公安大学，然而，当他听说公安大学军事化管理的纪律，以及16：1的男女比例后，便毫不犹豫地放弃了，转而报考了一所以女生的数量与质量闻名的师范大学。大学毕业后，阿明也想过打法律的擦边球，开一家"明氏侦探事务所"，却被老爸以断绝一切生活供给的"威胁"给吓了回去。

没有办法，阿明只能退而求其次，工作上做一些暗访、深度调查类新闻报道，业余时间则玩玩"杀人游戏""狼人杀"一类推理、侦探游戏，就当是"曲线圆梦"了。

如今，居然有一条极具悬念与挑战的犯罪线索摆在眼前，阿明自然欣喜若狂。在床上辗转反侧了两个钟头后，他一骨碌从床上爬了起来，打开手机，开始翻通讯录。

由于周锐的关系，云城各派出所以及刑警队的年轻警察，有一小半都跟阿明以兄弟相称，他将通讯录认真翻了一遍，最后给刑警队的小罗发了条消息。

"烧烤走起？"

不到一分钟，那头就回消息了："没问题，去哪儿？"

"东关烧烤。"

这个见面地点是阿明灵光一现想出来的，烧烤摊距离王校长跑步猝死的案发地不到200米，出门拐个弯就到。正因如此，两人刚坐定不久，阿明就很自然地将话题引了马拉松猝死的事上，他一扬手，将一瓶啤酒灌进肚子，神秘兮兮地说："我好像听说，这个校长是被人害死的？"

阿明这句话也不算太危言耸听：或许是王鸿儒往日作风不正、树敌太多的缘故，他跑步猝死后，社会上的传言可谓五花八门，有说他前一晚在夜总会叫了三个小姐，因此跑到半途虚脱而死的；也有说是校长夫人痛恨校长在外包养小三，同时觊觎家中三套房产，故意下毒谋杀亲夫的。这其中最离奇却也最"靠谱"的一种说法是：王鸿儒在马拉松的前4公里，始终跟在一个前凸后翘的漂亮姑娘身后跑，导致血液长期集中在身体某处，心脑供血不足才挂的——关于这一点，有沿途多名目击者与直播录像为证。

"呵呵，这么瞎扯淡的说法你也信？现在这社会，谣言可多了，医院最后开给我们的死亡报告写得很清楚，低血糖引发交感神经兴奋，继而引发心跳过速，最终因心室颤动死亡。"

"噢，那局里的法医呢，有没有做进一步尸检？"

"没有。"

"没有？"

"第一，家属不同意；第二，医院也出具死亡报告了；第三，整件事也没有什么明显疑点，没做很正常啊。"

"家属不让？"阿明一下子来了兴趣，"说不定就是家属干的呢?!"

"明哥，这就是你少见多怪了。这种闹事的家属，大部分都不愿意尸检，无理取闹嘛! 这理都顺清了，还怎么闹啊? 至于家属作案这一点，我们事后走访了不少人，发现死者家庭关系还是比较和睦的，而且绝大部分夫妻共有财产，都已经转移到了死者在美国读大学的儿子名下，无论是为情，还是为财，都不存在作案动机。"

"说不定儿子是隔壁老王的呢?"

"鉴定了，亲生的。"

"对了，我看当天的新闻，死者好像临死前，一直指着胸前的口袋，里面会不会有什么线索?"阿明不动声色地将此前发现的"疑点"问了出来。

"哟，想不到你是福尔摩斯啊，连这都注意到了。这一点，当时做抢救的护士在笔录里提到了，我们也当成疑点排查过了。据家属说，死者之前有低血糖，所以平时出门，口袋里都会备几粒糖，但跑马拉松当天为了轻装上阵，就没带糖，而且钥匙手机都没带。至于临死之前指口袋，应该是当时神志不太清醒，忘了这事，想告诉护士口袋里有糖的意思。"小罗说，"在死者口袋里有一卷出租车发票。我们当天就通过发票找到了出租车司机，据司机说，死者当天早晨6点20分左右，在红叶小区附近的出租车停靠点上了车，目的地是马拉松起跑点，全程不到3公里，车费10元。死者下车时，提出了索要发票的要求，由于前几位乘客都没有要发票，所以司机就顺水推舟，把连在一起的4张发票一并给了死者。当时用的是现金支付，死者给了一张20元钞票，司机找了10元，这10块钱后来被死者拿给路边的一个大学生帮忙买可乐了。还有，在乘坐出租车的过程中，死者没有表现出任何不适或异常。我们详细调查了司机的背景资料，以及当天上午的跑车路线，排除了司机的作案、说谎嫌疑。"

看来，警方并没有看过——至少没有认真研究过杜宇的那段录像，也没有注意到那个易拉罐拉环。阿明问："然后就结案了？"

"不结案还能咋样？其实当时也有人提出，死者平时身体比较健康，而且又是有头有脸的人物，社会关系复杂，希望能进一步彻查，是否存在谋杀的可能。但问题在于，这事出在云城国际马拉松大赛上，死者家属又闹得那么厉害，大多数领导的意思都是，淡化处理，尽快平息事态，消除影响。你这时候把案件升级，不是打领导的脸吗？所以这种声音很快就被压下去了，最后教育局跟体育局合在一起赔了180万，家属息事宁人，大家乐得安稳，两全其美！"

阿明点了点头，举起桌上的杯子，狠狠往嘴里灌了一大杯啤酒。小罗说的最后一番话，他完全认同，不仅如此，他还清楚地明白，从局长到民警，绝大多数的公安系统人员，都希望"命案"越少越好。原因很简单，一来本就提倡"疑罪从无"，既然找不出确凿证据指向命案，以"意外死亡"结案无疑是皆大欢喜的结局：毕竟，对基层警察来说，一桩命案可能意味着长达数月的无偿加班、不眠不休，而对上级领导来说，命案数量太多，说明城市治安不理想，打击犯罪工作成效差。二来与这些代价相比，破获命案带来的成就感、功劳实在不值一提——拿一些偏远地区来说：不少老人死亡或自杀案件，背后都有子女推波助澜的成分——例如，子女故意离家，让无行动能力的老人饿死，又如子女在精神上虐待老人，逼迫老人生无可恋地自杀。这一类案件，除去极个别太过分、激起民愤的，最后基本都被定性为"自杀""意外死亡"而非命案。

想到这一点，阿明不禁有些担忧，他想到，如果将此前录像中发现的疑点告诉父亲，以周锐的性格，多半会力排众议，重启对"马拉松猝死"一案的调查，到那个时候，又会得罪多少人，惹下多少麻烦？

"怎么了？"小罗发现了阿明的不对劲。

"没什么，稍微喝多了点。"阿明摇晃着站了起来，抢在小罗前面买了单。买单后，他又以"喝多了，走两步"的理由，谢绝了小罗打车捎自己回家的要求，看着天蓝色的出租车绝尘而去，阿明揉了揉眼睛，先前的醉态瞬间消失得无影无踪，他直起腰，往不远处的干道走去，大约三分钟后，他来到了此行的目的地——马拉松当天，王鸿儒倒地猝死的位置。

事实上，阿明也不知道这样做有什么意义：对一起发生在两个多月前，没有暴力、没有凶器甚至没有流血的猝死案来说，时间早已抹去了一切痕迹。马拉松临时立的隔离护栏早已撤去，马路上空无一人，绿化带上的青草茁壮茂密，至于那个很可能是此案关键线索的"再来一罐"拉环，想必早在两个月前，事发后一两天内，被清洁工人扫起，归类，最终在垃圾焚烧炉内接受烈火的洗礼了吧。

"不对。"阿明打了个激灵。

没错，那拉环上印的可是"再来一罐"。包括清洁工在内的大多数人，捡到拉环的第一反应，都应该是去换一罐饮料，而非扔进垃圾堆，更何况，对一个月收入不高于3000块的环卫工人来说，一罐四五块钱的饮料，应该能给他的孩子带来一个不小的惊喜呢。

那么，如果找到负责这一路段的清洁工，应该就可以通过他的回忆证明，那个金属拉环究竟来自哪一种饮料了吧。

可是，就算证明了这一点，又有多大意义呢？

王校长临死前指向口袋——口袋里有一个易拉罐拉环——起跑前喝了一罐别人给他的饮料——饮料中被下了毒——给校长饮料的那人就是凶手。这是到目前为止，阿明所想出的一条最符合逻辑的推理线。然而，就算这条线成立，那罐饮料到底是可乐、雪碧、红牛还是加多宝真的重要吗？

毕竟，饮料并不是小众商品，通过这个物证去反追查，难度实在大了一点儿。

对了，如果这条推理线成立，这个凶手又是如何说服死者，喝下自己的饮料的？要知道，王鸿儒是个五十来岁、生活优渥的中学校长，这个年纪的人，大多活得比较"养生"，通常比较排斥听装饮料才对，想要在街头说服他喝下一听饮料，应该不太容易。

难道是熟人？

对了，这个凶手，又是在哪儿诱使死者喝下饮料的呢？

既然出租车司机已能排除嫌疑，那么，从死者当天的行动轨迹看，可能的作案地点只有两个：第一，死者出门后，到上车前这一段；第二，死者下车后，到马拉松起点这一段。阿明前两年也参加过云城马拉松赛，非常清楚当天的交通管制情况：死者的下车地点，多半是距离起点约400米的一处公交站台附近。

如果我是凶手，会选其中的哪一段呢？

"与其站在这里空想，不如去这两个地方看看。"想到这一点后，阿明拦了一辆出租车。

凌晨2点40分。

阿明站在一盏明亮的路灯下，目光牢牢锁定身前不远处的楼道，楼道内一片漆黑，冰冷的铁门紧锁着，门上的智能锁闪烁着幽幽的红光，宛若一双眼睛——这是阿明第二次站在这个楼道口了，马拉松赛后第二天，阿明就站在这儿，对王鸿儒的遗孀做了十分钟采访。

阿明打开手机记事本，在一个刚刚建立，名为"518马拉松猝死案"的文档内，输入了一行字。

作案地点，死者出门后，走到红叶小区门口上车之前，可能性80%；马拉松起点附近，可能性20%。

没错，就在不久前，他把这两个地段仔细观察了一遍，从而得出以上结论。

他去的第一站是马拉松起跑点，从死者最可能的下车地点，到当天的起跑出发处，全程约三四百米，沿途共有四个球形监控，阿明很了解这种监控探头的覆盖范围，大约估计一下，这四个探头至少能覆盖80%的路途。而死者所住的红叶小区，监控相对较少，只覆盖了几个主要过道的路口、小区主停车场，覆盖范围不足四分之一。而且，当天王鸿儒在早晨6点20分出门，那个时间点，小区里路人应该很少，而马拉松的起跑点则人山人海，综合以上两点因素，死者从出门到上车这一段，无疑是更合适的作案地点。

既然这个凶手有能力将一场毒杀伪装成一次长跑猝死，那他的智商，100%应该能考虑到以上因素。

虽然正值盛夏，但当冰凉的夜风吹到身上时，阿明还是忍不住打了个哆嗦，他抬起头，又看了一眼面前的高楼，高楼一片黑暗，显然大多数住户早已进入了梦乡，只有顶楼的一个窗口执拗地亮着灯光，宛若一只明亮的独眼。阿明打了个哈欠，转过身，往小区门口走去。

第十二章　杀人游戏（2）

虽然前一晚几乎没睡，但清脆的闹铃声还是在早晨8点准时叫醒了杜宇，他揉了揉睡眼，打了个哈欠，迅速洗漱停当，在8点50分走进了办公室。晨会上，杜宇随便编了个选题，将主任敷衍了过去，随后开始发消息给阿明。

开完会，我就找领导汇报，顺利的话，下午就把录像带给你爸。

阿明很快就回了消息：

不急，先等等！

嗯？

我查出了一点儿东西，还有，我仔细想了想，这事现在就告诉我爸，对他不一定好。

什么意思？

我爸的脾气你也知道，你跟他一说，他一定会申请重新立案。但这件事早就定性了，再重新立案，那不得罪人吗？万一到最后查不出什么，上上下下白忙一场，如果查出是命案，抓到了凶手，之前签字的人就得负责。最要命的是，万一查出是命案，最后又抓不到凶手，那全局上下今年的先进就得泡汤，别人还不把他恨死？

那怎么办？

我先查！

你还真当自己是侦探了？

嗯。

阿明的回答言简意赅，杜宇苦笑着叹了口气，正准备将手机塞回口袋，屏幕上却又跳出一条信息提示，杜宇点开一看，居然是姜宜发来的。

我下周去美国给我爸预订诊所，我爸先在家办签证，最快月底能动身。你在家老老实实的，不许勾搭别的妹子。

杜宇心头怅然，他思索了片刻，回了一条信息：

要不，我也请假去一趟？

签证很麻烦的，而且来回机票就要两三万，你别想太多了。对了，你们上次来茶吧，我爸答应，下次他请客，现在我要去美国，茶吧也准备歇业了，我爸昨晚特地跟我说，就这个星期，请你们几个朋友再来玩一趟。对了，千万别跟他们说我爸生病的

111

事。切记！

杜宇心头一酸，他知道，姜诚之所以这么着急兑现承诺，多半是他心里也清楚，这一次去美国，或许就永远回不来了。

这是小事，先看病再说吧。

不行，我爸的脾气我知道，答应的事，就一定得兑现。

杜宇不再推辞，立刻在桌游群里发了一条消息。

这几天都有空吗？老地方走起。——杜宇

随时。

OK。

择日不如撞日，今天怎么样？——杜宇。

没问题，对了，你跟你女朋友说下，把你老丈人也喊上，我们多学习学习。

这条消息是阿明发的。大约十秒钟后，阿明又发了一条私信给杜宇。

马拉松那件事，我昨晚找一个刑警队的兄弟聊了聊，又跑了几处地方，心里有一些推断，想找你老丈人帮忙参谋参谋。

收到这条消息后，杜宇有些迟疑，阿明的提议确实有一定道理，姜诚智商顶尖，又是逻辑推理、心理揣摩方面的大神，如果这件事请他帮忙，确实可能有所突破。然而问题在于，姜诚毕竟身患癌症，在这个时间点，是否适合费力劳神。杜宇犹豫了很久，终于决定答应阿明。

以姜诚的性格，如果请他帮忙做一些有意义、有挑战的事，想必更能激发他的求生渴望吧。

7月27日，傍晚7点30分。

杜宇一行七人走进雕琢时光茶吧时，姜诚、姜宜正面对面坐在靠窗的位置品茶，今天的姜诚一改上回仙风道骨的装扮，上着一件简单的白衬衣，下穿一条休闲长裤，头发依旧梳得整整齐齐，形象气质跟他的另一层身份"大学教授"倒挺契合。看到众人进门，父女二人同时从座位上站起来，姜诚乐呵呵地说："我女儿最近要去美国一趟，所以茶吧会歇业一段时间，今天这一次，说好我请，谁要买单，就是不给我老姜面子了。"

姜诚说话时中气十足，配合上红润的面色，完全看不出一丝异样。然而，到上楼的时候，杜宇还是从他身上看出了些许病态与虚浮，他的脚步很慢，跨上每一层楼梯之前，右手都要用力撑一下扶手，仿佛将全身的一大半重量都压在了上面，爬上二楼后，姜诚的呼吸急促了几分，靠住墙壁，大口呼吸了十来秒才缓过气来，杜宇心头一酸，想要上前搀扶，却被姜诚轻轻推开了："没事，我没事。"

姜诚抹了一把冒汗的额头，走进包间，包厢里冷气开得很足，温度只有20℃出头，姜诚刚进门，就被扑面而来的冷风刺激得咳嗽了两声，杜宇赶紧走到空调前，把温度调高了几度。众人落座后，阿明说："今天还是玩杀人游戏，但是事先说好，姜伯你不能做法官，得亲自下场指导我们。"

姜诚嘿嘿一笑，并没有提反对意见。这一次，抽到法官的是夏晚晴，身为北广毕业的播音系高才生，夏晚晴的嗓音条件绝对当得起"惊艳"二字，而且对语境、语感的把握也出类拔萃。然而，当她用低幽的语调念出"天黑请闭眼"时，所有人都感觉，与上次姜诚相比，夏晚晴的气氛调动能力，明显还差了一截。

第一局抽中"杀手"的是杜宇和阿明，两人对视了一眼，半秒钟后，阿明的食指毫不犹豫地指向了姜诚——既然是玩桌游，那自然得全力争胜，而绝顶高手姜诚，无疑是阿明眼里，最可怕、最厉害的对手。既然如此，那争胜的最佳方案，无疑是在第一轮就把他"干掉"，杜宇看到阿明的手势，迟疑了一两秒，也点了点头。

扑哧，夏晚晴瞧见杜宇二人第一轮就把姜诚选为"杀害对象"，忍不住轻笑了一声。旋即吐了吐舌头，很快调整好情绪，收敛起笑容，继续说："杀手请闭眼，警察请睁眼……警察请指认杀手。"

现场响起一阵细微的窸窸窣窣声。

"天亮了，所有人请睁眼。"夏晚晴强压笑意，用尽可能平静的语调说，"姜伯，你死了，请说遗言。"

"××，你死了，请说遗言。"这是杀人游戏中一句极其平常的台词，几乎每局游戏都要出现至少两次，然而此言一出，坐在杜宇对面的姜宜下意识地愣了愣，脸色变得有些难看。毫无疑问，姜诚罹患绝症让她对"死"这个字不免有些忌讳，夏晚晴很快察觉到了气氛的变化，红着脸正想辩白，姜诚却笑吟吟地打断了她："不妨事，游戏里都这样。"

姜诚微眯双眼，尖锐的目光依次从每个人脸上扫过，就像一把锥子，刺得杜宇脸上生疼，大约十秒后，姜诚低下头，抿了一口面前的茶水，斩钉截铁地说："阿明，杜宇，你们两个是杀手。"

所有人面面相觑，这才是游戏第一轮，按照正常的规律，"死者"的"遗言"完全是盲选，然而听姜诚的语气，明显成竹在胸的样子。就算是绝顶高手，也没有这么神的！

"其实，是我投机取巧了。"姜诚微微一笑，"刚才二位杀手选定对象后，这位美女法官忍不住笑了一声。呵呵，如果只是选我做谋杀对象，那正常人的反应最多是惊讶，不至于好笑。这说明，要么是我女儿，要么是我女儿男朋友决定杀我，只有这两种情况，才会让主持人忍不住笑出声来。"

杜宇和阿明忍不住对视了一眼，目光里充满了讶异：这一点理由，说出来大家都心领神会，但在这之前，在座八个人，一个都没有想到。

"至于为什么是杜宇，而不是小宜，那是因为小宜的一个动作。上次你们玩游戏的时候，我发现，每当小宜抽到杀手牌时，往往会有一个习惯性的动作：两手交叉，同时左手的指甲下意识地在右手手背上划来划去，这是她在紧张时的习惯表现。其实，不只是玩桌游，以前小时候，小宜跟我下棋、玩牌的时候，每到紧要关头，她也会做同样的动作。然而这一局，我并没有在她的手上，看到这个习惯性动作。"姜诚浅浅地抿了一口茶水，说，"当然，小宜的这个习惯性动作，也不是每次都准的，所以仅凭这一点，我最多只有七成把握。"

众人目瞪口呆，静静地等待大神的下文。

"你们上次玩游戏，我是全程旁观的。小宜做杀手的习惯是'远攻近交'，说白了，就是在第一轮游戏里，会倾向于杀桌上最不熟的人，像这样第一局就大义灭亲，不太符合她的习惯；最后，刚刚晚晴说'我死了'的时候，小宜的脸色明显有些不爽，结合这两点，我大胆猜测，小宜不是杀手！"

惊人的记忆力，完美的逻辑推理力，可怕的人心洞悉力，姜诚的这番话让一群年轻人几乎生出顶礼膜拜的冲动。尽管杜宇、阿明都未亮牌，但同事们投来的目光已足以说明，这局游戏结果已定。想明白这一点后，杜宇一不做，二不休，爽快地把牌给翻了过来，果然是代表"杀手"的黑桃A，这样"投子认负"的举动再次引发了大家的赞叹，阿明苦笑了一下，说："那你为什么确信是我？"

姜诚嘿嘿一笑："其实，猜杜宇是杀手，我只有80%的把握，但是，你是杀手，这一点我有99%的把握！"

"为什么？"

"很简单，杜宇只要脑袋没秀逗，肯定不会选择第一轮杀我。所以，最开始选我的，肯定另有其人，杜宇不过是从犯。而在这张桌子上，会在第一轮就选择杀我的人，只可能是你，毕竟我的年龄虚长大家几岁，之前也不太熟，其他几个小朋友都比较内敛、谦让，不太可能在第一轮就选我做目标。只有你，好胜心比较强，又是典型的混不吝性格，才会第一轮把我干掉。"姜诚笑了笑，解释说，"你别生气，这不是骂你，其实，我年轻时也跟你差不多。玩游戏，就是要赢嘛。"

阿明苦笑了一下，伸出右手，慢慢把面前的牌翻了过来，果然是代表"杀手"的ACE，阿明深吸了一口气，说："甘拜下风。"

"其实，这些技巧，只有在面杀（线下游戏）的时候管用，如果换成线上正规比赛，玩家都是匿名，你看不到别人的表情，这些技巧就全都没用了，只能靠最原始的逻辑推理。"

"受教了。"阿明谦恭地说，到这时，已经没人再怀疑姜诚"绝顶高手"的身份了。而姜诚接下来的表现也没有让这帮年轻人失望：逻辑严密、思维敏捷，每一局游戏之后，还会深入浅出地给大家分析推理过程与技巧。四五个小时一晃而过，深夜11点30分，楼下的服务员小茜跑了上来，不好意思地说："老板，我先回家了，您看楼下要不要关灯锁门？"

在座的年轻人都是这间茶吧的常客，知道这里的正常营业时间是上午11点到晚上11点，现在这个点，茶吧本该打烊半个小时了。于是纷纷起身，感谢姜诚、姜宜的盛情款待，同时动手打扫包厢。姜诚诚挚地道了声谢，将众人送到门外，然后走回柜台前，与姜宜清点当天的账目。谁知刚清点了一会儿，茶吧的大门被人推开了。

杜宇与阿明一脸神秘地走了进来。

"有东西落包厢了？"姜宜正准备扭头往楼上跑，却被杜宇叫住了，杜宇说："姜伯，有件事想请教你。"

"请教我？"姜诚有些茫然，"你们两个人？"

"嗯。小宜，你要不先回家，我们找姜伯聊一会儿。"

"哼，你们偷偷摸摸商量什么，还要瞒着我？"姜宜此刻被"排除"在外，明显有些生气，小嘴噘得老高，清点钞票的双手也停下了动作。

"这个……"杜宇和阿明对视了一眼，在这之前，关于要不要把"那件事"说给姜诚听，两个人就纠结了好久，如今又凭空冒出来一个姜宜。然而看她执拗的神情，想要支开她明显是不太可能了。杜宇一咬牙，说："好吧，不瞒你，我们去包厢，有件事想请教姜伯。"

"好嘞。"姜宜从柜台里翻出一盘瓜子，一盘话梅，双手各端一盘，蹦蹦跳跳地往楼上跑去。众人落座后，杜宇和阿明对视了一眼，决定还是由说话条理比较清晰，不会满嘴跑火车的杜宇来陈述。

"是这样的，姜伯，上个月云城马拉松，有一个校长，在跑到四公里多的时候猝死了……我跟阿明最近整理录像时发现，这个校长的死，好像有蹊跷！"

马拉松赛场上校长猝死，这消息本就全城皆知，此刻杜宇大胆断言，这其中居然有"蹊跷"，无疑令人格外震惊，果然，坐在上首的姜诚脸色一变，饱经风霜的脸上浮出明显的愕然之色，反应更强烈的是原本在小口喝茶的好奇宝宝姜宜，她的眼睛瞪得老大，右手颤了一下，杯子里的茶水溅了好几滴到桌上，姜宜赶紧用餐巾纸擦了两下，尴尬地笑了笑。

"什么蹊跷？"姜诚很快平静了下来，问道。

"这个校长猝死时，我恰好在现场，用摄像机拍下了全过程……"杜宇说，"但是，就在前几天，我发现，当天我拍的视频素材，全部被人删了！而且，不是我自己删的。"

"不是你？"姜宜插话道，"那是谁删的？"

"你能不能先听杜宇说完。"姜诚显然对姜宜的一惊一乍有些不满，抬起手，把桌上的瓜子推到姜宜面前，"安心做你的吃瓜群众，别说话。"

"知道了。"姜宜不太情愿地说了一句，随后闭嘴不言了。但姜诚似乎存心跟姜宜为难，居然又不依不饶地将一把瓜子塞到她手上，姜宜气鼓鼓地瞪了父亲一眼，将一粒瓜子塞进嘴里，洁白的门牙嗑出清脆的响声。

"杜宇，你接着说。"姜诚说。

"是这样的。"这一次，杜宇用了二十分钟，把这两天里发生、发现的一切，从头到尾陈述了一遍。当说到马拉松猝死一事中的疑点时，杜宇还打开随身的笔记本电脑，将那段失而复得的视频放了一遍。姜诚表现得很专注，当听到、看见关键信息——例如王鸿儒口袋里掉出的那个神秘拉环时，还特意掏出手机，将电脑屏幕上的图像给拍了下来。至于姜宜，自从被父亲训完后也不再插嘴，只是一直赌气跟面前的瓜子较劲，烟灰缸里的瓜子壳很快堆成了一座小山。虽说如此，姜宜的面部表情也在不断变化，时而惊讶，时而紧张，无疑也听得很认真。

杜宇陈述完毕后，姜诚闭上眼，沉思了片刻，提了三五个细节上的问题，最后问："为什么跟我说这个？"

"您是我认识的人里面，观察力、判断力最强的。"

"从你的描述来看，这件事确实很可疑。现在时间也不早了，你看这样行不行，你们把目前掌握的信息，以及心里的推论，做一个文档发给我，再把这段视频拷给我一份，我思考一会儿，最晚明天下午给你们答复。"

"好。"

第十三章　排除嫌疑

第二天下午，杜宇和阿明同时收到了姜诚的邮件。

承蒙二位小友信任，所托之事自然认真对待，校长跑马拉松猝死一事，今晨我查阅多方新闻，结合二位昨晚所言，略有一二眉目，现陈述如下：

为了陈述方便，下面不写狗屁文言文了。平时讲国学讲惯了，臭毛病一大堆，自己累自己。

你们通过视频中的一些细节推断，校长猝死可能事有蹊跷，我今早看了三遍视频，认为二位的怀疑存在一定道理，但有部分因素未考虑进去。

第一，死者运动服口袋中掉出一个易拉罐拉环，看似不合情理，但仔细推敲，存在一定巧合可能。就我所知，近几年的马拉松大赛，有好几家赞助商，包括跑鞋、运动装、功能饮料等，会在起点、终点附近设立广告点，展示、赠送、出售产品。那么是否存在以下可能：在马拉松起点附近，某个功能饮料摊点的负责人，或志愿者恰好是王校长的学生、学生家长、朋友（死者交际广泛），送了一听饮料给王校长，校长喝完后发现中奖，便将中奖拉环置于胸前口袋。至于死者临死前手指口袋的动作，不排除是神情恍惚，忘记口袋里没有带糖的原因，为此我特地请教了医学人士：人脑在缺少葡萄糖供应的情况下，可能出现精神不集中、躁动、行为怪异等症状，如果以上情况成立，那命案推论不成立。

但如果猝死事件确属人为谋杀，请考虑以下几种可能。

1．凶手是死者家人，早晨死者出门前，通过下毒或其他未知手段使死者在马拉松途中猝死。（建议查清死者家庭关系，夫妻感情等。）

2．凶手是当天载死者去马拉松起点的出租车司机，或许此人跟死者有仇，提前知道他当天要跑马拉松，特意提前在小区门口等他，然后在车上做了什么手脚。这一点线索，警方可能已排查询问过，建议去翻阅笔录，看看是否存在疑点。

3．凶手是死者仇人，在马拉松前一天、两天甚至更久，通过下毒或其他未知手段，使死者在马拉松途中猝死。

4．凶手是死者仇人，在死者当天出门后，通过易拉罐饮料下毒，导致死者在马拉松途中猝死。这也是你们目前的推断，若此条成立，那凶手的作案地点，必定会选在死者出门后，到上车前这一段路途，而非死者下车后，到起点途中。至于其原因，除去你们分析的，小区内监控较少，不容易被别人撞见外，更重要的是，如果我是凶手，要策划这场谋杀，首要考虑的是一切细节都尽量可控，而死者当天上午的行程，最为"可控"的，无疑是从出门到小区门口的这段路程。至于下车后，到起跑点前的这一段，则存在诸多变数。众所周知，马拉松起跑点附近极其拥堵，交通状况复杂，出租车最后在哪儿停，很可能存在变数，以及死者的人际关系，在他下车后，前往起跑点途中，很容易遇上同事、熟人（据悉，市教育局共安排了300名教育工作者参加此次赛事，此情况极有可能发生），以上情况，无疑都会给凶手的计划产生诸多影响。所以，如果我是凶手，想要用一罐饮料毒杀当事人，最好的作案窗口无疑是死者出门后，上车前一段路程。

为此，今天中午，我特地去死者所住的红叶小区转了一圈，发现距死者家楼道约50米的路口，有一物业监控探头，此外，小区三个大门处也均有物业监控探头。虽然监控覆盖范围不全，如果凶手作案，也多半会避开监控，但我还是强烈建议你们调取监控，原因很简单，通过监控录像，你们可以知道死者走过这几个地点的准确时间，有了时间信息，就可以推断死者从出门，到小区门口，再到上车，这几段路程内，有无逗留、耽搁。如果可能，最好能现场模拟一遍，从死者家楼道口，走到小区门外出租车停靠点，等车（该段时间可能有波动，建议多试几次），然后跟监控时间进行比对，看看王校长当天上午的行迹是否存在异常。

PS：

死者没有尸检，医院给出的死因是低血糖导致心跳过速、室颤死亡。那么，你们需要着重考虑，什么样的手段（药物）能引发以上症状，又或者，能让急救人员做出错误的判断，认为死者是因低血糖诱发心脏功能障碍死亡。

以上是我一些粗浅的想法，由于时间仓促，条理略显零乱，部分推论可能尚存逻辑漏洞，请见谅指正！最后，以一个长辈的身份，有几句话不得不说：

已被官方定性的事件，想要追查所谓"真相"，推翻官方结论，慎重！慎重！慎重！

我也曾一腔热血，但时过境迁，如果能从头再来，我一定会选择更成熟的做法。

姜诚

杜宇读完邮件后，心里对姜诚的崇敬又添了几分，没错，姜诚在这封邮件里，将两人此前推理过程中的诸多疑惑、漏洞，全部点了出来。尤其是"查监控时间线"这条，此前杜宇跟阿明都认为，以凶手的智商，铁定会避开摄像头作案，因此查监控意义不大，所以下意识地没有去做这件"麻烦"事，然而姜诚一语惊醒梦中人。至于邮件最后，那三个带感叹号的"慎重"，杜宇虽略感抵触，但更多的还是感动，他十分清楚，姜诚的规劝，完全是为自己好。

杜宇跟阿明在电话里沟通了一会儿，然后分头行动，杜宇负责调查、打听马拉松举办当天，起跑点附近是否有饮料赞助商的展台或摊点，而阿明则借助各种的关系，找到小区保安，调阅当天小区几个摄像头的监控录像，同时对姜诚说的几种"可能"，继续深入验证。两边的调查过程都很顺利，然而结果却有些出乎意料，从某种程度上说，可以用"失望"形容。

7月最后一天，傍晚。

杜宇坐在一间咖啡店靠窗的座位上，百无聊赖地望向外面的街景，此时天色方黑，橘黄色的路灯下，偶尔走过几个匆匆的归人，杜宇看了一眼腕上的手环，晚上7点35分，距离他跟阿明约定的见面时间已过去了五分钟，阿明却迟迟未到，虽然这也符合这家伙一贯的拖沓作风，但依旧让杜宇十分焦躁。因为一小时后，他还有一个不能迟到的约会。正当他准备打电话催促时，不远处的玻璃门被推开了，一个梳着莫西干发型的脑袋在门口晃了一下，四下打量了一番，径直朝杜宇走来。

阿明一改往日里吊儿郎当的模样，不仅发型时尚，而且衣冠楚楚，崭新的休闲衬衣配上价格不菲的牛仔裤，脚上的鞋子更不是夏天穿惯的十字拖，而是一双限量版AJ运动鞋，杜宇愣愣地看了阿明半分钟，冒出来一句："一会儿去相亲？"

"你怎么知道？"阿明整张脸都在发光，"前不久在微信上聊了个同城妹子，网名叫菲菲，艺校学声乐的，之前聊天的时候，彼此就有点好感。今天下午，我陪菲菲玩手机吃鸡，为了救她，主动牺牲了一把，把她感动得稀里哗啦的，然后菲菲忽然就说，她想见见我。你也知道，兄弟平时不泡妞的时候，形象上面确实不怎么讲究，现在要去跟妹子见面，肯定得拾掇拾掇啊。"

阿明一边说，一边掏出手机，点开微信朋友圈："看，这是菲菲的照片，不错吧。"

杜宇侧过头看了一眼，照片上的女孩很年轻，打扮时尚，一张标准的网红脸，相当符合阿明的品位——又或者说，绝大多数男人的品位，如果放在往日，他一定会和阿明好好聊一阵少儿不宜的话题，然而此刻杜宇并没有这个心思，他说："马拉松那事，在电话里说就行了，非要见面干吗？"

"你又不是不知道，这事儿挺复杂，电话里一时半会儿说不清。"一说到正事，阿明顿时收敛起嬉皮笑脸的样子，走到咖啡店前台，问服务员借了一支笔和一张纸，重新坐到杜宇对面，说："我查过王校长住的红叶小区的监控了。"

"有什么发现？"

"红叶小区一共有三个门，分别是东门、西门和北门，每个门口都有监控探头，除了门口之外，小区内部有四处监控，分别位于小区的三个主路口和停车场。基本上，监控能覆盖到的范围，只占小区面积的20%左右，马拉松当天大早，共有两个监控探头拍到了王鸿儒，第一个是小区东南角，一个三岔路口处的球形探头，此地距离王校长住的七号楼只有50米的距离，也是他每天出门的必经之路，早晨6点07分，王鸿儒走过了这个路口，一切正常，大约四分二十秒后，也就是6点11分时，小区东门口的监控探头，拍到了王鸿儒走出大门。在这两段视频里，王鸿儒都两手空空，没有拿任何东西。"阿明一面说，一面在纸上画出了简单的示意图，包括小区的楼房位置、道路等，他继续说，"从第一个路口，走到小区东门，路程约400米，王鸿儒用了四分二十秒走完，基本符合正常人的走路速度，所以基本可排除他在这段路上逗留的可能。"

"那你的意思是，姜诚说的作案时间窗口，基本不存在喽？"

"还有一段路程，就是王鸿儒走出小区后，到打车之前的这一段路，从小区门口，到马路边的出租车停靠点，中间的距离大约300米，而王校长是6点20分上的出租车，九分钟，300米，明显比正常的步行速度慢了不少。"

"嗯？"杜宇眼睛亮了起来，"这速度，就算爬也爬到了。"

"呵呵，你少算了一个时间，那就是等出租的时间。王鸿儒这个年纪，不习惯用打车软件，站在马路边等出租也很正常。我今天早晨6点多，特地在那个出租车停靠点，等了三趟车，结果分别等了两分钟、五分钟和八分钟才上车。所以，从出门到上车，九分钟，这个时间也完全合理。综合这两点来看，校长从出门到打车这段路上，并没有明显的可疑之处。而且，我也问了负责这个案子的刑警，死者家庭关系和睦，基本排除家人作案的可能。"

"那出租车司机呢？"

"这个早就排除嫌疑了，昨天，我找刑警队的兄弟打听了当天的笔录，在事发当晚，警方就找到了出租车司机，并调取了行车记录仪，王鸿儒上车后一直坐在后排，全程跟司机都没什么交流，至于王鸿儒口袋里那一长卷发票，也确实是他下车时跟司机要的。"

"那他上车的时候，手上有没有饮料？还有，他付钱的时候，司机有没有看到那个拉环？"

"没有，司机说，王鸿儒上车时是空着手的，等到下车时，就用20元纸币付了账。不过这也证明不了什么，首先王鸿儒坐在后排，司机也不可能看到他掏口袋的动作，再说，就算拉环当时在他口袋里，付账时也没必要掏出来。"阿明皱了皱眉头，问，"对了，你那边调查的情况怎么样？当天有没有功能饮料的赞助商在现场?"

"你别说,还真有。"杜宇一面说,一面从随身的背包里,取出五个空易拉罐,易拉罐的外壳是醒目的土豪金色,正面印着两个带火焰效果的艺术字:"燃料",杜宇将五个易拉罐在桌上排成一排,说:"今年云城马拉松是由一家球鞋厂商冠名的,除冠名商以外,还有四个战略合作伙伴,其中有一个,就是这种'燃料'功能饮料,这种饮料上市还不满一年,但老板舍得烧广告费,所以市场发展很快,目前已经进全国前十了。"

"嗯,全市的超市都有卖,我也喝过,味道还行。"

"为了打听这事,我问了摄像组的一位兄弟,这次马拉松,他就在起跑点附近直播,这兄弟说,马拉松当天,起跑点往南大概100米的地方,开辟了一块很大的赞助商区域,主要用于产品的体验、推广,自然有一些赞助商,就把产品搬到现场卖了。后来我看了他拍的一些镜头,里面确实有这家'燃料'商家的摊点。"

"这么看来,姜诚提到的,现场有某位认识王校长的人,'送'了一听饮料给他,这种可能是完全存在的。"

"是啊!"杜宇将一个易拉罐推到阿明面前,在易拉罐侧身,印着一个球星图案,球星身侧印着五个一分硬币大小的红字,"开罐赢大奖",旁边还有十几排密密麻麻的小字,包括营养成分、商品信息,以及促销活动的详细介绍。杜宇说:"这个'开罐赢大奖'一共有三个等级,一等奖现金5000,二等奖饮料一箱,最常见的三等奖,就是再来一罐。按照官方公告,三等奖的中奖率是25%,平均买四听'燃料',就会开出一个'再来一罐',我今天一共买了五罐,其中就有两个中了三等奖!"

阿明拿起易拉罐观察了一番，说："运气不错，拉环呢？"

杜宇笑了笑，从上衣口袋里取出五个易拉罐拉环，递到阿明的手上："已经跟录像里的比对过了，大小、色泽都基本一致，应该是同款。"

阿明将拉环对准灯光，仔细研究了半天，最终点头认同。"确实一模一样。"两秒钟后，阿明忽然一拍桌子，说："会不会是这个凶手假冒赞助商，在起跑点附近，送给王校长喝了一听饮料？"

杜宇闻言一惊，无疑，阿明说的也是一种可能，他思索了一会儿，最后还是摇了摇头。

"我觉得不太可能，第一，正如姜伯说的，马拉松起跑点人山人海，如果凶手预谋下毒，那他很难确定，王校长到底会不会路过赞助商区域，而一场周密的谋杀，必须保证所有流程都尽量可控；第二，为了防止一些乱七八糟的商家过来蹭热度，赞助商区域的监管还是比较严的，每个摊点都有固定的位置和监管人员，想混进去也不太容易。"杜宇将桌上一字排开的易拉罐重新收回包里，说，"还有最重要的一点，我问了学医的朋友，他们说，通过饮料下毒，引发急性低血糖症，确实没法做到，想要诱发低血糖症，最合理的操作手法是注射过量胰岛素。"

"注射？那难度也太高了，吃下去没用吗？"

"是啊，只有注射，胰岛素是蛋白质，会被胃酸消化，吃下去完全没效果。"

"这么看，死者口袋里的那个易拉罐拉环，确实只是巧合了？"阿明眉头紧锁，"但是，你的素材被删，又是怎么回事？"

"这种事，在电视台里也不算太少见。"杜宇苦笑着说，

"我们的新闻采编软件，都是共用一个服务器，如果其他同事居心想删我素材，也就点两下鼠标的事情。"

"什么人这么缺德?"

"这就难说了，你也知道，我有你这个云城百晓通，每个月的工作量都在部门前列，不患寡患不均，难免有人嫉妒。还有，我们全频道的新闻采编账号，都公用一块服务器硬盘，有时候，有人发现硬盘空间不够了，就删一些时间久远一点儿的素材。最后，你也知道，这段素材是我们领导的一块心病，虽说我觉得是有备无患，删掉的话说不定要引火烧身，但领导说不定不这么想呢，对吧?"

"也对，马拉松赛场上出了这事，所有相关部门的态度都是淡化处理。"阿明脸色有些沮丧，"看来，到头来是我们吃饱了撑的，白怀疑了一场?"

"呵呵，难不成你希望是命案?"杜宇笑着说，"这心态可不太健康啊!"

"嘿嘿，我这不是做侦探找到点感觉了吗?"阿明嘻嘻一笑，"既然疑点被初步排除了，我也能安心陪菲菲去旅游了!"

"旅游?"杜宇有些发蒙，"你跟这姑娘不是还没见面吗?"

"嘿嘿，正因为彼此互相都不了解，所以才需要一次长途旅行，来深入了解彼此的心灵与肉体啊……"阿明眼睛里放射出幽幽的绿光，"菲菲之前就跟我说，一直想去云南西双版纳，所以，这次我俩见面，就约好一起走了，机票我已经买好了，今晚10点，云城直飞昆明，我一会儿去学校门口接她，然后去机场，来一场天涯海角的旅行。"

"我靠，你不怕见光死?"杜宇忍不住说，"你没看过网上的那些帖子，女网友照片与现实的对比?"

"靠，我有那么蠢吗？菲菲跟我视频的时候，用的是苹果手机的前置摄像头！保真的！还有，菲菲跟我约好了，我们两个AA制，我一个大老爷们儿，能吃啥亏？"

"那个，你们第一次见面，就去结伴旅行，这妹子也太开放了吧。"

"去你的，我跟菲菲都在网上聊了两个礼拜了，每天都聊到凌晨两点，再说了，你跟姜宜，不是认识第三天就做男女朋友了？"

杜宇摇头苦笑，他和姜宜确实属于一见钟情的典型，甚至，从他看到姜宜第一眼开始，他就认定，眼前的女孩是这世上最适合自己的灵魂伴侣。然而这一个月来，两人的"实质进展"也就仅限于拥抱亲吻了，杜宇并非保守的男生，但也觉得这样的进展速度是完全正常的。而像阿明这样，第一次见面就结伴旅行，反倒不太能接受。想到这里，杜宇不免又有些牵挂起来，因为再过半个小时，他就要开车去姜宜家，然后送她去120公里外的省城国际机场——八小时后，姜宜要登上省城至洛杉矶的航班，前往一万多公里外的大洋彼岸，给父亲争取一丝额外的生存希望。

到美国后，姜宜会找留学时的老师帮忙，预约一家拥有CAR-T（细胞免疫疗法，一种先进的、尚处于临床阶段的癌症疗法）临床试验资质的医院，然后视预约周期长短，决定是在美国待着等姜诚过去，还是先回国，等一段时日再接父亲一并赴美。如果是前者，那杜宇至少要有两三个月和姜宜隔海相望，而如果是后者——那意味着姜诚的生存希望会大大减少。

杜宇脸色一黯，看了看腕上的手环，晚上8点11分，距离和姜宜约定的时间只剩二十分钟了，于是站起身："我去买单了，一会儿送小宜去省城机场，她飞洛杉矶。"

"哪能轮到你请客？"阿明抢在杜宇前面买了单，一脸坏笑地说，"你去送旧人，我去迎新人。辞旧迎新。"

"去你的。"

十五分钟后，杜宇按响了熟悉的别墅门铃，大门缓缓打开，姜宜推着一个一人高的行李箱走了出来，姜诚穿着一件熨帖的睡衣，笑呵呵地陪在一边，姜宜将行李箱推到车边，准备和杜宇两人一起往后备厢里搬，姜诚却走了过来，说："不用你们，我来就行。"

姜诚弯下腰，用两条瘦削的胳膊抱住硕大的行李箱，想要发力，杜宇赶紧拉住了他，姜宜一脸焦急地说："爸，你歇着去！"

姜诚并不依言，而是倔强地摇了摇头，满头银发随着老人的这个动作微微飘扬起来，在路灯下闪耀着明亮的色彩，姜诚轻哼一声，双臂用力，将箱子提到膝盖的高度，然而这东西的重量显然超出了他的预计，姜诚佝偻的腰背剧烈颤抖起来，几乎随时要倒下，杜宇赶紧弯腰，伸手，用自己的肩膀负担起行李箱大半的重量——这行李箱至少有40公斤左右，以至于杜宇这个坚持锻炼的年轻小伙儿都有些吃力，两个男人一同用力，将行李箱抬进汽车后备厢。做完这件事后，姜诚再度剧烈咳嗽起来——看得出来，他已竭力在克制了，然而依然没有忍住。

大多数父母，无论已年逾花甲、古稀甚至耄耋，只要在子女身边时，总会下意识地要做些什么，又或者觉得自己应该做些什么，或许这也是为什么，当我们在父母身边时，总会觉得自己比现实年轻一些。

杜宇鼻子一酸，一旁的姜宜早已泣不成声。她扑进父亲怀里，梨花带雨地哭了很久，姜诚没有说话，任凭滚热的眼泪浸湿衬衫前襟，又过了一会儿，姜诚也别过脸，躲开了杜宇的目光，毕竟，一个年过花甲的男人，是不太愿意让外人看到自己的泪水的。

　　"我走了。"姜宜调整情绪的速度比预料中快了一些，"爸，你在家多保重。"

　　"我知道，你们路上小心……"

　　从姜宜家到省城机场大约一个半小时车程，一路上，姜宜与杜宇几乎没有说话——这在两人交往的一个月里是极其罕见的。这或许是因为他们都知道，在这个时候，无论是谁，只要一开口，都很容易提到那个谁都不愿面对的沉重话题。到机场后，杜宇默默地跟在姜宜身后，看她办完取票、安检手续，临别时，姜宜抱住杜宇，喃喃地说："我真的很喜欢你。"

　　杜宇咬了咬嘴唇，感动之外略有一丝愕然，这本是一句无比寻常的离别感言，然而奇怪的是，姜宜说这话时，逻辑重音似乎过于明显了一点，它清楚无误地落在"真的"二字上，以至于杜宇听在耳中，下意识地生出一种感觉，"难道之前说过的喜欢，都是假的？"杜宇旋即意识到，在此前两个人交往过程中，姜宜从未说过"我喜欢你"这四个字。

　　"虽然她没说过，但她所有的表现，确实是喜欢我的啊，她和我在一起有说不完的话，主动约我出来，甚至主动带我见她的爸爸……我还乱想什么呢？"杜宇停止了胡思乱想，并将其归结为毫无来由的异地恋焦虑症。他目送姜宜的背影消失在稀疏的人流中，转身，上车，正准备发动汽车，口袋里的手机却发出短暂的蜂鸣声。

"小宜给我发消息了？"杜宇拿出手机，出乎意料的是，信息居然是姜诚发来的。

送走小宜了吗？回来之后，方便的话，来我家一趟，有些话想跟你聊聊。

杜宇看了一眼时间，此时已是半夜11点，等赶回云城，最快也过了午夜。"这么晚了，姜伯找我干吗？"杜宇有些奇怪，但还是毫不犹豫地答应了。他回到姜家别墅门口时恰好是午夜0点，杜宇停好车，正犹豫是该打电话还是按门铃，一院之隔的房门忽然打开了，姜诚孤独地站在门口灯光的阴影中，"院门没锁。"姜诚笑了笑，目光说不出的深邃，杜宇心头一凛，他意识到，今晚姜诚要跟自己说的，一定是极重要的事情。

"坐。"

杜宇恭恭敬敬地坐在姜诚对面的沙发上。

"小宜说，在美国预订医院，快则七八天，慢的话，遥遥无期，如果是前者的话，我下个礼拜就要动身去美国。"姜诚的语气很平静，但表情中流露出显而易见的悲色，"小宜上学时，我去过美国，所以签证不会很麻烦，办完手续后，我打算去一趟Z市，跟两个最好的朋友见一面。"

杜宇几乎瞬间猜到了姜诚的意思，这番去美国接受治疗，能否活着回来尚未可知，姜诚在这个时候去拜访挚友，想必也带了一丝诀别的意味。

"所以，我才这么晚找你，和你聊一聊。"姜诚说。

杜宇正了正坐姿，抬头直视，准备聆听老人的嘱托。姜诚轻咳两声，柔和的目光迎上了杜宇的凝视，下一秒，他的面色忽然变得无比严肃，姜诚一字一顿地说："小宜，真的很喜欢你。"

杜宇全身一震，不是别的，就在一个多小时前，他跟姜宜在机场道别时，姜宜说过一模一样的话语，他自然明白，这样的话语，出自一个白发苍苍、身患绝症的父亲之口，具备怎样的分量与意味。

姜诚说："我一会儿跟你说的话，很多地方会有所保留，你也可以问我一些问题，我或许会回答，或许不会回答，但是，在今天晚上，只要我说出口的，就一定是真话，不会骗你一个字。"

杜宇更紧张了，一层细密的汗珠从额头上渗了出来，他嗯了一声，点了点头。

"还记得上次我带你进的，小宜妹妹的房间吗？"姜诚目光中的悲色更明显了，就连眼角的皱纹仿佛都加深了几分，姜诚说，"今天，我想跟你聊聊，姜婉的事情。"

第十四章　故事

　　几乎在刹那间，杜宇脑海中浮现出一张模糊的女孩面庞，之所以模糊，是因为它是那面照片墙上，数十张照片的融合为一。杜宇从未见过姜婉，甚至从未听过这个女孩生前的任何事迹，但他清楚地明白，这个素未谋面的少女，在姜宜、姜诚心中的分量。她是姜宜瞳孔中那抹挥之不去的忧色的源头，也是这个曾经圆满幸福的家庭最重要的焦点，然而这一切，都在三年前，随着她年轻的生命，一道烟消云散了，她的离世，无疑是这个家庭命运的最重要转折点。

　　无数问号从杜宇脑海里蹦了出来，他舔了一下嘴唇，低头在桌上寻找水杯，姜诚看透了他的心思，并没有像以往几次那样泡茶，而是转身走进厨房，拿出一瓶刚开封的红酒，以及两个晶莹剔透的高脚杯。姜诚往两个杯子里分别倒了一层浅浅的红酒，将其中一杯推到杜宇面前。姜诚没有说任何话，只是仰起头，将杯中酒一饮而尽，两秒钟后，杜宇也做了同样的事情。

　　"小婉的事情，我上次跟你说了多少？"

　　"您上次说，小婉自杀，另有隐情。"杜宇静静地看着姜诚，上一次，他曾就"隐情"二字追问姜诚，然而姜诚一个字都没有说。

姜诚惨然一笑，给空掉的酒杯加上红酒，却没有立刻喝，而是轻轻端起到眼前，呆呆地看着晶莹的液体在玻璃边缘流淌，姜诚说："小婉确实是自杀，但却是被别人逼死的！"

杜宇全身一震，手中的酒杯乓的一声，摔在一尘不染的瓷砖上，玻璃杯摔得粉碎，玫瑰色的液体顺着淡青色的瓷砖花纹洇散开来，宛若一朵妖艳的鲜花。然而杜宇并没有俯身清理，只是如木偶般僵坐在原地，目光始终停留在姜诚的脸上，半晌说不出话来：姜宜的妹妹，是被人逼死的？

这无疑是个晴天霹雳般的消息，杜宇生出一种近乎窒息的感觉，胸腔内的心脏几乎要跳出来。说实话，上次与姜诚交谈后，他也想到过这种可能，但当这句话真真切切、清清楚楚地从姜诚口中说出时，他依然无法压抑内心的震撼与愤怒，身体里，仿佛有无数团火焰燃烧起来，下一刻，杜宇忽然又开始心疼姜宜，因为他很难想象，在经历了如此可怕的变故后，她是如何保持外表、内心的纯真与乐观的。

"姜宜知不知道？"

"知道。"姜诚说，"刚开始我瞒着她，但后来还是没瞒住。"

"什么人干的？"杜宇咬牙切齿地问。

这一次，姜诚没有直接回答杜宇的问题，他说："我刚才对你说过，你问我的问题，我不一定全部回答，因为我今晚只说真话。"

杜宇将拳头握得更紧了，他十分明白，如果姜诚不愿意对自己透露某个细节的话，那一定有着极大的苦衷。这从姜诚脸上痛苦、扭曲的表情也能看出来。姜诚再次端起酒杯，遥遥敬了远方的夜空一杯，然后一饮而尽，酒精给这张满是风霜的脸颊染上两朵不太健康的潮红色，姜诚说："小婉之所以自杀，是因为在学校里受了欺凌，欺负她的，是一个很有背景的女生。"

姜诚说得很简单，语言不带丝毫渲染，语气不带任何情感，更没有任何行为、细节描述。然而这只言片语，如同一把锋利的匕首，狠狠扎入杜宇的心脏，又像一把可怕的山火，将他心中的理智燃烧殆尽。

姜诚重新给自己倒了半杯酒，但并没有一饮而尽，只是浅浅地抿了一小口，仰起脖子，让冰凉的液体顺着喉管流入胃中，姜诚说："小婉是在高考前半个月自杀的，那会儿她住校，只有周末回来，小宜又在美国留学，所以大多数时候，家里只有我跟我爱人。那段时间，小婉每隔一天给家里打一次电话，有时是视频聊天，总之，没有任何不对劲的地方。唯一让我们有点担心的是，高考前两个月，小婉的成绩略微下滑了一点，从第一次模拟考试的全班第五，掉到了十名上下。当然，我们也不想给孩子压力，所以在一切场合，对她的成绩都避而不提。"

杜宇静静地聆听，恨不得将姜诚说的每一个字都用刻刀刻在脑海里。

"小婉出事的时间，是周三凌晨，而小婉正常跟我们通电话的日子就是周二和周四，周二晚上9点，小婉下晚自习之后，就给她妈妈打了个电话，也没聊什么具体内容，无非就是她妈妈问她，晚饭吃了什么，有没有睡好这些，小婉回答得有些敷衍，聊了两三分钟就挂了。这也正常，十七八岁的女孩子，跟父母总有些代沟隔阂……你不知道，姜宜出国的第二年，跟她妈妈因为天冷加衣服的事情吵了一架，整整一个月没个音信，电话视频一概挂断，就跟失联一样。"姜诚的目光渐渐变得柔和起来，瘦削的脊背轻轻地倚靠在沙发背上，仿佛回到了那段无比美好的时光，然而，当他意识到自己已离开了原本的话题时，难以名状的悲色再次填满了浑浊的瞳孔。

"晚上11点左右，外面下起了雨，接着开始打雷。我跟我爱人在12点左右上了床，那时候雨已经很大了，闪电一个接着一个，再加上接连不断的雷声，那一晚我先后被惊醒了三次。等到了第三次我被惊醒的时候，发现吵醒我的并不是窗外的雷声，而是放在床头的手机，来电显示是小婉的班主任，我的心一下子就抽紧了，这个点打电话，绝对不会是什么好事。果然，我刚接起电话，班主任就告诉我，小婉出事了！"

杜宇忽然做了一件事，他伸出手，直接拿起桌上的酒瓶，颤抖着将瓶口靠到嘴边，然而，在嘴唇接触到液体前，杜宇的牙齿在唇上咬下两道深深的刻痕，他咬着牙，将酒瓶重新放回了桌上，杜宇决定，在尽可能清醒的状态下听完姜诚的叙述。姜诚深深地看了杜宇一眼，继续说："小婉从学校马路对面的一栋大楼上跳了下来，六层。"

杜宇低下头，目光停留在满地的玻璃碎片与红酒液体上，什么话都没有说。

"第三天，学校给了我一个说法，说小婉因为成绩下降，外加感情受挫，选择了轻生。"与怒不可遏、面容扭曲成一团的杜宇相比，姜诚显得异常平静，这或许是因为他的神经早已被痛楚折磨得彻底麻木。

"我知道，小婉确实很看重成绩，也确实很内向寡言，我也知道，她曾经喜欢过班上的一个男生，但那个男生并不喜欢她……但是，她绝不是一个脆弱到因为这些小事就会自杀的孩子，绝对不是！我不接受学校的说法，于是开始想方设法追查真相。这个过程其实并不难，就在高考结束后不久，我就从一个同班女生那里问到了我想知道的东西：小婉自杀的那天晚上，她宿舍里，一个外号叫'大姐'的女生，也就是我之前说的，那个背景深厚的女生，欺负了小婉，逼死了小婉，要不是她，小婉绝不会自杀，我的家，也不会变成这个样子！然而，即便知道了真相，又有什么用呢？那个'大姐'的爸爸是市里的一位实权领导，足以把黑的说成白的，把白的涂成黑的。直到最后，官方说法都没有被推翻。不但如此，因为不接受学校提出的赔偿条件，一直坚持上诉，我跟我爱人都丢了工作，姜婉去世两年后，我爱人开车去最高人民法院时，出了车祸！我们为女儿奔走这么久，到头来却换来这样一个结果！"姜诚的情绪变得激动起来，他深呼吸了两口，让起伏不定的胸腔平定了一些，"这也是为什么，我一开始要瞒着小宜，当时小宜在美国留学，如果她也牵扯进这件事，说不定，她的前途也毁了。"

杜宇用力咬了一下嘴唇，他忽然明白，为什么在之前那封邮件里，姜诚会用连续三个带感叹号的"慎之"，警告自己不要质疑、推翻"官方通告"，追查马拉松猝死一事。杜宇想安慰姜诚两句，却觉得任何言语在如此的痛楚面前都是苍白无力的。他还想再问一些问题，例如那个"大姐"的名字，以及她欺侮、逼死姜婉的过程与细节，但他心知肚明，这些问题，一定是姜诚心中不愿触及的伤疤。

"好了，这件事我就说这么多，至于其中的细节，你不用再问，我不会回答你，但请你相信我，任何我不能回答的问题，都有难以言说的苦衷。"姜诚低下头，将脸上的表情全部隐没在灯光的阴影中，"小宜这孩子，小时候特别乐观开朗，但自从小婉去世后，就变了许多，再后来，她的妈妈也走了，我病了，她又忽然得知，自己的妹妹居然是被同学逼死的，整个人全变了。"

杜宇微微点头，说实话，第一次在书屋与姜宜相遇时，他便察觉出，掩藏在姜宜活泼外表下那抹显而易见的忧悒，不过那时，他认为这只是绝大多数同龄女孩都有的，为赋新词强说愁的少女心思罢了。然而随着时间的推移，他渐渐感到，姜宜的忧郁、伤感是源自内心，深入骨髓的那种。她是一个极其矛盾的女孩——开朗与忧郁、活泼与沉默，许多看似水火不相容的性格同时出现在一个人身上。好几次两人相处时，前一秒姜宜还在肆意大笑，然而一秒后，姜宜会毫无征兆地沉默下来，而造成这般变化的原因，或许只因为一段远远飘来的音乐旋律，一句看似寻常的话语，一张普普通通的照片。杜宇曾很好奇姜宜为什么会如此敏感多变，如今他知道了。

"你一定不能辜负姜宜。"杜宇对自己说，他走出别墅时已是凌晨2点，上车前，杜宇给阿明发了一条讯息：

见到妹子了吗？怎么样？

出乎意料的是，阿明很快回复了消息：

已到云南，春宵苦短，明日再聊。

1600公里之外，云南昆明。

阿明侧着身，躺在柔软舒适的大床上，凝视着一张近在咫尺、几近完美的面庞，一种恍若隔世的感觉填满了整个脑海。

"今晚发生的一切，都是真的吗？""为什么感觉跟做梦一样？"阿明用手狠狠掐了一下大腿内侧，钻心的疼痛让他终于相信，自己正身处现实而非梦境之中。

五个小时前，阿明在云城艺术学校的宿舍楼下接到了菲菲。菲菲比照片上还要漂亮几分，唇红齿白，顾盼生姿，几乎一眼就勾走了阿明的魂儿。一路上两人相聊甚欢，完全没有初次见面的生涩与拘谨。取票、托运、值机，当飞机离地的一瞬，坐在窗边的菲菲尖叫了一声，双眼紧闭，用力捏住了阿明的右手，在之后的两个小时内，两人的手再也没有放开过。

毫无疑问，阿明在这一刻便彻底坠入了情网，认定菲菲就是自己命中注定的那个女生，事实上，这世上至少八成的单身男人，在面对一个长相超过90分，又对自己心存好感的少女时，都不具备任何抵御能力。爱情的魔力也让阿明的心理产生了微妙的变化：见面前，阿明迫切希望，当晚能发生一些少儿不宜的故事，然而等到见面之后，阿明的想法变了，他又希望菲菲是个单纯保守的女孩，希望她拒绝自己的非分要求，而这段旅行，也是一段恋爱的开端而非简单的约炮。

当然，最完美的结果是，菲菲在认识自己之前，是一个保守、羞涩的女孩，直到被自己的男人魅力彻底叩开心扉，欲拒还迎地打开身体的防线。

这想法在外人眼里自然无比幼稚自恋，然而事实是，即便最成熟、理智的男人，也会时常产生这样的错觉。

阿明在这错觉中沉浸了两三个小时，然而结果让他有些失望。走进房间后，菲菲并未表现出明显的紧张、局促感——这是大多数少女在跟一个初次见面的男人走入房间后的正常反应，她钻进浴室洗澡时甚至没有锁门，这让阿明怅然若失，又惊喜若狂，在两人的第三次灵肉交融后，阿明收到了杜宇的信息，想到说实话可能被嘲笑，干脆用一句"春宵苦短，明日再聊"给敷衍了过去。

"早点睡吧，明天还要早起去玩呢。"菲菲的声音软糯无比，好像一块甜得发腻的棉花糖，尽管菲菲的"主动"让这一夜变得不那么完美，但颜值即正义，面对一张近在咫尺的美丽面庞，阿明还是生出一种强烈的呵护欲。菲菲睡着后，阿明开始问自己一个问题。

走肾，还是走心？

走肾吧，但菲菲实在太美了，以至于进入圣人模式的阿明依旧渴望能一直将她拥在怀里。

走心吧，但菲菲方才的表现，未免太"老练"了一些，似乎对一夜情早已轻车熟路。

嘀嘀嘀，突兀的电话铃声打断了阿明的沉思，"谁啊？"半睡半醒的菲菲嘟囔了一句。阿明连忙抓起手机，来电显示：王力。

阿明眉头一皱，王力是一名辖区民警，平日里跟他关系一般。通常来说，这个点打他电话，多半是接到了什么重要、离奇的处警信息，找他"爆料"来了。如果放在往日，阿明肯定会立刻接通电话，然后视事件的新闻价值，决定是亲自去现场采访，还是将信息告诉包括杜宇在内的一干新闻圈好友，又或者两者同步进行。但这一夜显然不同于平常，阿明瞥了一眼身旁的菲菲，按下了挂断键。

"不接电话，错过了这么重要的新闻线索，回头可不能怨我。"电话那头，王力小声抱怨了一句。此刻，他正身穿警服，站在刚通车不久的云城运河大桥上，在他身前半米的地面上，一瓶喝了一半的江小白白酒，一双半新不旧的运动鞋并排摆在桥栏内侧，桥下，数十盏探照灯将茫茫河面照得一片雪白，人声、警笛声、轮船马达声、高音喇叭声混杂在一起，交织成一曲不太和谐的交响乐。半分钟后，一声无比凄厉的尖叫从这片混响中突围而出，将王力的耳膜刺得生疼。

"我的儿子啊！"

第十五章　重生

一个小时前。

656300，656300，656300。

在7月的第一天，陶小华的全部身家还只是三位数，然而短短一个月后，他的个人资产总额已来到了六位数。

唯一可惜的是，这六位数是负的。

656300，这是陶小华用自己的身份证，在21个借款App，外加7家小贷公司欠下的贷款本息总和。事实上，他前后实际到手的现金还不到40万元，然而欠条上的数字，加上利息的总和，已超过了本金的1.5倍。

如果当初没有遇到那位"女神"……

如果自己在跪舔"女神"时，能够想一想窘迫的钱包……

如果没有问那个暗恋自己的小学妹借5000块钱……

如果没有收下那个28.88元的微信红包……

如果收下红包后，没有轻信对方……

如果没有被第一晚的胜利冲昏头脑……

如果能在赚到1000时抽身而退……

如果没有下载那个小额贷款App……

只可惜，这世上没有如果。

幸好，自己遇到了"大师"。

陶小华攥着一瓶江小白，茫然站在桥头，望着前方漆黑的河面，心中百感交集。

一个月前，陶小华从云城技术学院毕业，成了一名光荣的待岗青年。然而在这之后，一段突如其来的邂逅，以及紧随其后的，一个微不足道的意外彻底改变了他的人生轨迹：

6月最后一周，陶小华在聚会上邂逅了一个身材正点、长相完美的妹子，在这位"女神"面前，一向自负自恋的陶小华感觉有些底气不足——尽管从高中到大学，他一直都是全班最帅的男生，然而拮据的家境让他在面对真正的白富美女神时，依旧显得底气不足。

为了哄女神开心，陶小华使出全身解数，甚至不惜做出一件毫无节操的事：接受了一个此前一直追求他，"家中有矿"却其貌不扬的小学妹的求爱，之后在"恋爱"的第三天，就以毕业创业的名义，问小学妹借了5000元钱。收到转账的那一刻，陶小华毫不犹豫地下单了一副4888元的GUCCI墨镜，并在第二天送给了女神。

当女神收到礼物，唇角绽放出前所未有的灿烂笑容的一刻，陶小华心头最后一丝羞耻感消失了，相反为自己的魅力与"智慧"沾沾自喜。一周后，陶小华故技重施，又一次向小学妹提出了借钱请求，但小学妹也不是傻子，几句话盘问出端倪后，不但果断分手止损，同时明确告诉陶小华，如果不能在一个月内还钱，就将这事公诸朋友圈，同时让她老爸，一个有点"背景"的房地产老板来找陶小华的麻烦。

正当陶小华走投无路，打算找一家夜店做牛郎赚钱的当儿，"意外"降临了。

微信上，一个毫无印象的好友，忽然给他发了一个28.88元的红包，外加一长段网络链接。

> 我朋友搞了个线上棋牌网站，帮忙注册一个账号，充20元钱玩两把炸金花，另外8.88元算辛苦费，记得注册时填我的邀请码：019824。

陶小华看着这段信息，目瞪口呆了好一会儿，这好友是不久前刚加的，网名"小薇"，资料显示的性别是女，朋友圈里放了七八张不露脸照片，倒有些像微商或营销号。这让陶小华第一时间想到了网络上的套路骗局，正因如此，当点开红包，显示成功领取后，陶小华并未轻信，而是第一时间去查了钱包余额。

让他没想到的是，这红包居然是真的。

"现在的骗子都舍得这么下血本了？"陶小华百思难解，就在这时，"小薇"来消息了。

> 如果你时间充裕，可以一次下注2元，连续玩10把，每一局都截图发我，我再给你发28元红包。

这一来陶小华动心了，他家境一般，此前上大专，每个月生活费只有1000。28元，虽然用来追女神是远远不够，但苍蝇也是肉……再说聚沙成塔，10把28，100把280，如果玩上1000把，说不定对方能给自己2800呢？那不就够给女神买一件她喜欢的连衣裙了？

嗯，连衣裙等等再说，得先把小学妹的钱还了，她的老爸听说是混社会的，不好惹。

可以。

陶小华打开了电脑上的防木马软件，然后点开网站，注册、登录，在充值界面输入20，扫码支付。这一刻陶小华是清醒而冷静的，他的计划很明确，玩10把就收手——只赚辛苦费，绝不自掏腰包充1分钱。然而惊喜总是在不经意中出现，第一局游戏，他本打算下两块底金就直接弃牌，谁知抓到的牌居然是一把赢面极大的顺子！

陶小华抱着试试看的心态，点下了"跟注""2元"，很快，另外4家中的3家选择了"放弃"，最后一家在象征性地抵抗了一把后，也选择了弃牌！

这一把，陶小华赢了30。

陶小华嘿嘿一笑，也没有太放在心上，然而令他始料未及的是，这仅仅是个开头，这一晚上他如有神助，从头到尾几乎一直在赢！

30、50、70……150……240，短短一个半小时，陶小华的账户余额，已从20涨到了240，去掉刚开始的20"本金"，他赢了220元！即便如此，陶小华依旧没有被冲昏头脑，当他点开网页角落上那个"提现"按钮，内心并未抱太大希望。然而出乎意料的是，"取现"手续虽然繁琐，需要提供好几次验证码，但经过一番操作后，他竟然真的取出了这240元中的200元。至于剩下那40，则显示"取现最低额度为100"，但沉浸在喜悦中的陶小华已不在意这点"小钱"了。

当晚，"小薇"依约发来28元红包时，他原封不动地退了回去。

　　不用了！我赢钱了！
　　你赢钱是你赢钱，劳务费是劳务费。你要真想帮我，就多玩几把，你每玩一把，我给你发一块钱红包，我的提成是按照人数跟流量来的，跟你输赢没关系。
　　这老板给我们这么多钱，他不亏本吗？

陶小华还是有些疑惑。

　　这个你就不懂了，做这种网站，赚的是土豪的钱，像你这种大学生，就跟NPC差不多。
　　什么意思？
　　这类线上博彩网站，只有真实玩家流量达到一定的数目，才能形成影响力，从而吸引土豪入坑，所以我们需要大量的真实玩家，来给游戏撑人气。只可惜你不是女的，如果你是妹子，在打牌的时候发发语音，我们甚至可以给你开保底工资。
　　我懂了。

第二天，陶小华赢了70。
第三天，陶小华输了90。
第三、第四、第五、第六、第七、第八天，陶小华输输赢赢，但总体是赢多输少。算上旱涝保收的"劳务费"，平均每天都能进账100多。

第九天，陶小华靠一手Ace金花，赢下了有史以来最大的一把牌，600元，可惜仅仅半小时后，这600元就重新输了出去。更惊心动魄的还在后面，午夜0点，他摸到了一把豹子牌，可惜因"账上余额不足"不得不提前"梭哈"，以至于这把好牌只赢了区区200出头。

"在'梭哈'旁边，明明还有一个'快速充值'选项的。"陶小华为自己的首鼠两端懊恼不已。正因如此，两小时后，当相似的场面再次出现，陶小华几乎毫不犹豫地点下了这个选项。

正是这一晚，陶小华输掉了银行卡里全部的1700元现金，正当他心焦火燎抓耳挠腮时，那个带他入坑，一直依约发红包的微信好友"小薇"，"好心"推荐了一款贷款App给他。

陶小华奋不顾身地跳入了陷阱，并越陷越深。

3000、10000、30000、100000、300000、656300。

和成千上万赌狗一样，陶小华的"幡然悔悟"，发生在他个人信用彻底透支的那天，而这一天，他的网贷欠款总额，是656300。

他想报警，又不敢面对父母的眼神。

他想赖账，但催债者一顿老拳打消了他这个念头。

不管怎么说，陶小华还是有一点收获的：依靠这张不赖的脸蛋，他从几个对他有些意思的女生那里，东拼西凑到了5400块钱，之后抱着"最后的晚餐"的心态，用其中400元请女神吃了一顿自助餐，将5000元钱还给了小学妹，小学妹有些意外，随即表示"原谅你了"。陶小华打蛇随棍上，跪倒在地，一把鼻涕一把眼泪地将自己的"遭遇"诉说给了小学妹，哀求她"想想办法",这一回小学妹"十动然拒",大义凛然地说:"我帮你打110吧。"

从小学妹家出门后,陶小华想到了自杀,但是,想想罢了。

正当走投无路之际,"大师"找到了他。

跟"女神"一样,"大师"也是陶小华玩手游结识的朋友,虽然交流不多,但"大师"的游戏技艺还是给他留下了深刻印象。就在陶小华"幡然醒悟"的第二天,"大师"忽然在游戏里留言给陶小华:

> 我准备去自杀,以后不能上线了,兄弟珍重!
> 你怎么了?

陶小华惊呆了。

> 听朋友忽悠,买了50万足球彩票,输光了。

当听说有人跟自己有着同样不幸的"遭遇"后,陶小华的心情反倒愉悦了几分:

> 你别想不开,我也被人骗了,网上打牌输了40万。留得青山在,不怕没柴烧。
> 我欠了80万的小额贷款。
> 我也欠了60多万。

这一次,那头沉默了很久,无论陶小华如何询问,发组队邀请都毫无动静,正当陶小华以为对方已慷慨赴死时,"大师"

回信息了。

谢谢你关心我，我告诉你一个秘密，我并不是真的要去自杀，自杀是假的，躲债是真的！我觉得，你也可以试试。

陶小华心念一动：

什么意思？

很简单，就是假装自杀啊，人死债消，只要债主相信你死了，贷款公司就不找你了。等过两三年，再回来过从前的日子呗！

那些公司又不是傻子，哪有那么容易。

那就看你的本事了。

你准备怎么做，教教我！

我正在给爸妈写遗书，再过一会儿，我去我们镇上的大桥，在摄像头下面，装出一副痛苦的样子，抽半包烟，走两个来回，最后把钱包放在地上，人往下一跳。然后潜水游个三五十米，找个黑咕隆咚的地方钻出来，打辆黑车，去贵州找个乡下的小厂打工。

陶小华惊呆了，"大师"的这一番话，就像黑暗中的一盏明灯，一下子给他指明了方向。首先，陶小华是单亲家庭，母亲改嫁外地，父亲对他也不算好，总体来说，并没有什么难以割舍的亲情羁绊。其次，陶小华打小在河边长大，一个猛子也能扎到三五十米开外。最重要的是，在陶小华出生的南湾镇，有一个流传了十多年的神奇传说。

80年代中期，南湾镇有一个二十多岁的男青年，因为喝多了酒，弄丢了厂里的8000元公款，走投无路之际，从南湾镇运河大桥上纵身一跃，自此人间蒸发——虽然一直没捞到尸体，但由于床头摆着写好的遗书，当晚又有两名夜钓者目睹了现场，所以人们也都认定，这男青年一定是淹死了，只不过尸体被运河水流冲到了下游。谁知十五年后，正当大家几乎都忘了这段历史时，这个男青年（当时已是中年）以某外贸公司董事长的身份，开着凯迪拉克，怀抱一个比明星还漂亮的年轻老婆（另一种说法是小蜜）衣锦还乡，自此成为一段佳话。据此人自述，当日跳桥后，强烈的求生渴望让他游上了岸，左思右想之后，他决定远走他乡，"混出个样子再回来"。而这段传奇故事，与大师提出的躲债方案刚好不谋而合，极大地激发起陶小华涅槃重生的决心与信心。一句少年时学过的古语也浮现在脑海中，"大丈夫当如是也！"

然而即便如此，陶小华依旧没有足够的勇气来执行计划——直到三天后，他在短短十小时里经历了三件事：再次哀求小学妹未果，反倒换来一顿无情的奚落；去一个暗恋自己的女生家里，箭在弦上之际，发现连日的精神压力让自己那话儿变成了一只软趴趴的小虫；晚上回家路上，遭遇了催债公司新一轮骚扰殴打。

这样活着，还有什么意思？

陶小华决定走出那一步。

或许是否极泰来，陶小华事先踩点时惊喜地发现，天时地利人和，似乎全站在自己这一边。

湾头运河大桥刚经历一轮翻新重建，半个月前才恢复通车，人流量很少，这意味着不会有太多目击者第一时间围观；桥面的灯杆上装了一个球形探头，可以记录下自己在桥头彷徨良久的身影；运河水流不急不缓，既不至于让他这个善泳者溺水，也可以给"找不到尸体"构成充分理由；在下游三四十米的地方，有一片茂密的芦苇滩，四周荒无人烟，更无监控，是绝佳的"上岸"地点。这天深夜，陶小华留好了"遗书"，灌下二两白酒，摇摇晃晃地走上了桥面。

此刻已是凌晨1点，桥面上空无一人，来往的车辆也不算多，每两三分钟才有一辆车通过，上桥前，陶小华远远观望了一眼，最终将跳河地点选在了大桥偏西的一段，原因无他，那一块恰好位于监控的正下方。他拧开手中的白酒瓶盖，抿了一小口，咬了咬牙，往桥面上走去。

陶小华走得很慢，脚步仿佛有千钧之重，中间有好几次，他都想退缩，扭头跑回那个不富裕、不温馨、不和谐，却被叫作"家"的地方，但那656300元欠款就像一根无形的鞭子，抽着他不断向前。他用了整整五分钟才走到预定的跳桥位置，向下望了一眼，扑面而来的眩晕感让他差点落荒而逃。

高，好高。

桥面距离河水，至少有七八层楼的高度。

黑，好黑。

河面上一片漆黑，最近的灯光来自数百米之外的一条泊船。

陶小华又往嘴里灌了一口酒，晃了晃脑袋，在心里默念着："十年，不，五年后，一定要衣锦还乡。到时候，我挣十个60万带回来。"

他再次往桥下看了一眼。这一次，感觉桥没那么高，河面也没那么黑了。

陶小华脱掉运动鞋，将它与酒瓶并排放在地上，酒瓶上印着两行字："莫愁前路无知己，天下谁人不识君。"陶小华低声将这两句诗念了一遍，一咬牙，翻过了护栏。

他闭上了眼。

他跳了下去。

当双脚离地的一瞬，陶小华忽然生出一种奇异的错觉，他感觉自己仿佛在飞，身体摆脱了重力的羁绊，压力、悔意连同那60多万的欠款数字，一并烟消云散，上次他体验到如此美妙的感觉，还是三四年前，他在学校门口的小旅社里，结束十九年处男生涯的那一夜。在身体即将坠落水面时，陶小华睁开了眼，因失重涌上脑门的血液让他视线模糊，半秒钟后，当双脚接触水面的一瞬，一股可怕的冲击力让他忍不住大叫了出来。

啊！

他落水了。

陶小华竭力集中溃散的精神，试图游往目标地点，然而很快他就发现，身上的每一根骨头似乎都偏离了原本的位置，每一块肌肉都拒绝听从大脑的使唤，剧烈的疼痛让他瞬间放弃了原定计划，决定用狗刨式游到最近的岸边，活下来，活下来，我要活下来！这是陶小华心中仅存的强烈愿望。只可惜，他连这个愿望都无法实现了。

冰凉的河水灌入口鼻，淹没头顶，彻底埋葬了一切生机。

追凶

第十六章　线索

8月6日。

杜宇发觉，夏晚晴最近似乎"不太对劲"。

不知从哪天开始，这个大大咧咧、没心没肺的美少女，好像换了个人，经常一个人坐在座位上发呆，脸上的笑容也越来越少见。如果仅是如此，杜宇也不会多管闲事。但夏晚晴的反常已严重到了影响工作的地步：每天一早上班，都顶着两个大大的黑眼圈，出镜前需要补很久的妆，配音时魂不守舍错字百出，百灵鸟般的甜美声线也沙哑了许多。8月6号这天，杜宇在听完一条错误百出的配音稿后，忍不住问了一句："你最近怎么了？状态不对啊！"

"我……"夏晚晴欲言又止。

"怎么了，不方便说？"

"没有……"夏晚晴说，"你还记得，上次喝假农药自杀，最后救回来的那个小姑娘吗？"

"记得啊，那姑娘是叫阿莹吧，是你的师妹兼粉丝，怎么了？"

"就在前几天晚上，我采访了一条新闻，有一个二十一岁的男生，因为赌博欠了60多万小额贷款，跳河自杀了！"

"哦。"杜宇有些奇怪，心想夏晚晴虽说内心敏感，但也不至于因为采访了两条自杀新闻就如此失魂落魄吧。

"你不知道，喝农药的阿莹和那个跳河的男生，都是我下一届的同学，两个人我都有印象。"夏晚晴顿了顿，说，"上学的时候，那男孩子还追过我的。"

"什么？"这一次轮到杜宇吃惊了，"这两个人，都是你们云城一中的？"

"嗯。"

"那跳河的男生是什么情况？"杜宇对这条轰动全城的新闻也有所耳闻，但也仅仅是耳闻罢了。

"那个男生刚刚大专毕业，没想到最近迷上了网络赌博，一个月输了40万，欠了60多万的小额贷款，想不开就跳河了。他跳的是湾头运河大桥，那桥我也上去了，至少有十层楼那么高，我看一眼就晕，他居然跳下去了。唉，我虽然跟这男生也不算熟，但还是特别难受。"

杜宇愣住了，无数记忆碎片在大脑中碰撞、拼接：如果算上马拉松猝死的王校长，这已是最近两个多月来，第三个遭遇"意外事件"的云城一中师生了，只不过王校长是"意外猝死"，阿莹是"自杀未遂"，这个男生是"自杀成功"罢了。

校长猝死一事，公安部门给出了合理的死因解释和权威的官方说法，但也出现了"拉环"那个明显的疑点，最后虽然疑点被初步排除，但也只是"初步排除"罢了；至于阿莹自杀一事，虽然被阿明推断为女孩吓唬家里人搞出的"假自杀"，但同样也只是逻辑推理，而非有确凿证据的客观真相。

如今，死神的镰刀又落在了第三个人的头顶，事件主角依然来自云城一中。这件事，似乎没那么简单。

杜宇打了个电话给阿明，二十分钟后，两人在电视台门口的咖啡店坐了下来。

"找我什么事?"阿明一天前刚从云南回来，面容沧桑，一副被掏空的模样。

"你知道一个星期前，有个小年轻跳桥自杀的事吗?"

"当然知道。"阿明有些意外，"就是我跟菲菲去云南的那天，派出所的朋友现场就打我电话了，不过我那会儿正在……就没接电话，有问题吗?"

"那个跳河的男的，也是云城一中的，跟喝农药自杀的阿莹还是同一届的!"

"这么巧?"阿明很惊讶，旋即想到了杜宇不久前想到的问题，"那个王校长，不也是云城一中的?!"

"我们得好好理一理。"

平心而论，在杜宇跟阿明"理一理"的过程中，遇到的最大困难并非信息不够，而是信息太多，鱼目混珠真假难辨。这次陶小华跳河，两人并未到现场采访，只能通过一些间接手段了解信息。而事实证明，即便诚实可靠的人的客观讲述，也会在无意识中加入一些主观因素。例如，据夏晚晴回忆，运河大桥至少有十层楼（28到30米）高，这描述就不太准确，重建的运河大桥桥面距河面的高度约19米，之所以出现偏差，显然不会是夏晚晴故意撒谎，而是因黑暗与恐惧导致的判断力下降；又如，在大多数新闻报道里，都采访了同一名目击者，提到陶小华在跳河之前，曾在桥上徘徊了三五个来回，然而事实证明这不过是该目击者的无端臆想或艺术夸张。监控视频中：阿明在桥栏处犹豫了大约两分钟，然后便义无反顾地纵身一跃。

但无论如何，"陶小华跳桥身亡"一案里最重要的事实：主角欠下高额赌债，生前屡遭骚扰、殴打是千真万确的，这一点有家属出示的遗书、派出所警察的走访以及死者生前的消费记录为证。从这个角度看，陶小华绝望投河的选择，完全符合人情常理。而另一个重要信息则是：在翻新重建前，旧的运河大桥高度只有12米——这也是杜宇、阿明所推测出，为什么当年那个"传奇人物"能游上岸，而陶小华则全身多处骨折，溺死在河中的主要原因（未经专业训练的游泳爱好者，从20米左右的高度落入水中，死亡率超过80%）。

以上因素并不足以彻底打消杜宇和阿明的疑虑，毕竟，三个月，两条半人命（自杀未遂的阿莹算半条），这已经不能简单地用"巧合"来概括了。两人多次交流后，确定了具体分工：阿明继续找派出所的关系，调阅陶小华自杀一案中，现场物证、家属笔录等证据，而杜宇则去找夏晚晴沟通，通过她的关系，打听阿莹、陶小华外加王校长，三个人之间是否存在某种关联。

第二天上班，杜宇挑了个不忙的时候，将夏晚晴拉进配音室。配音室是一间不足十平方米的密闭小屋，完全隔音，无人打扰，是不少电视台员工说悄悄话的首选之地。铁门关上后，夏晚晴俏脸一红，怯怯地问："什么事？"

杜宇两颊发烧，他知道夏晚晴对自己有意思，也清楚这种封闭环境下很容易催生一些情愫、诞生一些故事，赶紧解释道："问你件事，你知道，上次那个喝农药自杀的阿莹，跳桥自杀的陶小华，还有跑马拉松猝死的校长，三个人有什么关系吗？"

"怎么忽然问这个？"

"我怀疑，这三者之间，会不会存在什么关联？"

"你怀疑，这是谋杀？"夏晚晴很快反应了过来，美丽的眼睛瞪得溜圆。

"只是怀疑而已，你别激动。"

"这么一说，我倒忽然想起一件事了。"夏晚晴说，"陶小华跳河那件事，我采访后发了一条朋友圈，结果阿莹第二天一早就在微信上找我，问我怎么回事。"

"你怎么回的？"

"我翻翻看。"夏晚晴掏出手机，开始翻看聊天记录，很快，她脸色一黯，"记录已经删了，但我大概记得，她问我跳河的人叫什么名字，后来救上来没有，我就告诉了她，然后我问阿莹，是不是认识陶小华，阿莹回了我一句，认识，隔壁班的，但不太熟。接下来就没说什么了，要不，我回头问问下一届的学弟学妹，看看他们知道什么。"

"嗯，麻烦你了。"杜宇眉头紧锁，夏晚晴的回忆无疑提示出一条重要的线索，那就是阿莹跟陶小华非但是同届校友，而且彼此认识，尽管阿莹表示两人不熟，但这一定是真话吗？

这其中，会不会有什么隐情？

杜宇一向有午休的习惯，然而这个中午，他躺在办公室的沙发上，辗转反侧，难以入眠，只要一合眼，无数纷乱的记忆碎片便涌入脑海。下午一上班，他便坐在座位上，等待夏晚晴的出现，谁知蹊跷的是，从下午2点半等到4点，夏晚晴始终没有露面。

难道出去采访了？不应该啊，毕竟杜宇是夏晚晴的指导老师，如果她跟其他记者外出采访，都会事先找杜宇打一声招呼。而且这丫头也很敬业，平时从不迟到早退。想到这儿，杜宇有些担忧，正犹豫要不要打电话问下，就在这时，夏晚晴主动发了一条消息过来："我身体有些不舒服，下午请个假，你上午托我打听的那事，我在同学群里问了一下，两个人就是认识，没听说有什么特殊的关系。"

从这条消息看，夏晚晴的态度貌似有些敷衍，杜宇又争取了一下，问夏晚晴能不能多问几个人，又或者介绍几个下届的学弟或学妹，他自己去想办法打听，却被婉言拒绝了。眼看这条线索就此中断，杜宇不免有些失望，直到吃完晚饭，接到阿明的电话后，心情才轻松了一些。阿明说，他那头也有了结果，从派出所笔录以及人证物证看，陶小华的死亡，属于典型的赌债压身，精神崩溃导致自杀，并不存在太多可疑之处。

然而这样的轻松只持续了三四个小时，零点刚过，一阵突兀的电话铃声惊醒了刚刚入梦的杜宇，也让他彻底坚信，这起无比"典型"的自杀事件背后，隐藏着无比可怕的阴谋与真相。

第十七章　惊夜

这是一个无星无月的夜晚，漆黑一片的房间里，手机屏幕蓦然亮了起来，0.1秒过后，尖锐的铃声刺入耳膜。杜宇打了个激灵，一下子从床上坐了起来，当看清屏幕上的来电显示后，一种奇异的感觉从心头涌起。

夏晚晴。

杜宇下意识地看了一眼时间，凌晨0点25分，这个点，夏晚晴居然会给自己打电话？

杜宇志忑地接通了电话，一个带着哭腔的声音从听筒里飘了出来，"呜呜，我害怕！"

杜宇头皮一阵发麻，听夏晚晴的声音，似乎受了很大的惊吓，他赶紧安抚道："怎么了？"

夏晚晴没有立刻说话，听筒里只剩下轻微的啜泣声，又过了大约半分钟，夏晚晴问："那个，你能不能到我家来一下？"

杜宇先是一怔，随即心跳加快了几分，夜半三更，孤男寡女，共处一室，这很难不让人联想到一些东西。杜宇有心拒绝，或者重约一个时间地点，但夏晚晴的哭声让他无法启齿，两人毕竟算是不错的朋友，虽然她对自己有好感，但也发乎情止乎礼，从未真正挑明过。杜宇一向对自己的定力相当自信，也坚信人正不怕影子歪，他犹豫了片刻，然后说："好的，我现在过去。"

杜宇在电话里问了地址，用最快的速度穿好衣服，出门，上车，夏晚晴老家在云城下属的某县级市，距离市区40公里，所以实习期间一直在电视台附近租房子住，离杜宇家约十分钟车程。杜宇一路超速，只用了六七分钟便赶到夏晚晴家楼下。他以百米赛跑的速度冲入楼道，爬上三楼，确认了门牌号码后，杜宇轻轻敲门，咚咚，清脆的敲门声在寂静的午夜显得格外刺耳，谁知门里一片死寂，根本没人应答。

杜宇如坠冰窟，她怎么了？正当他准备拨打110报警时，门里传来一个怯怯的声音，"谁？"

杜宇心头大定："我，杜宇。"

"你看看，身后有没有人跟着你。"

杜宇呆了片刻，当弄明白这句话背后的含意之后，一种毛骨悚然的寒意瞬间笼罩了全身，皮肤上每一个鸡皮疙瘩都冒了出来，他僵硬地扭过脑袋，楼洞黑黝黝的，仿佛一张择人而噬的恐怖巨口。此时的杜宇也顾不上可能惊扰邻居了，用力跺了一下地面，楼下的声控灯亮了起来，空无一人。

"没人。"杜宇战战兢兢地说。

嘎吱，面前的防盗门打开了，夏晚晴将杜宇迎进客厅，然后迅速关上防盗门，反锁。只见她头发散乱，双眼红肿，明显刚哭过的模样。

杜宇心中的杂念飞到了九霄云外："你怎么了？"

"呜呜……我，我……"夏晚晴蜷缩在沙发上，瘦弱的身子瑟瑟发抖，过了好一会儿，夏晚晴抬起头来，像是下了很大的决心，她说："那件事，你不要再查了！"

"什么事？"

"就是那两个人自杀的事。"

杜宇身体一震："什么意思？"

"是这样的，上午，你让我帮忙打听陶小华跟阿莹的关系，我中午回家后，就在一个同学群里帮你问了，但还没等到有人回我，就接到了一个电话，号码是一堆乱码，电话那头是一个男的，他威胁我说，要我不要再过问这件事，不然后果自负。那男的声音很恐怖，阴恻恻的，也听不出年纪。当时我就被吓到了，一个中午都没缓过来，然后就跟你请假了。后来，那个人又给我发了一条短信，意思还是威胁我不要管这件事，不但如此，他还发了一张照片过来，拍的是我这间房子的阳台，我当时特害怕，也特生气，就说我要报警。没想到……"

夏晚晴拼命摇头，似乎想摆脱大脑中某个无比恐怖的梦魇，她说："那个男的没有立刻回我，我以为，这事就这么过去了，没想到，就在刚刚，那个男的，忽然，又发了三张照片给我。"

夏晚晴这段话说得结结巴巴，完全没有播音系高才生的样子，当说到"照片"时，美丽的眸子里再次流出泪来，纤弱的身躯不断颤抖。夏晚晴拿出手机，点开一条带图片的iMessage信息，发信人用的是一个国外邮箱，用户名是乱码，当看到对方发来的三张照片时，杜宇瞬间倒吸了一口冷气。

说实话，这三张照片的内容都很"平常"，如果换成一个局外人，看了绝不会有任何感觉，但是对夏晚晴来说，这三张照片无疑是毛骨悚然到足以让她连做一个月噩梦的存在。

第一张照片拍的依旧是夏晚晴家阳台，只不过时间从白天变成了晚上，在阳台边的窗户里，依稀还能看到一个人影，正是夏晚晴。

第二张照片是一张"风景"照，摄于白天，主体是一间乡间平房，青砖白瓦，大门紧闭，院子中间趴着一只黄色的中华田园犬，"这是我爸妈家。"夏晚晴解释道。

第三张照片最奇怪，这张照片是竖着拍摄的，画面内容极其单调，就是一扇铁门，门口贴着一副春联，杜宇略一恍惚，旋即意识到，这是夏晚晴家的铁门！

这三张照片，已足以让任何独居女孩恐惧万分，而照片后面附着的信息，无疑将恐怖气氛烘托到了一个全新的高度。

我在

你门外

门上

有猫眼

你

要不要

走到门口

看一看？

一股刺骨的寒意从杜宇的脚底一直蹿到头顶，他下意识地看了一眼防盗门，然后站起身，艰难地挪动脚步，往门口走去。

"你要干什么？"

"我想……看一看。"

夏晚晴没有应声，洁白的牙齿在嘴唇上刻下两道深痕，杜宇头皮发麻，双腿宛若有千钧之重，他反复深呼吸，当呼吸到第七口时，终于鼓足全部的勇气，将眼睛凑到猫眼上。

门外，空空如也！

杜宇艰难地转过头，说："没人。"

"嗯……"

"你当时从猫眼里看了吗？"

"没有，我不敢看。"夏晚晴的声音带着明显的颤抖，"对了，还有一件事，我中午在同学群里问了那件事后，下午两三点，有一个下下届的学弟回我了，说是阿莹跟陶小华有没有关系，他不清楚。但他听说，就在上学的时候，在阿莹班上，有一个女生也自杀了！"

"什么？"杜宇问，这无疑是一条极其重要的线索，他赶紧掏出手机，在记事本记下了这条信息，"还有更具体的信息吗？"

"他没多说什么。其实我们下一届有女生自杀的事，我也听说过，但这事发生在我毕业后，学校又把消息封锁得很好，只有一些不知道真假的流言传了出来，听说那个女生是个同性恋，因为骚扰同一个宿舍里的舍友，后来舍友要告诉老师，这个女生就自杀了。"

杜宇被这个消息给震住了，同性恋，骚扰舍友，自杀，毫无疑问，这背后藏着一段骇人听闻的故事。他将夏晚晴说的每一个字都记在本子上，然后问："还有吗？"

"我就知道这么多，杜宇，这件事，要不算了。"夏晚晴的抽泣声更大了，"你别查了，我怕，我真的怕！"

杜宇闻言一凛，没错，夏晚晴说的这段同性恋女生自杀的事情，实在过于离奇，以至于他一时间甚至忘了刚刚经历的一切。所以，当好奇退去后，恐惧便如附骨之疽般，再度缠绕上来，杜宇艰难地说："要不要报警？"

"不要……我怕……"

"可是，就算不报警，对方说不定也……"杜宇说到一半便自觉地住了嘴。

"呜呜，呜呜……"

杜宇左右为难，他低着头，在客厅走了一圈又一圈，目前最稳妥的法子自然是报警，问题在于，报警后，警方能不能保证夏晚晴的安全。

应该可以吧，毕竟，夏晚晴收到威胁短信，足以证明此前的两起自杀事件都有问题，警察总不会不重视命案吧。

也不一定，听阿明说，现在云城公安局主管刑侦的徐队长，是个不负责任的草包，之前阿莹手腕上发现白鸽图案，那家伙就敷衍了事，怎么能指望他保护夏晚晴的安全。

正当杜宇举棋不定之际，异变又起，嘀嘀，戴在手腕上的手环忽然振动了两下，紧接着，口袋里的手机响起一阵熟悉的旋律：姜宜，居然给杜宇发来了视频请求。

杜宇的冷汗唰的一下流了下来，心跳瞬间加速，紧张感甚至比刚才从猫眼里往外看的一刻更有过之——这会儿是凌晨1点，而自己，偏偏正在夏晚晴家里。

夏晚晴是个暗恋自己的漂亮姑娘。

他该如何解释这件事？

夭寿啊！

这个尴尬的插曲让屋内的恐怖气氛缓和了一些，夏晚晴瞅了一眼杜宇的手机，吐了吐舌头，没敢说话。

毫无疑问，杜宇肯定不敢按下绿色的"接通"键，当然，也不能按下红色的"挂断"键，视频请求持续了大约三十秒，终于挂断了。杜宇刚出了一口气，没想到，手环再次振动起来，姜宜第二次发来了视频请求……

杜宇的后背已被冷汗浸得湿透了。

"这个……明早就说睡着了，没听到。"

"也只能这样了。"杜宇很快意识到，这个看似圆满的谎话，其实漏洞百出，当晚的手机通话记录、行车记录仪数据以及最重要的，手环记下的"入睡时间"都足以出卖自己的行踪——在这个信息时代，这些"罪证"都会被记录在案，姜宜不查自然没事，但只要决心想查，那杜宇铁定死无葬身之地，他大脑飞转，最后说："要不，我先走了。"

"嗯……"

突如其来的查岗让杜宇无暇顾及其他，以至于出门下楼时，面对黑洞洞的楼道，他甚至忘了恐惧，上车，点火，踩油门，杜宇用最快速度将车开离小区，之后，经过一番紧张的思考，接通了姜宜发来的第六次视频请求，杜宇将摄像头对准自己的脸，说："我在开车呢！"

"这么晚还在外面?！"姜宜柳眉横竖，"你刚才在哪儿?"

"阿明找我有点事！"杜宇下意识地扯了个谎。

"什么事?"

"这事很复杂，回头给你说，怎么这么晚找我视频，有事吗?"

"没事就不能找你?"

"能……能……"

"不跟你扯了，诊所订好了，但排队要到月底。我订了今天下午的机票，大约二十个小时后到家。"姜宜顿了顿，说，

"北京时间，要到明天半夜了。"

眼看姜宜不再纠结"你刚才在哪儿"这个话题，杜宇如释重负："我去机场接你吧！"

"不用麻烦，我买好动车票了，你最近在家表现怎么样，有没有勾搭别的妹子？"

"怎么可能，我是那种人吗？"

"哼，我爸说，你那个漂亮的女徒弟，明显对你有意思，你就不动心？"

"要动心早动了，你还信不过我吗？"

"可是我听说，你这几天跟人家小姑娘走得很近。"电话那头，姜宜半带嗔怒地说，杜宇心头一惊，刚刚放缓的心脏再次狂跳起来，连忙解释道："天地良心，绝对没有。"

这句话半真半假，他刚从夏晚晴的房间里出来，但两个人确实没有越轨之举。

"哼，暂时信你一回。对了，我刚才跟我爸也通话了，他想让我问下你，明天有没有时间，他想找你聊聊。"

"你爸回来了？"就在姜宜出国的第三天，姜诚也离开了云城，说是去外地找老朋友见面，其间也一直没跟杜宇联系。此刻既然姜宜开口，第二天又是周六，杜宇也就一口答应了下来，"没问题，找我什么事？"

"不知道，他让你明早9点去我家，你没问题的话，我就跟他说了。"

"好的，那就明早见。"

挂断电话后，杜宇思绪更混乱了，上一次见面，姜诚给他说了姜婉的事：姜婉是被逼自杀的，只不过"凶手"背景深厚，以至于姜诚夫妇四处奔波，依旧无法撼动"官方说法"。

这让杜宇不由自主地联想起最近遇到的这两次自杀和一次意外死亡，同样疑点重重，同样很快公布了不容置疑的"官方说法"。然而夏晚晴今晚的遭遇，无疑彻底印证了，这三起死亡背后，存在某种人为因素，杜宇看了一眼时间，正犹豫要不要打电话告诉阿明，一条幽灵般的信息发到了他的手机上：

> 杜宇
>
> 不要管这件事
>
> 不要再跟任何人说这些事
>
> 你的家庭很幸福
>
> 你的女朋友很漂亮
>
> 希望
>
> 你珍惜这一切

杜宇倒抽了一口冷气，握住方向盘的双手猛烈地颤抖了一下，车辆瞬间失控，甩出一个奇异的弧度，与一辆泥头车擦肩而过，一头扎进路边的绿化带。

第十八章　命理

你是谁?!

你不要伤害晚晴! 有什么事冲我来!

你到底想干什么!

杜宇带着满腔怒火, 在手机上敲出三段信息, 然后给对方回了过去, 结果不出所料, 石沉大海, 杳无音信。到家后, 杜宇在床上辗转反侧了两个小时, 为了抵御心中的恐惧, 他甚至没有关灯, 这条神秘信息的发信人究竟是谁? 之前三起死亡事件, 都是这个"神秘人"所为? 他是怎么做到的? 如今, 他又如何锁定夏晚晴, 找到自己的? 这四个问题就像四座沉重的大山, 压得他几乎喘不过气来。

最符合逻辑的推理是: 发信人就是"凶手", 或"凶手"之一——为了方便称呼, 杜宇将他命名为"X"。

夏晚晴中午在同学群里打听阿莹与陶小华的关系, 下午就接到了威胁电话, 这么看, 这个"X"对夏晚晴的行踪相当了解, 很可能, 就潜伏在那个同学群里。

嗯, 也只有夏晚晴的同窗校友, 才可能和这三个人同时存在不解不休的仇怨，进而报复杀人吧。

只是不知道，夏晚晴说的那个同学群，到底是班级群、年级群，还是校友群，总之，群人数越少，就越容易找出这个人。

然后，从那几张照片来看，"X"当天就拍下了夏晚晴家阳台、大门、老家的照片，这意味着，这个人要么身在云城；要么，在云城有他的同伙。

下一个问题，"X"又是如何锁定杜宇的呢？

最合理的解释是，自己去夏晚晴家时，这个"X"就潜伏在夏晚晴家附近的某个暗处！然后目睹了自己停车、上楼的过程，夏晚晴住在三楼，即便躲在楼下，也能靠脚步、敲门声分辨出来的。

想到这儿，一股彻骨的寒意再次从后背冒了上来，这么说，自己上楼的时候，身后，真有一双眼睛盯着?!

或许，在某个瞬间，那个"X"真的站在门外?

那么，X是如何在短短一小时内（从自己进门，到收到威胁短信的这段时间），查到自己电话号码的？

难道他认识我?!

对了，车牌号，自己是开车去夏晚晴家的，在信息时代，靠一个车牌号，查到车主的姓名和电话号码，不算什么难事。

不不不，都不需要那么复杂，杜宇的车窗前就贴着一张字条："如需挪车，请拨打138××××××××，谢谢!"

不管怎么说，他面对的这个凶手"X"，是一个极耐心、聪明、冷静、神通广大的人。

恐惧让杜宇难以入眠，第二天虽是周末，但他刚答应姜宜，一早9点去见她父亲。想到这一点，杜宇忽然萌生出一个念头：要不要把这件事告诉姜诚？

毕竟，姜诚是他认识的人里，最聪明、冷静的一个。上次校长自杀，他的点拨就给了杜宇很多提示。想必这一次，以他的智慧，一定也能提供许多帮助吧。说不定，可以直接找到线索与破解之道，抓到凶手呢。

不行，告诉姜诚的话，自己深夜去夏晚晴家的那一段，又该如何解释？！

疲倦终于战胜了恐惧，在东方发白之前，杜宇沉沉睡去，两个多小时后，床头的闹钟叫醒了他，8点30分，杜宇只用五分钟就完成了洗漱更衣，然后在8点50分赶到了姜诚家别墅门口，车还没停稳，别墅的房门就打开了，姜诚穿着第一次见面时的唐装，从门里走了出来。

姜诚的气色看上去不太理想，面色灰暗，嘴唇发白，身形与前几次见面相比，似乎又瘦削了一些，尽管如此，他的胡须依旧修理得很整齐，身上的衣服也一尘不染。显然，姜诚正在竭力维持自己的形象，可惜他的病体已无法支撑太久了，姜诚看了杜宇一眼，眼神中透露出一丝关切之意。

"眼睛里还有血丝，昨晚没睡好？"姜诚说，"小宜昨天半夜打的你电话，让你过来的？"

"是的。"

"唉，我当时还叮嘱她，太晚了，让她今天早上再联系你，如果你没空的话，大不了改个时间，但这丫头就这样，什么事都由着自己性子。"

"没事，我那会儿还没睡。"杜宇有些心虚，"我们年轻人，都是晚睡晚起。"

"其实，今天喊你过来，也没什么重要的事。我月底不是去美国看病嘛，就想去一趟城南的文缘寺，烧一炷香，拜一拜菩萨。还有，文缘寺的能渡住持跟我很熟，他跟你们台领导是非常要好的朋友，就想带你一起过去，以后有机会的话，多引荐引荐。"

杜宇哭笑不得，能渡，这个法号不只在云城，放在全国佛教界都算如雷贯耳，然而，让一个宗教界大咖来"提携"自己的新闻事业，这听上去未免些魔幻现实主义色彩。但无论如何，姜诚这一片好心都让杜宇心生感动，他恭恭敬敬地拉开车门，把姜诚请上副驾驶的位置。

正如姜诚所说，能渡住持确实很有"能量"，禅堂四壁上挂了数十张他与政商名人的合照。当姜诚提起，杜宇是自己的"准女婿"，目前在云城电视台工作时，能渡微笑着点了点头，慧目闪烁，显然一切尽在不言中。见过能渡后，姜诚引着杜宇，在寺内绕了一圈，拜了几尊菩萨，烧了一炷足有大腿粗的斗香，杜宇虽是个无神论者，但也不会在这种时候拂老人心意。整整一个上午，杜宇始终在心里念叨一件事："要不要把昨晚的事告诉姜诚?"

这无疑是一个艰难的抉择，杜宇好几次想开口，最终都放弃了，这其中，对于自身安危的恐惧倒是次要原因，他更担心的是，如果将这事告诉姜诚，会不会给姜诚乃至姜宜的安全带来威胁，毕竟，自己不过去了一次夏晚晴家，那个人就锁定了自己，如果把姜诚也卷进来，难保对方不会……

"你怎么了?"姜诚忽然发问，"有心事?"

杜宇愣住了，姜诚的主动询问，击溃了心中最后那缕犹豫，他下意识地往四周张望了一圈，在确定没有人跟着自己后，终于开口将前一晚经历的事情，仔仔细细地说了出来，当然，用春秋笔法刻意隐去了自己去夏晚晴家的那段，只是简单地说，夏晚晴跟自己，先后收到了一个神秘人发来的威胁短信。姜诚听得很仔细，脸上的表情一连数变，等杜宇说完后，姜诚问："你认为，这三起意外死亡，是一起连环杀人案?! 这个威胁你们的人，就是凶手?"

杜宇坚定地点了点头。

姜诚忽然笑了，这样的表情出现在此时此刻显得无比古怪，他说："其实，所有的自杀，都是谋杀! 大多数自杀者，之所以选择轻生，要么是觉得命运不公，要么觉得前途无望，要么因为受人欺辱。那么，这个决定命运、断人前途、欺辱他人的人，不就是凶手吗? 正所谓我不杀伯仁，伯仁因我而死。"姜诚的语调忽然变得低沉下来，说："小婉，不就是这样吗?"

杜宇沉默了，不知该怎么接话，姜诚叹了口气，说："我带你去见一个人。"

"谁?"

"我师父。"

"你师父?"杜宇更好奇了，姜诚并没有解释什么，只是转过身，往寺庙大门走去，经过一上午的奔波，姜诚的脚步有些迟缓，当走到6寸高的门槛前时，他侧过身，用手倚住一旁的门沿，瘦削的身躯以一个无比别扭的姿势向左倾斜，左腿抬起，缓缓跨了过去。出文缘寺后，姜诚没有向停车场走，而是沿着东侧的一条狭窄乡道，走了三四百米，来到一处四五十户人家的村庄，姜诚沿着村道又走了三四分钟，最终在一间低矮的老宅门口停了下来，老宅门没有锁，院子里，一个身形瘦高，留着长发的半大老头正端坐在藤椅上，闭着眼睛晒太阳，姜诚走到老头身前，恭恭敬敬地叫了声"师父"。

当看清这位"师父"的样貌时，杜宇大跌眼镜，几乎笑出声来，不是别的，被姜诚唤作"师父"的这个人，居然是他"认识"的。

这老头在杜宇的朋友圈乃至整个云城都小有名气，真名不详，外号尤半仙。尤半仙的故事，甚至比"姜太公"还离奇几分，据说他年轻时是村里的赤脚医生，在本世纪初，年逾不惑的尤半仙忽然对外宣传，自己开了"天眼"，转行给人测字算命。之后不鸣则已，一鸣惊人，短短半年内就声名鹊起。

然而，杜宇之所以听过尤半仙，并非他的玄学水准达到了某个高度，而是因为，尤半仙是个江湖骗子！

"给你们说件好玩的事，上上个月，我带一个女朋友去文缘寺烧香，出门时看到尤半仙放在路边的招牌，就顺道去算了一卦，你还别说，这半仙生意还真好，家门口停了七八辆车，还要排队取号，我等了足足一个小时才轮到。半仙说，我跟这姑娘是天生一对，地造一双，金风玉露一相逢，便胜却人间无数，以后必成正果。但结果呢，我跟那姑娘才半个月就吹了……"这段话出自半年前的一次酒场，发言人是阿明，"最近我换了个女朋友，那姑娘要考公务员，临时抱佛脚，上个礼拜也拉着我去了趟文缘寺，下山的时候，这姑娘也看到了那算命的广告，又拉着我去算了算，一算考运，二算姻缘，你知道这半仙怎么说，说的话几乎跟上次一模一样，说我跟第二个姑娘，也是天造地设，白头偕老。你还别说，这老骗子的行头，谈吐都挺带范儿的，就是见人说人话，见鬼说鬼话。后来，我按照这个故事情节，特地安排了一次暗访，果然，这家伙只要看到情侣来算命，都会说一模一样的话，你说骗不骗人！"

然而，这个"名满云城"的江湖骗子，居然是姜诚的"师父"。更让杜宇大跌眼镜的还在后面，两人攀谈了几句后，姜诚居然对着尤半仙，恭恭敬敬地跪了下来，磕了三个头，说："师父，徒儿这次患病，也不知还能活多久，您多保重。"

姜诚的这番话说得情真意挚，眼角隐见泪花闪烁，杜宇尴尬地杵在一旁，也不知道该干什么。幸好，姜诚跟尤半仙又聊了几句，便转过身来，对杜宇说："走吧。"

杜宇扯出一丝勉强的笑容，跟在姜诚身后出了门。

"我知道你在想什么，我师父名声不太好，电视台暗访过他，如今他生意也一落千丈，但你们错了。"

"嗯?"

"只要有情侣过来，他永远都只说一句话，你们是三生缘分，终成正果。"姜诚看着杜宇，意味深长地笑了笑，"但正因如此，每个月至少有20个男生，专程带着女孩子过来算卦。"

杜宇表情一僵，不知该如何接话了。

"这样的伎俩，几乎每个算命先生都在玩，算不了本事。你知道，我是怎么跟师父认识的吗?"

"不知道。"

"我第一次认识师父，是姜婉刚去世那年，那段日子，我整个人都快崩溃了，就来寺里上了一炷香，出门之后，我在附近转了转，看到这儿排了很多人，师父坐在院子里测字算命，就排队问了一卦。当时我问的是家人健康，师父问了我的生辰姓名，嘴里念叨了一会儿天干地支。"说到这里的时候，姜诚忽然顿了顿，锐利的目光直视杜宇，"你知道，他对我说的第一句话是什么吗?"

"什么?"

"他说，我命途多舛，有子女早夭的面相！"

此言一出，杜宇大脑发出嗡的一声，要知道，姜诚算命时才六十岁，再怎么算，子女年龄也不到四十，又有哪个江湖骗子，敢一开口就说出"子女早夭"这样得罪人的断言?！

"他怎么算到的?"

姜诚忽然笑了，这笑容极其古怪，而且带有明显的讽刺意味："不说出来，高深莫测；说出来，一文不值。"

"不能说吗?"

"能说，很简单，信息不对称。"

"信息不对称?"

"十五年前，也就是我师父开天眼那年，他的亲侄子考进了省公安厅，正是那一年，我国人口信息网络建立，他侄子做的，就是这套系统的维护、优化、测试。只要在电脑上输一个名字，外加出生年月，就能查到这个人的基本信息，包括婚姻状况、家属姓名、教育情况……他们叔侄俩商量了很久，终于想出一个生财之道，就是用这些信息来给人算命骗钱——在我师父的领口，有一个纽扣形状的蓝牙话筒，耳朵里藏了一个微型蓝牙耳机，可以随时跟他侄子通话，他之所以留长发，就是为了遮住这个。所以说，我一报自己的名字跟出生年月，他侄子就可以通过信息系统，查到我的一切信息。"姜诚叹了口气，缓缓说，"别的算命先生，都是揣着糊涂装明白，唯独我师父，是揣着明白装糊涂，他对我有两个女儿，姓甚名谁，生于何年何月何日，小女儿在何年何月何日去世，全都一清二楚，但到头来，却只能说一句'子女早夭'来获取我的信任。"

杜宇目瞪口呆："还能这么操作? 不会被查吗?"

"前些年数据库刚建的时候，安全管理还不强，连开房记录都能查，正因如此，我师父那几年帮人测字算外遇，也是一算一个准。但这些年，公安对信息安全的保护加强了，我师父也变得谨慎了，只有开豪车，穿着考究的有钱人，他才会麻烦他侄子，一天最多一两次。而且师父这个人很有远见，就在三四年前，他跟他两个儿子，未雨绸缪地搞了一个资料库！"

"资料库？"

"是的，现在是信息时代，其实每个人都是透明的，你的收入情况，家庭情况，婚姻情况，健康情况，只要愿意花钱，基本都能买到。例如，你上午去登记结婚，下午就会有婚纱摄影公司找你；你今天生了孩子，明天全市几十个早教中心就会挨个儿打你电话。我师父说，他电脑里，收集了云城将近一半人的资料信息，这些信息的来源很广，有社区的四标四实信息、医院的健康门诊信息、购物 App 的消费习惯信息，他之所以要搞取号排队，让别人提前预约，就是为了尽早搞到你的名字和电话，从而提前去查资料，增加操作空间。"

杜宇仰天长叹："您师父，确实是个人才。"

"其实，如果仅是如此的话，我师父也不会这么出名。"

"嗯？"

"我师父之所以声名鹊起，是因为两件事，第一件事，是他预言，他们镇的一把手书记很快就要走背字，轻则前途尽毁，重则有牢狱之灾；第二件事，则是关于他们村里的一个寡妇，师父跟别人说，这个寡妇一脸短寿横死之相。当初因为这两个预言，我师父吃了不少亏，但就在他说出这两个预言后不久，那个书记就真的下台了！寡妇也自杀了！"

自杀，这无疑是这些天一直萦绕在杜宇脑海中的词语，他下意识地问："他怎么算到的？！"

"很简单，我师父花了一个月时间，悄悄收集那个书记的黑材料，然后给纪检写了一封干货十足的检举信，那书记就下台了；至于寡妇自杀，一是因为我师父做过赤脚医生，看出那寡妇有抑郁症的倾向，更重要的是，他曾不小心窥见，她跟村里的一个有毒瘾的赌棍偷情，一个患抑郁症的女人，跟一个吸毒的赌狗混到一起，那赌狗还爱打人，甚至逼迫之前的女朋友去卖淫，女人自杀不是大概率事件吗？"

杜宇沉默不语，冷汗涔涔而下，姜诚抬起头，目光如一把锐利的刀子闪闪发光："你想一想，把这两件事加到一起，那等于什么？"

"加到一起？"

"我的意思是，如果，你撮合了一个有毒瘾的赌棍跟一个抑郁的寡妇在一起，那么，你不就成了这场自杀的导演了吗？"姜诚的语调很轻柔，但每个字都如针芒般刺在杜宇心上，"只要你知道足够多的、别人不知道的信息，然后，再下定决心，去做一些多数人不会去做的事情。那么，你也有能力引导一个人的命运，让他落魄、倒霉甚至死亡！"

杜宇似懂非懂地点了点头。当回过神来之后，他感觉，姜诚似乎已回答了自己的疑问，又似乎，什么都没有回答。

第十九章　威胁

杜宇感觉自己的脑细胞快不够用了，无数纷乱、繁复的信息碎片在大脑中盘旋、碰撞，纠缠成一团无法厘清的乱麻，他没有问姜诚为什么会拜师，以及如何知悉他师父的那些秘密，因为这些绝非问题的重点；他也没有问姜诚入门后学艺的过程，那样会明显将姜诚也定位在"骗子"这一身份上，姜诚看穿了杜宇的心思，但并没有"善解人意"地加以解释，而是笑着说："我知道你有很多问题，有些事，拿不到台面上，我也不好意思说。"

"嗯。"

"你刚才跟我说的这些话，还有谁知道？"

"阿明知道一点，但还不知道我昨晚被威胁的事。"

"嗯，我知道，你认为自己在做一件正义的事，但是，我还是想劝你，先冷静一段时间！先不要把这件事告诉阿明，也不要告诉其他人。"姜诚直视杜宇，一字一顿地说，"因为，这个人，是有能力让你意外死亡的！"

这句话如同一道强烈的电流，将杜宇的全身每一个细胞都刺激地抽搐了一下，在这一刻，杜宇忘了呼吸、忘了思考甚至忘了恐惧与愤怒。是的，姜诚说得没错，如果这个凶手真的已锁定自己，从他之前那几次"手笔"看，他完全有能力，在自己身上导演一场自杀，或意外死亡事件——至少，是被官方定性为"自杀"与"意外死亡"的事件。

姜诚忽然咳嗽起来，他咳得很大声，干瘪的胸脯剧烈起伏。大约半分钟后，姜诚从口中吐出一片指甲盖大小的血块，杜宇被吓到了，连忙说："我送您去医院？"

"不用。"姜诚说，"我的时间可能不多了，你一定要好好的，才能照顾好小宜，这也是我为什么，希望你不要再管这件事。"

"我知道了！"

不得不说，杜宇的这句允诺是言不由心的。他完全理解姜诚劝他抽身而退，置身事外的理由。这就像大多数公安英模的父母，在内心最深处，其实大都希望子女能远离危险，甚至换一份相对安逸、安全的工作，而非像新闻采访中说出的那些慷慨激昂的豪言。但杜宇依旧不愿就此退出，这倒不仅因为个人英雄主义情结作祟，更重要的是，一种强烈的直觉告诉他，至少到目前为止，自己还是相对安全的。

杜宇无法说清这直觉究竟从何而来，又或许，这仅仅是一种错觉。

然而，到下午6点，两条新的威胁短信，彻底浇灭了他仅存的侥幸与勇气。对方的第一条短信，回答了杜宇前一天的三个问题——当然，属于那种不算回答的回答。

我是谁不重要

只要你们不再介入这事

你和夏晚晴都很安全

对了

你把这件事多告诉一个人

就多一个人被卷入危险

希望你明白这个道理。

　　杜宇将这条短信认真读了三遍，并像中学时做阅读理解那样，思考了每个字、每个词、每句话可能的引申含意，以及背后存在的线索！尤其是最后那段"你把这件事多告诉一个人，就多一个人被卷入危险"，这样居高临下，视他人生命如草芥的态度，让杜宇感到出离愤怒与不可思议。"难道他自信可以杀死所有的知情者吗？"正是出于这样的愤怒，杜宇未加思索，便回了一句："你大爷！"然而，对方的下一条短信，让他全身发冷如坠冰窟。在这条短信内，对方的威胁对象不再是杜宇，而是他最重视的那个人。

　　杜宇先生

　　你很勇敢

　　或许你不在乎自己的安危

　　但你的女朋友

　　姜宜小姐

　　希望你能为她考虑一下。

　　在信息的下方，附了两张图片，杜宇颤抖着点下去，全身的汗毛瞬间全部立了起来。

　　第一张是姜宜的照片，女孩穿着居家服，坐在客厅的沙发上，怀里抱着一只洁白如雪的长毛猫，笑容温暖纯真；第二张照片则是姜宜家别墅的外景，从光线来看，应该是傍晚或是凌晨时光。

"这个X，竟然已经通过我，追踪到了姜宜？！"

杜宇几乎瞬间放弃了冒险的念头，他敢用自己的性命去赌，但姜宜的安全，永远是他生命不可承受之重。

也正是这条短信，让杜宇不得不爽约了一次：在这之前，他已跟阿明约好，当晚在老城区一家澡堂见面，在那儿，每个人都赤裸透明，没人能藏在暗处，更可以彻底排除手机被装入木马、衣物被藏入窃听器、车辆被暗中定位等风险。他准备在那里向阿明和盘托出近日发生的一切，然而收到这条短信后，杜宇改变了主意。

"我晚上有点事，改天再约吧。"杜宇在电话里说。

"我靠，什么事这么重要，因为你，菲菲约我去看电影我都没答应，到头来你放我鸽子？！"

"回头我给你解释。"

"算了，我还是去找我的菲菲吧。"

"哟，你不是只走肾，不走心吗？"

"你懂啥，这叫一见钟情。拜拜。"

听到"一见钟情"这四个字，杜宇苦笑了一下。两天前，阿明跟菲菲结束了"邂逅旅行"回到云城，但两人的关系并未疏远，相反进一步升温，几乎到了谈婚论嫁、私订终身的地步。说实话，看见此前的浪荡公子阿明能遇上真命女神，杜宇原本也为他高兴，然而就在半天前，杜宇和一位平日里很熟的同事聊完后，想法却发生了微妙的变化。

据这位同事说，前一天，他请阿明吃了一顿晚饭，阿明把菲菲也带上了。菲菲确实很漂亮，明眸皓齿，娇媚可人，而且"看上去"也很爱阿明，简简单单的一顿便饭，菲菲有一半时间都在撒娇卖哕，另一半时间则小鸟依人地靠在阿明怀里，两人俨然一对热恋中的年轻男女。然而，从菲菲的谈吐、气质里，这位同事感到了一股明显的风尘气息，他隐隐觉得，菲菲，是个有故事的女孩。

这位同事也是久经情场的老手，而且说话相当靠谱。杜宇此前也看过"菲菲"的朋友圈，对这位同事的看法，杜宇发自内心地认同。

"以阿明那么丰富的阅历，怎么会看不出这一点?"杜宇起初有些疑惑，但很快就想通了，毕竟爱情令人盲目，即便是最高明的浪子，面对真正喜欢的女孩，都会变得迟钝愚蠢的。杜宇自然不会把这点怀疑说给阿明，毕竟这不过是毫无理由的胡乱猜想罢了。

"算了，他们还在热恋期，究竟能谈多久还不知道，我又不是阿明他爹，操这份心干吗?"杜宇说服了自己，他回家后看了半场球赛，晚上9点就早早上了床，毕竟前一晚，他只睡了两个多小时而已。

杜宇这一觉睡得很沉，当再度醒来时，阳光已透过窗帘的缝隙洒满了房间，"姜宜昨晚到家，我居然忘了!"杜宇打了个激灵，赶紧抓起手机，果然，在自己睡着的这十多个小时，姜宜发了三条信息。

我下飞机了。——22点

我到家了。——23点40分

你肯定睡着了，昨晚你睡那么晚，今天又陪我爸。

你睡吧，不骚扰你了，看我乖不乖？——23分48分

杜宇心头一暖，那张熟悉的美丽面庞占据了整个脑海，他翻开手机相册，将两人在这一个月里，拍下的数十张合照重温了一遍，城市书屋的邂逅，别墅门口的初吻，再到临别时那句"我真的喜欢你"。五分钟后，他拿起手机，给姜宜发了一条消息："我醒了，你醒了吗？"

"嗯，刚醒，我爸出门了，你要不要过来？"

看到这条消息后，杜宇瞬间口干舌燥起来，"我爸出门了，你要不要过来？"这条信息很难不让一个热恋中的年轻男生想到某些事情上。杜宇狼吞虎咽地吃完早饭，出门，上车，当路过一家二十四小时便利店时，他下意识地扭头瞄了一眼，大脑开始浮想联翩："要不要，买个'小雨伞'？"

杜宇终究没有停车，十分钟后，他走进姜宜的家门，屋里开着冷气，姜宜穿着一件长袖的家居服，将曼妙的身材勾勒得玲珑有致，杜宇的心跳得更快了，他走上前，用力抱住了姜宜，几分钟后，某种原始情欲被点燃的一刻，姜宜试着推开杜宇，然而力度与态度都不甚坚决……

半小时后。

"我会对你负责的。"

其实杜宇本不想说这句俗套透顶的话，但看着沙发上那抹刺眼的落红，他又觉得，如果不说这一句，似乎更不合适。在他怀里，姜宜赤裸的身体蜷缩成一团，她说："你真的喜欢我吗？"

"当然是真的！"杜宇将姜宜的右手放到胸口，"和你在一

187

起，我从来没骗过你。"

姜宜身体剧烈颤抖了一下，她沉默了一会儿，然后说："我也真的喜欢你。"

"嗯。"

姜宜深深地看了杜宇一眼，眸子里的深情消散了一些，她咬了咬嘴唇，捏了一下杜宇的胳膊，说："坏人，你是不是早就计划这一天了？"

"没有……临时起意。"

"临时起意？"姜宜柳眉横竖，"你是不是这几天跟阿明混在一起，学坏了，我看他朋友圈，好像最近又来了一段艳遇。"

"嗯……不对，不是艳遇，这次他是认真的。"

"认真个大头鬼，对了，前天晚上，你大半夜跟阿明混在一起，聊什么？"

"前天晚上？"杜宇心头一惊，旋即想起，那一晚他其实去了夏晚晴家，而"跟阿明在一起"不过是两人串供好的借口，杜宇结结巴巴地说，"就……聊他女朋友的事……"

"聊他女朋友什么事？"

"没怎么，他就说，自己很爱菲菲，想和她永远在一起，还说这是他这辈子第一次这么喜欢一个女孩子。"

"这家伙真的转性了？"

"应该是吧。"

"嗯……"姜宜点了点头，"我不在的这几天，你都做了啥，采访啥好玩的事没？"

"没，没有……"早在一天前，杜宇下定决心，绝不把自己调查校长猝死与陶小华自杀，事后收到威胁短信的事告诉姜宜，一来这会扯入夏晚晴这个说不清道不明的因素，杜宇可不认为，在这特殊时刻，告诉姜宜自己前天半夜去过夏晚晴家里，是个聪明的选择；更重要的是，杜宇觉得，如果将这件事告诉姜宜，很可能会把她也卷入这个危险的漩涡，这是他绝不愿意看到的结果。

杜宇甚至有些后悔，前一天就这事请教姜诚，幸好姜诚的好奇心不强，嘴巴也很严，只是高深莫测地分析了一下对方的杀人手段，之后更反复劝自己不要继续追查。这么看来，应该不会构成对那个"凶手"的威胁，进而引祸上身。

"说话结结巴巴的，是不是有事瞒着我？"姜宜不依不饶。

"哪有！不存在的！"

"哼，你不会是骗我，当时并没有跟阿明聊天，而是跟哪个美女在一起吧！"

杜宇差点从沙发上跳了起来："怎么可能！"

"怎么脸红了，说谎被拆穿了?!"

"哪里有！不信你打电话问阿明去！"

"哼，你们这些坏东西，肯定早就串通好了！"

杜宇冷汗直冒，正想多解释两句，就在这时，口袋里的手机响了起来，来电显示：阿明。

"靠！他这个点打我电话干什么？"杜宇整个人快要窒息了，他生怕，阿明在电话里一个说漏嘴，把两人串供的事情给说出来，与此同时，姜宜用意味深长的目光扫了杜宇一眼，笑着说："要是心里没鬼，就开个免提呗。"

杜宇抖抖索索地按下接听键，接着是免提键，阿明熟悉的声音从话筒里飘了出来，两秒钟后，杜宇，姜宜，两个人同时呆住了。

电话那头，阿明竟然在小声抽泣！

"你怎么了?"杜宇问。

"我很痛苦,你在哪儿,我很痛苦……"

"到底怎么了?"

"我真的很喜欢菲菲,我真的想跟她在一起的,但她居然是……"电话那头,阿明说话变得语无伦次,以至于用了整整十分钟,才说完了一件正常情况下两三句话就能说清楚的事情。

菲菲居然不是艺校的学生,而是一个夜总会小姐!

这也是为什么,她在跟阿明见面的第一晚,就轻车熟路地滚了床单;以及为什么那位同事会从菲菲身上,感觉到一种"风尘之气"——前一天深夜,阿明的一个大学同学及菲菲的长期主顾,在酒吧喝得酩酊大醉后,看到阿明这一个礼拜内,发的第十一条秀恩爱朋友圈,本着对兄弟下半辈子负责的态度,忍不住说出了真相。

"菲菲说她是真的喜欢我,所以才对我隐瞒了真实身份……"电话那头,阿明的声音有些哽咽,明显对这段感情投入了真心。

"你喝酒了?"

"喝了一瓶威士忌。"阿明说,"兄弟,你能来陪我聊聊吗?"

"我……"杜宇下意识地看了一眼姜宜,姜宜懂事地点了点头,用纤细的食指在杜宇的手背上画下"去吧"两个字,杜宇心里更暖了,他对阿明说:"我现在去找你。"

第二十章　蛇！

当杜宇敲开阿明家大门的一刻，几乎被眼前的男人吓了一跳，阿明上身赤膊，头发如鸡窝般杂乱，眼睛里布满血丝，跟平日神采飞扬的模样判若两人："不就是失恋了吗，有必要要死要活的?"

"我这辈子第一次这么认真对一个女孩，为什么老天要给我开这种玩笑……"

"你们之前在一起的时候，就没感觉到?"

"其实我也怀疑过，我们前两天在云南旅游的时候，我就发现，菲菲的微信消息特别多，而且死活不让我看手机。还有，她说她是学声乐的，但唱歌完全是KTV水准……"阿明犹豫了片刻，最后一咬牙，将两人第一次滚床单的八百字细节也说了出来，"当时我就感觉，她应该是个老司机。"

"那你走肾就好了啊，走心干什么?"

"我也不想的，但她对我真的很好，而且，我们两个人真的很有共同语言，她的手机壁纸跟我的一样，最喜欢的歌手都是泰勒·斯威夫特，就连养过的宠物都一样……"

阿明的回忆让杜宇下意识地想起姜宜，没错，就在一个月前，在书店初见姜宜的一瞬，杜宇也认定，她就是上天为自己量身定做的那个女孩，就在一个小时前，姜宜将最珍贵的第一次，毫无保留地交给了自己。

"相同的开头，不同的结尾。"杜宇暗自吁叹。

"菲菲对我真的很好，我们去旅游，她没有花过我一分钱，一路上所有的开销都是AA，你说，现在哪里还能找到这么好的女孩子？"阿明目光空洞，身体瘫在沙发上，"但是这件事，我又怎么能接受？"

"你还没分手？"

"还没有……菲菲跟我说，她去夜总会上班，是因为妈妈要做心脏手术，而且，她说以后都不去了。"这无疑是个老套的借口，以至于阿明自己都无法说服自己，他双手抱头，脸上浮现出挣扎之色，"这件事我只对你说，你不要告诉任何人。"

"你放心，不会的。"

为了分散阿明的注意力，杜宇提议，两人来一局手机游戏。三局激烈的对战结束后，阿明的状态明显改善了许多，在游戏结束界面，阿明忽然抬起头，不怀好意地问："对了，昨天早上，你让我帮你圆谎，什么情况？"

杜宇闻言一愣，随即意识到，阿明说的"圆谎"，正是前天晚上，自己去夏晚晴家，以至于迟迟未接姜宜视频那事。为了防止事后被追查，他第二天专程找到阿明，意思是万一姜宜事后追究，他就说当时正跟阿明在某烧烤摊撸串喝酒。此刻阿明主动问起，杜宇也不好意思直说，只想找个借口敷衍过去："没有……当时同学聚会，旁边有几个妹子，没敢接视频。"

"放屁！我跟你从小学到高中都是同学，你大学是在北京上的，你有聚会我能不知道？！"阿明愤愤地说，"咱俩兄弟一场，你就这样忽悠我？"

杜宇老脸一红，心想这临时编造的谎话也太傻×了，无奈之下，只能实话实说："当时跟一个妹子在一起……"

"哪个妹子？"

杜宇沉默不语。

"这么看，还是我认识的妹子？"阿明的情商果然不是白给的，以至于下一秒就报出了正确的名字，"夏晚晴？！"

杜宇慌忙摇头，但阿明已从他的眼神中挖掘出了足够的信息："你跟夏晚晴去哪儿了？干啥了？视频都不敢接，莫非在开房？不对，她在电视台附近租了房子，去她家就可以了。那丫头每次玩桌游都跟你对着干，明显对你有意思。"

言多必失，杜宇自觉地闭上嘴，一个字都不说了。

"兄弟，我觉得你这人不实诚，这种事都要瞒着我，你又不是不知道，我这个人没别的优点，就是嘴巴严。不过我劝你，偷吃得小心点，你那个小女朋友我不太了解，但你那老丈人可不是吃素的……对了，你不会真的脚踩两只船吧？"阿明继续滔滔不绝，杜宇也不吱声，心想这一打岔，阿明暂时抛开了失恋的痛苦，也算歪打正着。谁知就在这时，杜宇的手机响了，是姜宜。

"这时候打电话，应该是关心一下阿明的情况吧。"杜宇也没多想，随手接通了电话，然而，当电话接通的一瞬，那头的声音让杜宇全身的汗毛孔瞬间炸裂开来，一时间，就连呼吸心跳都停止了两拍。

"呜呜……呜呜……"

电话那头，姜宜竟在哭泣。

"难道是她爸爸出事了？"杜宇第一个想到的，是罹患绝症的姜诚，他两腿发软，几乎跌坐在沙发上，"怎么了？"

"呜呜……院子里，有蛇……"

"蛇?!"

姜宜住的别墅并非荒山野岭，附近都是被开发了十多年的商业区，怎么可能有蛇！杜宇正待发问，听筒里传来一声"啪"的脆响，似乎是手机摔在地上的声音。嘟……嘟……电话挂断了。

杜宇瞬间想起那条威胁短信，以及短信后附着的，姜宜家别墅照片，"难道，是那个'X'干的?!"一股热血瞬间涌上脑门，"我去一趟姜宜家。"杜宇在阿明惊诧的目光中夺门而出，一路超速，往姜宜家驶去，等开到小区门口时，保安并没有像以往那样打开拦道器，而是从窗口伸出个脑袋，冷漠地说："驾驶证、身份证，登记。"

杜宇心急如焚，此前他进这小区七八次，没一次需要登记。杜宇赔了个笑脸，说："我找我朋友，有急事！"

"急事也不行，上午刚开会强调纪律，放你进去，我就要被扣钱。"

杜宇心急如焚，干脆把车停在路边，撒腿跑进小区。姜宜家距离小区门口有五六百米，杜宇一路狂奔，只用了三分多钟就跑完这段路程。他汗流浃背地冲到别墅门前，面前的铁门紧锁着，透过外面的金属栅栏，杜宇清楚地看见，姜宜正缩在别墅院子的背阴角落里，全身瑟瑟发抖，在她身前两三米的人造草坪上，盘踞着一条近一米长的大蛇！

杜宇对蛇的种类并不了解，然而，这条蛇的体态特征实在是太明显了，漆黑的蛇身上，均匀分布着二三十圈醒目的白色圆环——银环蛇。杜宇的心瞬间沉了下去，这是大多数具备生物常识的人都听说过的"毒蛇之王"。此刻，这条银环蛇身体微弓，狰狞的蛇头高高昂起，直视姜宜的方向，似乎正随时准备发动致命一击！

杜宇的呼吸瞬间停滞了，他艰难地蠕动喉结，轻轻喊了一声："姜宜！"

姜宜听见了这声呼唤，扭头看了一眼，俏脸上满是泪水，她不敢开口发声，只是轻轻摇了摇头，喉管里发出隐约的呜咽声。

杜宇自小就很怕蛇，这一点可以追溯到他童年时期，在农村老家，被一条小臂粗细的菜花蛇从小腿上游过的刻骨记忆，那种冰凉的滑腻感成了他一辈子挥之不去的噩梦。然而，看见心爱之人身处险境，勇气瞬间战胜了恐惧，没有任何犹豫，杜宇翻过了护栏，跳进了别墅院子。

杜宇跳下来的位置距离姜宜大约六七米，而那条蓄势待发的银环蛇，恰好隔在两人中间，当杜宇落地时，草皮的震动惊动了这条狰狞的爬行动物，它扭过头，丑陋的三角眼瞪向杜宇，杜宇顿时全身发寒，刚刚被压抑下去的恐惧重新支配了身体，他背靠冰冷的金属栏杆，再也挪动不开脚步。

银环蛇瞪了杜宇一眼后，似乎觉得另一边的姜宜才是更柔弱、合适的攻击对象，于是再次转头，将注意力转移回姜宜身上。此刻的姜宜已在墙角缩成一团，凄然望着杜宇的方向，一两秒后，她满是泪痕的脸上现出坚定的神色，说："你先走，别过来！"

走？往哪儿走？

我走了，你怎么办？

前所未有的勇气瞬间填满男人的胸腔，恐惧、逡巡犹如阳光下的春雪，消融得无影无踪，杜宇低喝了一声，肌肉里爆发出前所未有的力量与速度，抄起手边的一根拖把，一个箭步，往蛇的七寸狠狠打去！

杜宇第一步刚刚迈出，银环蛇便觉察到了身后的动静，扭头，弓身，事实证明，即便是受肾上腺素加成的成年男性，在蛇类面前依旧是那么迟钝与不堪一击，蛇身毫无预兆地从草皮上弹起，仿佛一支离弦之箭，闪开了拖把的攻击，带着残影从杜宇腿边掠过，在他裸露的脚踝上狠狠咬了一口。

钻心的疼痛沿着神经，瞬间抵达杜宇的大脑，"我被咬了？""我被银环蛇咬了？""我要死了？"电光火石间，杜宇大脑中无数念头闪回，失去重心的身体直直地往前方摔去，就在同一秒，姜宜哭泣着跑了过来，试着去扶杜宇，谁知这个感人的举动却起到了和预料完全相反的效果，杜宇的前额在姜宜的膝盖上重重磕了一下，大脑瞬间天旋地转，一下子晕厥了过去。

"呜呜，对不起！对不起！你醒醒！"姜宜哭喊道。

"对不起？"这是杜宇失去意识前，脑海里浮起的最后一个念头。

第二十一章　真相

　　杜宇不知道自己晕厥了多久，两分钟、二十分钟，还是两个小时。总之，当恢复清醒的一刻，杜宇的第一反应是诧异——他本以为，自己应该在一张洁白的病床上醒来，医生、护士在身边穿梭而过，鼻畔弥漫着刺鼻的消毒药水味，然而事实是，自己正躺在一张柔软的、香喷喷的大床上，房门虚掩，房间里没有人，头顶悬挂着一盏莲花形状的漂亮吊灯。这是姜宜的房间？杜宇四下扫了一眼，并从床头相框里确认了自己的推测。"我怎么没去医院？"尽管脑袋还有些发晕，但杜宇很快便回忆起昏迷前发生的一切：在阿明家接到姜宜的求救电话——一路赶到姜宜家，看见姜宜被一条蛇逼在院角——翻墙，吸引蛇的注意——姜宜让自己先走——热血上头，英雄救美却被蛇咬伤，想到这里，杜宇下意识地掀开被窝，将脚踝扳到眼前，在脚踝外侧，确实有两个细小的牙印，但牙印很浅，看样子只破了点表皮，而且伤口处十分"清爽"，丝毫没有肿胀、发黑的现象。

　　不是银环蛇吗？我怎么会没事？

　　到底什么地方出了问题？

姜宜呢?

在我昏迷之前,她说了一声对不起?

无数问号在尚未清醒的脑海中盘旋、碰撞。杜宇咳嗽了两声,用不大不小的音量呼唤姜宜的名字,外面静悄悄的,没有任何回应。杜宇的心再次收紧了,在这种情况下,姜家竟然会没人?

他试着从床上坐起来,穿鞋,下地,出乎意料的是,除了有些许乏力外,杜宇没有觉察出自己的身体有任何异样,而这点乏力感也在走出几步后渐渐消退、消失了。

杜宇犹豫了几秒,开始仔细地端详房间的布置——尽管已有了肌肤之亲,但这还是他第一次走进姜宜的房间,杜宇的目光首先落在了床后的照片墙上,数十张姜宜不同时期的照片,以时间顺序排成一排,就像一长卷电影胶片。

童年时的姜宜带着些许婴儿肥,不算标准的"美人",而是个标准的萌娃。

初中的姜宜一脸青涩,校服的裤脚短了半截,应该是疯狂长高的阶段。

高中、大学、毕业……

下一秒,杜宇的眼皮猛地跳了一下。

他看见了一张"熟悉"的照片:照片里姜宜穿着居家服,怀里抱着一只洁白如雪的长毛猫。

这一张,不是那天神秘凶手"X"用来威胁自己的照片吗?

杜宇的呼吸瞬间变得急促起来,心头的阴影再度浮现——之前出现在别墅院子里,那条咬伤自己的银环蛇,除了X干的,还能如何解释?

姜宜、姜诚,他们去了哪儿?难道……

不对……不对……

那条银环蛇，为什么没有毒？

下一秒，杜宇整个人仿佛被雷电击中般，整个人僵住了……

一种奇怪的念头从脑海里滋生、生长，杜宇竭力去遏制它，但无济于事。

没错，这张姜宜抱着猫的照片，就连杜宇都从未见过——它并不存在于姜宜的微博、朋友圈，以及任何社交媒体，然而，那一晚，X却将他发给了杜宇，威胁他"停止调查一切"。

那个X，是如何得到这张照片的？

难道说，他是姜宜认识的人？

他是谁？

他是谁！

一道熟悉的身影缓缓在脑海里浮现……

难道……是他?!

怎么可能??

绝不可能!!

杜宇的脑袋几乎要裂开了，他忽然觉得屋子里很闷，让他几乎窒息，于是推开门走了出去。客厅里也是空无一人，杜宇心乱如麻，于是一直往前走，穿过客厅，往别墅大门走去，想看看姜诚的车是否停在门口，然而，当走到玄关位置时，他猛然停下了脚步，回过头，再次环顾屋内，最终，将目光在整个别墅内唯一一道紧闭的门前停了下来。

别墅楼上楼下，至少有十多扇门，其他的门都敞开着，唯有这一扇，是紧闭的——毫无疑问，是姜婉的房间，除了姜诚主动领他进来的那次，这个房间的门，始终都是完全紧闭的。

不知为什么，一种奇异的念头忽然涌上杜宇心头，他很想推开门，走进去。

一种不知从何而来的"直觉"告诉他，那扇"门"里，藏着他想要知道的一切。

他深吸了一口气，推开门，走了进去。

空气里依旧洋溢着熟悉的淡雅香气，光洁的梳妆镜上看不到一丝微尘。照片墙上，那缺掉的两块依旧无比刺目，受姜宜卧室里那一排照片的启发，杜宇也发现了这面照片墙的规律：矮一些的地方，大多贴的是姜婉童年的照片，位置越高，照片的年代就越晚。

莫非，这些照片是姜婉自己动手贴上去的？杜宇脑海里浮现出一些画面：童年时，尚未发育的女孩只能够到低一些的地方，随着年龄的增长，她开始在高一些的地方挂照片。照片墙的最高点大约在两米的高度，与照片上姜婉160厘米左右的身高正好契合……

按照这个规律：墙上缺少的两张照片，一张，应该介于初中到高中之间，另一张，则应该是高二前后……

杜宇猛地拉开梳妆台的抽屉，里面塞满了书籍、练习册等学习用品，放在最上面的，是一本"五年高考"习题册，习题册皱巴巴的，封面上还能看见几处潦草的草稿。杜宇深吸了一口气，将练习册翻了开来。

两张闪闪发光的照片从练习册里飘了下来，落在了地板上。

杜宇颤抖着弯下腰……想要捡起照片，却被走廊上一阵急促的脚步声打断了——由于刚刚过于失神，他甚至没有听到外面的停车、开门声。一秒钟后，一个熟悉、苍老的声音响了起来："你看到了？"

杜宇缓缓捡起照片，目光空洞，仿佛失去了焦点。第一张照片是一张平凡无奇的单人照片，姜婉穿着蓝白校服，站在两排整齐的法国梧桐下，女孩身后是一栋三层的旧式西洋建筑，建筑外墙上的琉璃瓦在阳光下折射出迷人的色彩，在门楣上，写着三个苍劲有力的隶体字："德育堂"。

这是云城第一中学的标志建筑。

"是，我看到了。"杜宇缓缓地说。

他没有回头，也没有停下手里的动作，而是将第二张照片放到眼前：这是一张拍摄于高中宿舍的三人合照，位于照片正中的，是一个留齐耳短发、英气逼人的少女，在少女的左右两侧，站着的两个女孩，赫然是姜婉和阿莹！

"你知道了？"

"我早该想到的……其实之前，我也想到过……"

"但你不愿相信。"

"是的，我不愿相信。"

杜宇猛然转头，与姜诚在不到两米的距离对视，手里还攥着那两张被尘封已久的照片。

第二十二章　第一个故事

当看到姜诚的一瞬，杜宇的身躯震了一下，旋即才稳定下来，他觉得，与一天前相比，姜诚似乎苍老了几岁，前一次，姜诚一直在用他的睿智与风度，竭力掩饰身上的衰老与恶疾，然而这一回，姜诚已不再强撑，他的腰背在一晚之间佝偻了许多，脸上浮现出明显的倦意，姜诚说："其实我早知道，你一定会想明白的，你是个聪明人，阿明也是。"

杜宇摇摇头，说："小宜呢？"

姜诚深深地看了杜宇一眼，摇了摇头，这样的表情让杜宇如坠冰窟，"难道小宜也被蛇咬了？"心神大乱的他甚至忘了，既然咬伤自己的是一条无毒蛇，那姜宜自然也不会有任何危险，"她怎么了？"姜诚缓缓走到杜宇跟前，轻轻按住了他的肩膀，扭过头，对门外说："小宜。"

伴着一阵轻微的脚步声，姜宜走到门口，微微抬头，朝杜宇看了一眼，却没有进门，她的眼神很复杂，似乎是关心，又似乎是愧疚，姜诚摆摆手，对姜宜说："你先上楼吧。"

"嗯。"

姜宜点了点头，顺从地转身离开了。杜宇深吸了一口气，重新将目光投向姜诚，却发现，姜诚的气质在一瞬间改变了，憔悴、疲倦在一瞬间消散得无影无踪，他的腰背不再佝偻，瘦削的身躯笔直地立于窗前的阳光之下，宛若一尊沉默的雕塑。

"姜伯，你说，我听着。"

"好。"

姜诚缓缓走到窗前，转过头看向杜宇，由于逆光的缘故，杜宇看不清这张脸上的表情，但有一点是确定的，那便是此刻的姜诚一定是极其严肃，甚至说严峻的，这从他沉重的呼吸、交握的双手就能看出，姜诚说："你没事，咬你的是白环蛇，不是银环蛇。"

"嗯。"

"这条白环蛇是姜宜买的。"

"什么？"

"没错，整件事是我做的。"

杜宇一阵天旋地转。

"我说的整件事，包括那些威胁短信，包括姜宜被蛇逼在院子里。"姜诚面无表情，用平视的目光，静静地凝视已处于石化状态的杜宇，一字一顿地说："还有，你应该已经猜到了，王鸿儒，小莹，陶小华，他们三个人的事，都是我做的。"

尽管已有了准备，尽管已隐约猜到了真相，然而，当这句话从姜诚口中说出时，杜宇依旧陷入了短暂的僵滞状态，这坦白将他心中仅存的一丝希望也冲碎了，可怕的冲击波将思维撕扯成七零八碎，全身的细胞仿佛都停止了代谢与思考，杜宇用了至少五分钟，才勉强集中起涣散的精神，他看着眼前的姜诚，全身瑟瑟发抖，比不久前面对银环蛇时犹有过之。

"你，你说什么？"

"你随我来。"姜诚指了指门口。

杜宇将脚伸入拖鞋，摇晃着站起身，然而还没站稳，脚下便打了个趔趄，险些摔倒在地，他的身体没有任何异样，但整个大脑连带着小脑都陷入了停机状态，以至于难以保持基本的身体平衡，姜诚默默地看了杜宇一眼，说："你没事的，没人会伤害你。"

杜宇扶着墙壁，跟在姜诚身后，一步一步挪出房间，穿过甬道，最后，走到了一楼最大的一间卧室门前，从床头的药瓶可以看出，这应该是姜诚自己的房间，姜诚领着杜宇走进房间，并没有立刻开口，而是俯下身，从药瓶里，倒出两片药片，仰头吞了下去。"这是止痛药，我刚化疗完，说话嗓子有些不舒服……"姜诚的话语带着明显的颤音，"等会儿，我要给你讲几个很长的故事。

"你说。"

"没错，姜婉也是云城一中的！你手上的两张照片，第一张是她考进一中的那个暑假，在学校门口拍的，第二张则是她们宿舍在高二的合照。"姜诚顿了顿，说，"对了，王鸿儒，就是她们的校长。"

杜宇茫然低头，再次看向手中的两张照片，这两张照片仿佛两条无形的锁链，将记忆中无数支离破碎的片段连接到一起。纷乱的马拉松现场、嘈杂的医院抢救室、自己收到的威胁短信、夏晚晴家中的惊魂之夜……在这之前，杜宇、阿明也曾给这个神秘的"凶手X"做过画像：睿智、冷酷、学识丰富、信息灵通。那会儿，他们都认为，只有拥有相似特质与天赋的姜诚，才有机会成为"X"的对手，然而最终的结果是，这两名"对手"，竟然是同一个人。

杜宇艰难地抬起头，与姜诚对视，姜诚的目光却变得柔和下来，不再锐利逼人，而是充满了哀痛与寂寞，姜诚说："下面，是第一个故事。"

三年前，初夏。

在云城第一中学，姜婉是个毫无存在感的平凡女孩。她的五官生得不错，但完全不会打扮，厚厚的黑框眼镜挡住了整张脸上最出色的部分：明亮清澈的眼睛。姜婉性格内向，学习认真，成绩基本稳定在全班前五，只可惜，她并没有遗传父亲超卓的智商，因此距离"学霸""学神"还有一段无法逾越的距离。

当这样一个平白无奇的文静女孩，暗恋上校篮球队最帅的男孩后，一些预料之中的事情发生了。

在某个初夏的黄昏，姜婉低着头，将一个贴有心形贴纸的粉红色信封，悄悄塞进了男孩的更衣柜。

大多数十六七岁的少年，收到这样的情书，第一反应是去悄悄打听这个女孩的情况，然后视自己的感觉，决定欣然接受还是婉言拒绝。然而，或许是平日太受女生欢迎，又或许是当天下午的篮球赛，刚砍下了全场最高分，总之，这个飘飘然的男孩看到这封情书后，做的第一件事是，当着十多个篮球队队员的面儿，拆开了信封，并将信纸上的内容念了出来。

包括最后的署名。

"姜婉？那个戴眼镜的牙套妹？"这句话几乎宣判了姜婉的"死刑"，十多个男生哄笑着散去，并将这个消息在短短半天内传遍了学校。

姜婉，这个原本毫无存在感的名字，在之后几天成了全年级的焦点。

"哈哈，就是那个土鳖女孩，看上了校草陶小华。"

"听说那封情书可肉麻了，什么，上邪，吾欲与君相知……"

"哈哈，这不很明显，她想上校草啊。"

"就算我们全校就她一个女生，她也没机会吧。"

"我看我们四十岁的班主任都比她有女人味。"

如果仅仅如此的话，那情况并不会糟糕到无法收拾的地步，在刚成为"名人"的那两天，面对同学们异样的目光，姜婉确实很痛苦，上课走神，茶饭不思。但这样的"校园风波"来得快去得也快，大约一个礼拜后，多数人就忘了这事，毕竟，即便是最平凡的女生，也有暗恋最帅的男生的资格的。

可惜"大姐"并不这么想。

正如外号一样，"大姐"是一个很能"来事"的叛逆少女。她留一头齐耳短发，耳郭上"明晃晃的"两个被校规明文禁止的耳钉，高中三年，"大姐"做过的"壮举"数不胜数，包括带头罢课、整蛊老师、"弹劾"班主任、在宿舍楼贴大字报，她是全校的名人，数百女生的意见领袖，所有老师的眼中钉，肉中刺。然而她依旧活得很滋润，原因很简单，她有一个分管科教文卫的副市长父亲。

除了副市长千金外，"大姐"还有另外两层身份。

第一层身份，是陶小华的女友——这层关系是绝对保密的。

第二层关系，则是姜婉、阿莹的宿舍舍长。

可想而知，当"大姐"听说，那个睡在自己下铺的平凡女孩，居然觊觎自己的男朋友，给了他一封无比"肉麻"的情书，会是什么样的反应。

她决定用"不痛不痒"的程度"整一整"姜婉，最开始，这个"整人"计划很简单，不过是假装陶小华的身份，回复"姜婉"的情书，然后约她以手捧一束玫瑰，在校园操场见面罢了——当然，到时候还会出现一些剧本写好的意外，并有三五十个同学在暗处"围观"罢了。

谁知，就在这个"计划"实施前，一个意想不到的变化发生了。

"大姐"的秘密男友、全校女生的焦点、校草陶小华，居然对无比平凡的姜婉，表现出了不太寻常的"兴趣"。

这是多数男人的通病，对从未接触过的女孩类型，总会表现出远超寻常的好奇与兴趣。就像一个明明拥有高档玩具的有钱孩子，依旧想要去抢小伙伴手上一文不值的竹蜻蜓那样。

很简单，因为没玩过啊。

"大姐"察觉到了男友的异常，她愤怒地决定，升级之前的"整人"计划，将它从一个无伤大雅的玩笑，变成一次轰动全校的丑闻。

当然，在她看来，这不过是一个"略微过分"的玩笑罢了。

一个恶毒、可怕的"计划"就此形成了。

深夜，23点。

"哎呀！"刚刚熄灯的女生宿舍里，忽然传出一声短促的少女尖叫，很快，阿莹从上铺爬了下来，怀里还抱着一个湿漉漉的枕头，"完蛋了，我把饮料洒床上了！"

睡在阿莹斜下方的姜婉一脸迷茫地看着阿莹，当弄明白发生了什么后，她从床上爬了起来，走到阿莹床前，打开手机手电筒。果然，阿莹的被褥、床单上，多出了一片巨大的水痕，姜婉伸手摸了摸，被子从里到外都湿透了，显然洒掉的饮料量不小。

"完了，外面还在下雨，今晚肯定晒不干，怎么办？"

"没事，你今晚跟我睡好了。"姜婉不假思索地说。

"嗯，你真好！"

熄灯后的寝室一团漆黑，姜婉无法看清阿莹脸上的表情，她往墙边靠了靠，给小床留出了一些位置，阿莹说了句谢谢，挨着姜婉躺下了，宿舍的床铺只有1.2米宽，虽说是两个体形纤弱的少女，但也略有些拥挤，姜婉将左手搭在阿莹的腰肢上，两个小姑娘前胸贴后背，说了几句私房话，便沉沉睡去了。

凌晨2点。

"啊！！！"寂静的宿舍里忽然爆发出一声凄厉的尖叫，姜婉惊醒过来，发现阿莹并没有躺在自己身边，而是坐在床头，睡衣凌乱，用震耳欲聋的分贝量大喊："姜婉，你干什么！！"

"我干什么？"姜婉有些迷糊，宿舍里的另外几个女孩也全都醒了过来，没等姜婉反应过来，阿莹又说："你干吗脱我裤子！"

"我脱你裤子？"姜婉的脑袋更晕了。由于与生俱来的单纯，姜婉并没有怀疑阿莹在冤枉、污蔑自己，而是想起，自己在家跟姐姐睡觉时，偶尔也会开玩笑地去扯姐姐的内裤、内衣，难道是自己在睡梦中，把阿莹当成了姐姐？

阿莹猛地站了起来，她的睡裤被褪到接近膝盖的位置，露出卡通图案的内裤，她呜咽着说："姜婉，你不会是百合吧？"

"同性恋？"此时的姜婉依旧没有认识到问题的严重性，"是啊，你这么漂亮，我就喜欢你。"

阿莹并不说话，只是低着头，双手抱胸瑟瑟发抖。

"你不会信了吧？我开玩笑的！"

"不行，我不要跟一个变态住在一个房间，我要跟老师说，我们换宿舍。"这句话一出口，姜婉的心瞬间沉了下去，这倒不仅因为这句话的严重性，更重要的是，这句话不是阿莹说的，而是出自此前一直冷眼旁观的"大姐"。

姜婉终于意识到自己的处境了，大脑一片混乱，语无伦次地辩解道："我，我真不知道，我没有……我睡着了……你们不要告诉老师。"

"大姐"摇摇头，一改平日的叛逆作风，冷冷地说："不行，跟你住一个宿舍我觉得不安全，我要告诉老师。"

姜婉被吓傻了，她自然清楚，如果这件事捅到老师那里，自己将面对怎样的非议与处分，对一个十六七岁的少女来说，那简直比死还可怕。然而，直到此刻，单纯善良的她依旧没有意识到，自己正陷入一个精心策划的圈套中，她流着泪，对阿莹说："我真的没有。"

"你说谎！我睡得迷迷糊糊的，就感觉你在脱我的裤子！"

"呜呜……"姜婉泣不成声，"那就是我把你当成我姐姐了，我真不是故意的。"

"姜婉，大家姐妹一场，我们也再给你一次机会，从现在开始，你别再住校了，回家去住，我们就不把这件事告诉老师。"姜婉的宿舍里一共有六个女生，跟以往一样，"大姐"的意见瞬间得到了另外三名舍友的支持，没人帮姜婉求情，所有人都附和"大姐"的提议，火上浇油，落井下石。

"上次我洗澡的时候，你忽然跑进来，还说要拿手机拍我。"

"呜呜……我当时是开玩笑，你们不也常开这种玩笑吗？"

"嗯，上次你还说，特别羡慕那种既喜欢男生又喜欢女生的双性恋，这样择偶的范围就多一倍了。"

"我说着玩的啊！"

泪水从眼眶里奔流而出，打湿了姜婉的枕头、床头，她缩成一团，用贫瘠、苍白的语言为自己辩白，却只换来更多的如潮水般的质问与诘难。这潮水淹没了她，她小小的身子与脆弱的灵魂，全都溺在其中，无法呼吸，看不到出路，她一次次奋力挣扎，试图钻出水面，却被一个个巨浪、漩涡给砸了回去，拖了回去。十分钟后，"大姐"的一句"终审判决"将她的心彻底砸入了水底。

"姜婉，你现在就走，以后都别进宿舍！"

"现在？"姜婉下意识地看了一眼挂钟，此刻是凌晨2点，外面一片漆黑，还下着不小的雨，雨点滴滴答答打在窗户上，砸在姜婉脆弱的心房上，"明天可以吗？"

"不可以，我不想跟你这么恶心的人睡在一间房里。"

恶心，这个词再次刺伤了姜婉，她蜷缩在床角的躯体剧烈颤抖起来，姜婉还想哀求，却被"大姐"一句"再不走的话，我现在就去找老师"堵了回去，姜婉深深地看了阿莹一眼，抽泣着说了句"对不起，我不是故意的"。然后换了件衣服，推开宿舍大门，哭泣着奔了出去。

砰，当身后的木门被重重关上的一刻，姜婉才意识到自己忘了带伞，她想要敲门，但手指与木门相触的一刻又缩了回去，寒冷与恐惧让她全身发抖，楼下的舍管阿姨早已睡着了，姜婉从虚掩的大门走了出去，当踏出宿舍楼的一刻，姜婉才浑浑噩噩地意识到："自己该去哪儿？"

回家？该怎么跟父母解释？

去宾馆？她的全身上下，加起来不足50块钱。

冰凉的雨点拍击在少女的头上身上，她漫无目的地在雨中前行，当寒冷无法忍受时，她便开始奔跑，她跑过学校长长的林荫道，跑过一盏盏明亮的路灯，跑过一片漆黑的教学楼，最后，从一处只有学生知道的栅栏缝隙里钻出了学校，当她穿过校门口的街道时，一辆黑色轿车注意到了这个孤独的女孩，对她鸣笛，姜婉哭泣着扭过头，钻入一条黑暗无光的狭巷，在穿越狭巷的过程中，一个更加可怕、绝望的念头忽然从脑海里升起。

宿舍里另外五个人，也都知道了这件事，以她们的性格，可能对今晚的事守口如瓶吗？

寒冷、恐惧、屈辱，姜婉的神经终于崩断了，两分钟后，她爬上了学校对面的一栋居民楼楼顶，迎着夜雨，一跃而下。

那时那地，是她十七岁生命的终点。

第二十三章　第二个故事

　　杜宇愣愣地看着姜诚，听完这段故事，他对姜诚这个手上至少有两条人命的"凶手"，已不再感到恐惧，甚至可以说，他开始重新尊敬眼前的这位老人，只不过在情感深处，多出了一些怜悯、悲哀以及许多说不清道不明的元素。杜宇忽然很想安慰姜诚，他觉得，如果同样的事，发生在自己亲人身上，他也会做出同样的事情。

　　"所以，你杀阿莹跟陶小华，是为姜婉报仇？"杜宇问，"王校长又是怎么回事？"

　　"他该死。"姜诚淡淡地说。

　　杜宇很快便明白了话中之意，以王鸿儒一贯的媚上欺下的作风，姜婉之死沉冤难雪，他一定难辞其咎。

　　"小婉自杀后，我跟我爱人都不相信，一向坚强的她会因为成绩不好、感情受挫就去跳楼。我们不顾一切地想要寻找知情者，弄清真相。可是王鸿儒却以学生面临高考为由，不让我们跟小婉的几个舍友见面。那会儿我们虽然悲痛欲绝，但还是理解了他们。所以直到高考结束，都没有打扰小婉的几个舍友。谁知等高考结束后，小婉的几个舍友，就跟集体失踪一样，一个都找不到，就算打通电话，也坚决不愿意跟我们见面。事后我才知道，小婉跳楼后，被一名路过的路人看到了，打了120。当时她身上没有任何证件，唯一能证明身份的是身上穿的校服，所以医院的第一个电话，就打给了学校。王鸿儒听说这事后，凌晨4点赶到学校，找小婉宿舍的几个女生一一面谈，那时候几个女孩还不知道小婉自杀了，也没太多的戒备，很快就被套出了真相。知道真相后，王鸿儒的第一选择不是告诉我，或者通知公安部门，而是把这事告诉了赵恬恬的父亲，分管教育的副市长赵学文！赵学文为了庇护自己的女儿，自然想尽一切办法掩盖真相！在他的授意下，王鸿儒花了三个小时，教那几个女生串供，之后介入调查的警察也是睁一只眼闭一只眼，这也是为什么，官方说法一直没有被推翻，小婉的冤屈，也始终没有能洗清的原因！

"可惜，这世上没有不透风的墙。到7月中旬，我还是设法弄清了事情的真相，你知道，我是怎么做到的吗？"

杜宇茫然摇头。

"很简单，我入侵了小婉老师、校长，还有四名舍友的手机，对他们的操作数据都进行了追踪与智能分析，说实话，他们应该是受了某位'高人'指点，从来没有在微信、QQ上聊过任何关于小婉的事情，尽管如此，我还是发现了一些异常之处。小婉四名舍友中的三位，在小婉自杀后的几个星期里，都出现了严重的失眠，对于她们那个年龄段的孩子来说，这个比例是绝对不正常的！"

"失眠？"杜宇有些奇怪，"你怎么能推断出，她们是失眠而非正常的晚睡？毕竟那段时间正好在高考前后，考试前压力大，考试后又难得放松，作息时间不规律，也有可能啊！"

"很简单。如果你凌晨0点到3点，一直在手机上看剧、玩游戏，那可以解释为习惯性晚睡，但是如果你在凌晨1点放下了手机，然后每隔半小时左右，就点亮一次屏幕看一下时间，却没有任何操作，最后在3点、4点，打开手机播放一首舒缓的音乐，或是看一小段电影，玩一局游戏，之后再次关掉手机，连续一个礼拜类似的操作，不是失眠，又该如何解释？"

杜宇悚然点头，毫无疑问，这些无比寻常、简单的操作，都足以出卖一个人的行为甚至心理轨迹。

"就这样，我锁定了一位心理状况最差的舍友，然后，在她参加同学聚会喝多了的那晚，在QQ上以一个陌生心理医生的身份，跟她聊了许多……那女孩并没有对我吐露全部实情，但已足以让我推断出那一晚发生了什么。

"当真相水落石出的一刻，我的天都快塌了。从那天开始，我跟我爱人到处上访，希望把欺凌我女儿的'大姐'绳之以法，然而这又有什么用呢？我们没有确凿的证据，谁又可能为了我们，冒着得罪一堆领导的风险，来给这件事翻案？

"在那段时间，我们也一直在想办法找赵恬恬，不为别的，就想能当面找她对质。暑假快结束的时候，我们终于在东区一家游乐场找到了她，那天赵恬恬正好跟陶小华两个人在一起。仇人相见，分外眼红，我爱人情绪很激动，就指着他们的鼻子，骂他们是凶手！谁知这两个人非但没有丝毫悔意，反而用最恶毒的话，诋毁我的女儿，赵恬恬说，姜婉明知陶小华是她男朋友，还故意勾引他；而陶小华更是用'不要脸''不撒泡尿照照自己'这样的话来侮辱姜婉！我爱人当时气得全身发抖，回去后在床上躺了半个月才起来！她第二年出车祸，很大原因也是身体原因导致的疲劳驾驶！你说，这些人该不该死?!

"其实，在我爱人去世那会儿，我就决定复仇了。但想归想，真正付诸行动，是另外一回事。毕竟我还有小宜要照顾。然而今年年初，我被确诊了癌症，这一来什么都不用想了，直接行动吧。"

杜宇咬了咬嘴唇，问："你怎么做的?"

"很简单，预知以及改变。"姜诚说，"昨天带你去我师父那儿，我已经给你说过一些了，但我知道，这几件事你一定很好奇，一定想知道所有的细节。"

"嗯，你说。"

姜诚点了点头，问了一个奇怪的问题："你还记得，前天，也就是星期五，自己都做了什么吗?"

"星期五?"杜宇愣了愣，旋即意识到，这正是自己去夏晚晴家的那天，他有些心虚，以至于迟疑了几秒，才说，"记得一些。"

"好，那我给你看一样东西。"姜诚从口袋里掏出手机，打开微信，"这是星期五当天，我给自己另一个微信号发的消息。"

杜宇接过手机，看到了三条信息。

　　杜宇今天的早餐，是在广电马路对面摊上买的鸡蛋饼。信息发送时间：8点36分。

　　今天中午，杜宇会失眠。信息发送时间：11点40分。

　　今晚的篮球赛，杜宇的表现一定很差。信息发送时间：晚上6点15分。

"这是什么？"杜宇起初一头雾水，没错，这三件事确实发生在周五当天，和他大脑里的记忆完全契合，但记下这些鸡毛蒜皮的流水账，又有什么意义？然而，当想明白其中的关键后，一种毛骨悚然的感觉瞬间笼罩了全身。

这三条消息并非"记录"，而是"预知"。每一条信息的发送时间，都是在信息描述的事件真正发生之前！

得益于不错的记忆力，杜宇记得，周五那天，自己赶在8点58分，也就是考勤时间的前两分钟打了卡，这一点也意味着，他在广电对面买鸡蛋饼的时间几乎可以确定，一定在8点45分到8点50分这个时段——为此他特意翻出钉钉，当天的打卡记录明白无误地证明了这一点。

那么问题来了，杜宇的早餐并非千篇一律，其中最常去的，是他家小区门口的一家小面馆，有时候还会去吃单位食堂，而买鸡蛋饼的天数不超过四分之一，姜诚又何以提前十分钟预知，自己当天一定会吃鸡蛋饼？

杜宇的午睡质量向来很好，十天有九天沾床就睡，姜诚又怎么能在11点40分，也就是中午下班前就确定，自己当天会失眠？

至于打篮球表现糟糕，如果将球场表现归结为"出色""尚可""糟糕"的话，能预测对也是不超过三分之一概率的事。

如果仅仅预言对了一件事，那杜宇自然不会在意。然而，当这三件事加在一起，全部"猜对"的可能性，几乎小于1%。

嗯，有一种可能是，姜诚一共有一百个微信号，然后根据其中每一种可能，都分别发了不同的信息。就像网上预测彩票、股票的骗局一样——然而杜宇绝不相信，姜诚会做这种下三滥的事情。

这绝不可能是玄学,而是科学!

"通常来说,你的早饭有三种选择:小面馆,鸡蛋饼,单位食堂。然而你究竟选哪一种,并非随机而定,而是取决于时间上是否'来得及'。从你家开车到单位,开车要十分钟,如果你8点30分以前出门,那一定会去面馆吃面,因为那是你的第一选择;而如果你在8点30分到8点40分之间出门,那就来不及吃面,只来得及买鸡蛋饼了,那是你的第二选择;如果你起床耽搁得比较久,8点40分之后才出门,那就连鸡蛋饼都来不及吃了,只能先去办公室打卡,然后去单位食堂吃饭。"姜诚静静地看着杜宇,说,"说白了,你吃什么早饭,基本是由你出家门的时间决定的,而你前天的出门时间,是8点36分。"

杜宇悚然动容,他沉默了十多秒,说出一个"对"字。

"既然知道了规律,那么,想改变你的行程就很简单了。例如,某天你8点28分出门,我只要算好时间,提前把车停在小区的过道上,然后假装车子出了毛病,把你的行程拖个三五分钟,那么,你当天的早餐,就从阳春面变成了鸡蛋饼,这,就是改变!"

杜宇张开嘴,一个字都说不出来。

"至于午休那事,前天早上,你最喜欢的NBA球队勇士队,当家球星转会了,中午11点15分爆出的消息,足够让你这个死忠一个中午睡不着了吧。至于晚上球赛的表现,你那段时间身体状态一直不好,中午又失眠,心率比正常快了五下左右,估计上场时脚都在打飘,怎么可能不出丑。"姜诚忽然露出一丝玩味的笑容,他说,"对了,就在前一天晚上,你还……自慰了两次吧。"

杜宇的大脑彻底陷入死机状态:"你怎么知道的?"姜诚没

有回答他，只是微笑着，将目光聚焦到杜宇的左手手腕的位置。怎么了？杜宇跟着姜诚的目光看了一眼，没错，在自己的手腕上，正戴着一个月前姜宜送他的手环！

"没错，这个手环，出卖了你的心跳、血压、定位，我在手环里植入了一个木马，可以随时监听你的一切。"姜诚说这话时，脸上看不见丝毫的愧意，"前天晚上11点40分，你的心率、血压在一分钟内迅速升高，持续了十分钟左右，在这十分钟里，运动步数也飙升了1400步，定位却始终不变，你家又没跑步机，再说就算是在跑步机上跑步，也没这么快吧？"

"运动步数？"杜宇略一思索，才意识到手环的"运动步数"是按照左手的"摆动频率"来计数的，一下子窘迫得说不出话来。然而当冷静下来后，一种彻骨的寒意冰封了他的身体，杜宇问："姜宜送我这个手环，是为了监视我？"

姜诚长叹了一声："这是我安排的。不但如此，你们在书店的第一次相见，当时她的穿着打扮、用的手机壳、看的那本书，都是我一早就安排好的，这一切就是为了确保，你会在见第一面的时候，就喜欢上她。"

杜宇颤抖得更厉害了，他忽然明白，为什么自己见到姜宜的第一感觉，就是"她是上帝为我量身定做的那个女孩"，因为那位"上帝"不是别人，正是眼前这个睿智、冷静、算无遗策的老者。

"为什么？"

"因为那段录像。"

"录像？"

"没错，就是你马拉松那天拍下的，王鸿儒死亡的录像。"

"什么意思？"

"这个问题后面再说，现在，我先告诉你，我是怎么杀死王鸿儒的吧。"

杜宇点点头，这是他苦思数日却不得其解的问题。

"王鸿儒前些年一直有功能性低血糖症，病因不明确，不过最近这几年，通过饮食、锻炼，已经改善了不少。所以，我要做的事情，就是在马拉松过程中，诱发他的低血糖症再次发作……不，不是发作，是爆发，必须要严重到危及生命的地步。"姜诚缓缓说，"为此，我做了一个详细的方案。"

"第一，在他跑步的前几天，给他安排了一个红颜知己，你应该也听说过，这个王校长作风不太正派。我花了两万块钱，找了个三十岁左右的夜总会小姐，让她勾引那校长，而且，每次都会唆使他吃伟哥，伟哥是治疗肺动脉高压的，频繁吃的话，会对心肺功能产生一些影响。这样做，为的是让他在那段日子，身体机能处于一个低潮期。"

"两万块，这个小姐就答应你？她不觉得奇怪吗?"杜宇问。

"问得好，我跟那个女的说，我孙子想去一中上学，但是找不到人，所以，想让这女的跟王校长搭上关系，等两个人熟了之后，帮我吹点枕边风，就说她侄子上学请王校长帮忙。然后价钱谈到两万，她就点头答应了。"

"我明白了，还有呢?"

"第二，在王鸿儒的身上，通常都会备几块糖，防止低血糖忽然发作。我花了半个月时间，才找到机会，用几块外形相同的特制木糖醇，把他外套口袋、钱包夹层、汽车收纳盒里的糖全换掉了，木糖醇也有甜味，但不含糖分，如果低血糖发作时靠这个救命，那就跟心脏病发作吃维生素C一样。不过，那天马拉松，王鸿儒只穿了一件运动服，而且是打车去的，所以，这项准备最后成了多此一举，并没有派上用场。

"第三，王鸿儒的低血糖症，虽然病因不明确，但是我查了他当年在医院的就诊记录，据他自己口述，前几次发病，大都是工作压力大、焦虑失眠引发的。所以，马拉松前一天晚上，我给王鸿儒打了个匿名电话，说我是一个被他整过的老师，准备去纪检反映他的作风问题，他接到这个电话后，能睡得好才怪！

"最后，要让王校长的低血糖症爆发，这个计划最重要的核心，是要让他在跑步之前，不吃早饭！王鸿儒工作很忙，他老婆又懒，两个人都不做早饭。所以王鸿儒每天早上出门，都会在红叶小区门口一个早餐点买早饭。而且配餐相当科学，这个问题不解决，一切几乎都无从谈起。

"所以，我做了两件事。首先，我找到了那个卖早点的大姐家，悄悄弄坏了她家的保险丝，这样一来，她的电三轮晚上没法充电，上午也就没法出摊了。但我相信，即便那大姐不出摊，以王鸿儒的性格，多半也会在附近重新找个地方吃饭，所以，当天上午，我故意在小区门外，监控拍不到的地方，跟王鸿儒见了一面。"

"你，跟他见了一面？"

"是的，那天我租了一辆奥迪，王鸿儒刚出小区，我就开车上去打招呼了，我说我女儿在一中念书，平时很受老师关照。他见我开的是豪车，态度也很客气。然后我就从车上拿了一听'燃料'，外加一小包苏打饼干，说我是做运动保健食品代理的，请他品尝一下产品，下次学校运动会，我来赞助饮料。他稍微推辞了两句，最后就收下了。"

"饼干？"杜宇有些疑惑，"你的计划不是让他不吃早饭吗？

为什么还要给他饼干？"

"很简单，那种饼干是一种保健食品，不含糖分，只有糖醇，是专门给糖尿病患者定制的，那种饮料也是我特意挑选的，不含糖，却含较高的牛磺酸跟咖啡因，适合提神健身，他跑步时越兴奋，新陈代谢越快，就越容易诱发低血糖，而且，发病后死得越快！"

杜宇又看了一眼腕上的手环，漆黑的荧屏上闪烁着一行数字，13点20分。从早晨出门到现在，满打满算不过四个多小时，然而就在这短短四个多小时里，他经历的起落惊险，几乎比此前二十多年的人生都多。说实话，如果换成其他人，说自己可以通过如此手段"杀死"一个人，杜宇多半会觉得是天方夜谭，痴人说梦，然而姜诚不一样，这个人早已证明，自己有足够的智力、毅力、决心，来完成这件不可思议的事情。

"你就不怕，哪个环节出点问题，最后前功尽弃吗？"

"当然不怕，首先，我早就考虑到了许多可能出现的状况。例如，我特地准备了一套城管制服，如果那个卖早饭的大姐最后还是出摊了，那我就以执法的名义把她赶走；其次，我想到，如果以学生家长，外加饮料代理商的身份去跟王鸿儒打招呼，他会不会让我顺路送他一程，所以，我特意在副驾驶和后座上堆满了货物。"姜诚笑了笑，说，"即便做了这么多准备工作，但我预计，这次计划，成功率也就在四分之一左右。"

"这么低？"

"是的，我在制定预案时就做了详细的概率分析，第一条，让女人去勾引王鸿儒，成功率在98%以上，第二条、第三条的成功率也很高，最大的难点在最后一条，如何让他不吃早饭，尽管我事先做了多手准备，但万一王鸿儒当天不肯接我的饮料，又或者发生什么意外状况，那就前功尽弃了，而这些因素，都不是依靠人力能改变的，所以这一条的成功概率，保守估计，在80%左右。

"最后，即便一切顺利，王鸿儒在身体的最低潮期，吃了我准备的无糖早餐，然后去跑马拉松，那也没人能保证，他就会在跑步途中低血糖发作，更不用说死亡了。这一点，我只能依靠一些医学数据来评估，最后的结论是，他大约有70%的可能发病，而一旦发病，对身体造成不可逆转的伤害的概率则在二分之一左右。

"以上概率全部相乘，就是这个计划最终的成功率，26%！"

"这么低的成功率。你也会去做？"

"不要说26%，就算只有16%，我也会去做的，道理很简单，就算这一次没有成功，王鸿儒没有发病，又或者发病被抢救了回来，我也是安全的！毕竟我给他的食物并没有毒，只不过营养成分里没有糖而已！谁又会怀疑到我？这意味着，就算一次不成，我还有第二、第三、第四次机会！唯一的影响只是下一次动手，我不能再跟王鸿儒当面接触罢了。"姜诚的目光变得无比冷冽，"事实也证明了这一点，他死了，但包括警方在内的所有人都认为，这是一场意外，为了不影响城市形象，最后连尸检都没做，不是吗？"

杜宇艰难地点了点头。

"整个过程十分顺利。我跟王鸿儒道别后，就把车停在马路对面，用望远镜观察他，我看到，王鸿儒坐在绿化带中间的小石桌旁边，花了三四分钟，喝下了我送的饮料，吃完了饼干。这一点也符合我此前的估计，王校长很注意形象，绝不会一边走一边吃，又或者把东西带上出租车。然而我没有想到的是，那听功能饮料居然中奖了！他还把中奖的拉环放在了胸口的口袋里！我事先了解过，王鸿儒平时很少会买饮料喝，而且一个跑过马拉松的人，出门前绝不会在口袋里留一个金属拉环！可以说，这个意外，给这场完美的谋杀留下了一个极大的瑕疵，他平安到终点还好，如果他真的发病身亡，警方很可能会注意到那个拉环，进而立案调查这起死亡事件！

"本来，我打算等王鸿儒一上车，就回家等新闻的。但这事一出，我一下子慌了，于是一路开车到马拉松起点，找了辆共享单车。马拉松一开跑，我就在旁边的辅道上，跟着大部队往前骑，同时在人群里找王鸿儒。其实事后想想，这样的做法实在太蠢了，当时我再做什么都于事无补，只会增加自己暴露的风险，但这毕竟是我第一次杀人，眼看着完美的计划出现了意外，让我完全失去了冷静判断的能力。

"等骑到2公里左右时，我终于找到了王鸿儒，当时他正跟在一个美女身后，速度还挺快，我就在心里祈祷，最好他能一路平安跑完，毕竟这一次不成功，日后的机会还有很多。没想到事与愿违，他在跑到4公里多的时候，发病了！还是在一台现场直播的摄像机面前！就在你拍摄的同时，我躲在你身后的人行道上，目睹了王鸿儒死的全过程。我看见他在翻口袋找糖的时候，不小心把拉环带了出来，掉到了地上，那一刻我的心都蹦出来了。万幸的是，那拉环实在太不起眼了，以至于王鸿儒、你还有另外几个围观的人，都没有注意到这一点，这简直是老天在帮我！后来护士过来抢救，他快不行的时候，又用手指了指胸口的口袋，我知道，他很可能怀疑到我了，怀疑我给他的饮料、饼干里有毒，所以想告诉护士，口袋里有一个易拉罐拉环，希望警察能通过拉环找到我！帮他报仇！

"虽然过程有些波折，但结果却出人意料，王鸿儒死了，现场唯一的物证也没人注意到。官方通报是低血糖意外身亡，这简直是最完美的结果了！唯一让我担心的是，当时的全过程，包括那个拉环从口袋里掉出来的细节，都被你的摄像机记录了下来，为此我心神不宁了好几天，生怕那段录像被警方要过去，发现里面的疑点，但结果是没有。其实，当初制订计划的时候，我也把官方的态度考虑进去了，知道在这种国际型赛事上出现意外死亡，他们的第一反应肯定是息事宁人，不太可能会大张旗鼓地追查！

"果不其然，一个多月过去了，依旧没有任何人找到我，就在我以为这件事彻底翻篇时，王鸿儒的家属居然又闹事了，而且还找到了电视台，索要当时的现场录像！当我知道这事后，顿时又紧张起来，我明白，那段视频素材，就是一颗随时可能爆炸的定时炸弹，一天不处理掉，我就一天睡不安稳。当天晚上，我入侵了你们机房电脑，删掉了硬盘上的文件，但是我在电视台待过，知道你们新闻记者的摄像机储存卡里，多半还存着素材备份。可是你这个人偏偏特别细心，摄像机要么带在身边，要么放办公室抽屉里锁好，我尝试了好几次，都没机会接触到你的摄像机。最后，我不得不想出了一个办法，让小宜去接近你！"

这一瞬，杜宇的身体如同被电流穿过一样，僵硬了整整三秒，三秒钟后，他的瞳孔第一次冒出滔天怒意，杜宇咬牙切齿，强忍住将拳头捣在对方脸上的冲动："你怎么可以这么做?!"

"如果你认为，我让小宜接近你，做你女朋友，目的仅仅

224

是删掉那段素材，为我自己洗脱嫌疑，那你就错了。我已是将死之人，就算被警方查到，多半也活不到枪毙的那天。我这么做，其实是为了小宜!"

"为了小宜?"杜宇难以置信地问。

"是的，我并不怕死，但这件事一旦败露，我成了杀人犯，那小宜就是杀人犯的女儿，或许还要因为知情不报面临指控，这样的结果，才是我无法接受的! 对了，因为视频素材，我那些日子一直在注意你，你是个好孩子，有正义感，有责任心，是我见过的男生里，最优秀的一个。所以，我让小宜去接近你，其实，也是希望把小宜托付给你。我仔细分析过你们的每一点性格、习惯、脾性，小宜一定会真的喜欢上你，你也是个对感情负责的男生，这也是为什么，我之前不止一次对你说，小宜真的很喜欢你，无论发生什么，你一定要保护好小宜!"

杜宇呆住了，捏紧的拳头缓缓松开，满腔的怒火渐渐熄灭，过了很久，他说:"你不该让小宜知道你杀人的事的。"

"我当然没打算告诉她，但事与愿违，就在王鸿儒死的那晚，我站在小婉的房间，对着她的照片说了很多话。没想到刚好被回家的小宜在门外听到了，这也怪我，大仇得报，心情实在太激动，以至于没有听到门外的声音。当小宜知道，王校长的死是我做的后，她只说了三个字:做得好。"

杜宇沉默不语，和姜宜相识的一幕幕，如电影胶片般在脑海里闪回，书屋初见的惊艳一瞥，初次拥吻的欲拒还迎，机场离别的真情流露，以及发生于短短三四个小时前，那旖旎、刻骨铭心的第一次灵肉交融。他无法想象，在这无数个瞬间，姜宜的心理究竟是怎样的。

或许是心有灵犀，他的手机屏幕忽然亮了，姜宜发来了一条消息：

对不起，之前骗了你……现在，我应该不欠你了。

杜宇茫然无语。

第二十四章 第三、第四个故事

　　姜诚注意到了杜宇的手机屏幕，轻轻叹息了一声，并没有说什么，只是用更平静、更轻柔的语气，继续此前的话题。他十分清楚，在杜宇心中，还有两个迫切想要解开的谜团，那便是阿莹、陶小华的自杀。有了此前的铺垫，姜诚只用了十分钟便讲完了后两个故事。

　　"陶小华在网上追求女神，外加找小学妹借钱，这两件事跟我无关。但从接触网赌开始，每一步都是我的策划，他的自控力很薄弱，从教唆他赌博到引诱他贷款，这小子几乎是一步步主动往里跳，没有起丝毫疑心。这个计划最大的难点是，陶小华胆子太小，就算被逼到绝路，多半也不敢自杀。"姜诚的语气毫无波动，仿佛在说一件跟自己完全无关的事情，"幸好，在陶小华长大的南湾镇，曾经出过一个'传奇人物'，这人年轻时贪杯，丢了一笔巨额公款，走投无路之际，从运河大桥跳了下去，活不见人，死不见尸。等到十多年后，才以大老板的身份衣锦还乡，这件事在云城相当轰动，陶小华100%听说过。后来，我在游戏里跟陶小华聊上了，我伪装成一个同病相怜的赌友，跟他说我也欠了几十万贷款，准备演一出跳河自杀的戏来躲债，我相信，以上两点相加，他至少有五成可能会学那个传奇人物，从运河大桥上跳下去！"姜诚冷漠地说，"但他忽略了一点，运河大桥去年重建了：新桥的高度从原来的11米，加高到了19米。对没有经过专业训练的人来说，从这个高度落水，死亡率超过80%！"

"那阿莹呢？阿莹的自杀，也是你设计的？"

"当然，引导阿莹自杀的法子更简单，她的家庭条件不太好，父母感情不和，而且她之前还帮她妈妈的出轨打过掩护！"姜诚顿了顿，说，"阿莹本来就有点抑郁，一点小事都会自怨自艾很久。正因如此，我只简单地介入了一点她的生活：她就想自杀了。"

"介入？"

"例如偷拍一张她妈妈跟情人见面的照片，发给了她的爸爸；以及用一些不太能见光的手段，挑拨她的男朋友跟她分手；嗯，我还入侵了她的电脑，删掉了她第二天要交给老板的会议PPT，然后，又控制她手机上的音乐软件，不定期给她推送一些抑郁、阴暗的歌曲。"姜诚说，"这些小伎俩放在别人身上或许未必能见效，但对于一个原本就有抑郁症的小丫头来说，就很有杀伤力了。后来，为了引导懦弱的她下决心自杀，我注册了一个QQ号，以'自杀导师'的身份去引导她，这也是为什么你会在她手臂上，看到那个白鸽图案。"

"但最后还是出了偏差，或许阿莹的自杀愿望并没有你想象的那么强烈，又或许她的胆子比你预想的小一点。总之，她喝的是假农药，最后没有死。不过，尽管计划失败，但并没有人怀疑到你，你还有第二次、第三次机会。"杜宇想起阿莹瘦弱的身影，他认真地说，"姜伯，阿莹其实挺可怜的，你收手吧!"

姜诚摇了摇头，这样的反应让杜宇心中一沉，正准备出言相劝，姜诚却说："不，你错了，阿莹没有死，并不是计划失败，而是我在最后一刻，放弃了计划，救回了她。"

"什么?!"

"很简单，王鸿儒一手遮天，颠倒黑白，在警方面前做伪证帮'大姐'开脱，陶小华口无遮拦，甚至在姜婉死后，还诋毁她的名誉，这两个人死有余辜。唯独阿莹，她害死我女儿，从某种程度上，是被迫的，虽然她也有罪，但是不是真的该死，我一直很难说服自己。之后，我以'自杀导师'的身份跟阿莹沟通时，阿莹对我的态度，一直很尊敬，而且跟我说了许多心里话。就在计划进行到最后关头时，她忽然对我说，自己这辈子做错过一件事，害死了一个好朋友，她还问我，人死了之后，究竟有没有另一个世界，因为她不知道，到那个世界，该如何去面对那个人。"

杜宇悚然动容，阿莹说的"那个人"，一定就是姜婉。

"我了解过阿莹，知道她性格很懦弱，正因为懦弱，才会答应'大姐'陷害姜婉。就在她向我吐露悔意的那一刻，我动摇了，我觉得应该原谅她，但那时候阿莹已经心生死意，网购的百草枯都发货了，所以，我得把她救回来。

"我做了一件事，用远程软件控制了阿莹的手机，然后在她看视频时'推送'了一条消息，那是一个知乎话题，主题是'百草枯中毒有多可怕'，阿莹一看到这条推送，毫不犹豫地打开了，在那个话题下，很多医生详细地描述了百草枯中毒后，那种生不如死的漫长煎熬，阿莹看完之后害怕了，她问我能不能换一种死法。这时候我就改变态度了，我对她说，你的求死之心还不够坚决，或许你并非真的想死，只是觉得这世上没人关心自己，希望通过自杀来吸引别人的注意，让父亲原谅你，回来看你一眼。这句话一下子戳中了阿莹的内心，她哭着问我该怎么办，我就给她出了个'假自杀'的主意，我觉得，经过洗胃、抢救这一番折腾，她以后也不会真的寻死了。"

杜宇静静地听完了姜诚的描述，他感觉，在自己身前，这个看上去仿佛一阵风就能吹倒的垂垂老者，好似一座山岳般厚重压迫，又如一柄利剑般锋芒毕露。精妙的构思、卓越的布局、狠辣的手段，以及适时出现的恻隐与慈悲，他从未想过，这世上有这样可怕的人，如今他知道了。

"我之前对你说过一句话。"姜诚再次开口，"所有的自杀，都是谋杀。"

杜宇点了点头。

"这句话的意思是，大多数自杀者选择轻生，都是因为遭遇了他人的欺侮、孤立或不公待遇。这句话也给我带来了启发：想谋杀一个人，最好的法子就是让他自杀。"

"所有的自杀，都是谋杀……"杜宇轻轻地将这话重复了一遍，他说，"我可以问几个问题吗？"

"可以。"

"你的下一个目标，是那个'大姐'？"

"是的。"姜诚言简意赅，"但我不会告诉你具体计划，这是为你好。"

"还有别的目标吗？"

"有。"

"谁？"

"小婉当年的班主任，周怡文。"

"他也该死？"

"该死。他不仅做了伪证，而且高中三年，赵恬恬常常欺负小婉，他总是睁一只眼，闭一只眼。"

"还有谁？"

"没有了，做完这两件事，我就收手。当然，你现在就可以去报警，结束这一切，我绝不会伤害你，也不会阻拦你，我只希望，你不要把小宜牵扯进去。"

杜宇沉默了，他暂时跳过了这个艰难的抉择，继续问道："阿明认识菲菲，也是你安排的？"

"是。"

"为了暂时吸引他的注意力，不让他继续查这件事？"

"这只是原因之一，还有一个原因是，我的三次谋杀计划，虽然都尽可能地不留痕迹，但有一点是怎么都无法避开的，那就是这三个人都是一中的师生。而你跟阿明，又已经对王鸿儒的死亡产生了怀疑，如果阿明在云城，以他的消息灵通程度，一定会第一时间知道陶小华自杀的事，很可能还会拉上你一起去现场采访，到那时，你们很可能会追查这三件事之间的关联。这会对我的下一步计划产生影响，所以，我只有用这个法子，让他离开云城，只是没想到，后来你还是从夏晚晴那里，听说了这件事。"

说到"夏晚晴"三个字，姜诚露出一丝苦涩的笑容，他说："之前玩杀人游戏的时候，我见过夏晚晴两次，这姑娘看上去大大咧咧，其实胆子很小，性子很柔弱，每次玩桌游到关键时刻，她都会紧张得头顶冒汗。正因如此，当你委托她去查陶小华跟阿莹之间的关系后，我给她发了那几条威胁短信，果然，她在接到短信后，退缩了，撒了个谎敷衍了你。但我算错了一点，就是那丫头实在太喜欢、依赖你了。以至于在最害怕的时候，忍不住打了个电话给你。这一来适得其反，等于让你彻底确定，阿莹跟陶小华的死存在问题，为了补救这一点，我不得不一条路走到黑，继续威胁你。但我没有想到，小宜在知道这件事后，自作主张地买了一条宠物白环蛇，然后导演了上午的那一幕……"

"这是小宜的主意？"

"是的，她跟我说，她很爱你。她这些天最害怕的事情，就是你发现，你女朋友的爸爸，其实是一个杀人犯，是那个你一直在追查的'凶手'。小宜说，她每天晚上都会做噩梦，梦到这一幕真实发生。所以，为了让你彻底放弃追查这事，她决定演一出戏来骗你。小宜过去养过爬行动物，那条白环蛇是她找一个朋友买的，你一进小区，小宜就把蛇放在了院子中间，然后自己躲到墙角。"姜诚嘴角牵动，露出一丝笑意，"只可惜，这丫头实在太笨了，其实，要达到这个目的，让蛇在自己脚踝上咬两个口子就可以了，非要搞这么一出！"

杜宇哭笑不得，用这种方法来"吓唬"自己，也确实符合姜宜一贯的鬼灵精怪的作风，他问："她怎么能确定，那条蛇会配合表演？蛇应该很怕人，放到地上，不是应该很快游走吗？"

"蛇是冷血动物，体温低于12℃，动作就会变得相当迟缓，体温低于8℃，则会进入冬眠，小宜为了演这场戏，特地把这条蛇放在冰箱的保温室冻了两个小时，基本上处于半死不活的状态。按照她的计划，只要时间拿捏得准，你赶到的时候，正好看见她缩在墙角，院子的草地上趴着一条蛇，然而别墅门锁着，你只能在外面心急如焚，她在墙角瑟瑟发抖，等两三分钟，蛇的体温恢复了，自然会游走。但她没想到的是，你在小区门口被保安拦住了，耽搁了三四分钟，以至于在你到之前，蛇就恢复了活力，而且并没有游走，而是表现出攻击的姿态，不过这也挺好，恰好是她想要的效果，但她万万没想到的是，你居然那么勇敢，直接翻墙跳进了院子！"

姜诚叹息了一声，深邃的目光从杜宇脸上缓缓移开，移到对面空无一物的墙壁上，他的语调忽然变得很空灵，仿佛从某个遥远的地方传来一样。

"我不知道你有没有听到姜宜的那句对不起，但那个时候，我就知道，她弄巧成拙了，这样刻意的安排只会提前让你发现我的问题。我很愤怒，但又不能在家里对她发火，于是就把她喊了出去，等回家的时候，我看到你站在姜婉的房间里，手里拿着那两张被我取下来的照片，我就知道，隐瞒已经没有任何意义了。"姜诚默默地凝视杜宇，说，"你什么时候开始怀疑我的？"

"我看到了小宜房间里挂着的那张抱着猫的照片，那张照片我没在她的微信、微博上看过。"

"果然是我疏忽了，那张照片她前年发过朋友圈，但现在应该不可见了……"姜诚叹息了一声，缓缓摇头，他说，"这不重要了，现在我已经对你说出了一切，你可以去报警，可以做任何你想做的事情，我只希望你，保护好小宜。"

杜宇沉默了。

事实上，就在一天前，他还对"凶手X"恨之入骨，又畏之莫深，原因无他，这个人实在太残酷，也太可怕了。几乎拥有轻描淡写地剥夺任何人的生命，又逃脱法律制裁的能力与决心。然而，当他听完姜诚的"故事"后，他变得犹豫起来。报警吗？这无疑是个艰难的抉择。没错，姜诚所做的一切无疑触犯了法律的底线，但如果换个角度，从道德、人性来看，这场血亲复仇却是占据了正义的制高点的。杜宇想了很多，包括王鸿儒临死前绝望的眼神、阿莹躺在病床上的苍白脸色、自己与姜宜的点点滴滴、每次玩杀人游戏时姜诚表现的睿智与冷静，当回忆的车轮行驶到五个小时前，沙发上那抹刺眼的落红时，杜宇艰难地开口道："我会去打听三年前姜婉的事情，如果你说的都是真的，我会保守这个秘密……"

"谢谢。"

"但我有一个条件。"

"什么？"

杜宇昂起头，勇敢地与姜诚对视："你的复仇，必须停下！"

姜诚愣住了，下一秒，原本柔和的眼神变得无比冰冷："不可能。"

"为什么？！"

"因为最该死的两个人，还没有死。"

"两个人？"

"是的，小婉的那位舍友，还有她们的班主任……那一晚大部分的伪证、供词，都是她的班主任一手制造的。"

"我已经答应了你保守秘密，你也应该答应我的。"杜宇勇敢地向前跨了一步，大声说，"尤其是小婉的那个室友，没错，她可恶！她该死！但她犯错的时候，也只是一个还没成年的高中生啊！"

姜诚怔怔地看着杜宇，嘴唇嗫嚅，花白的头颅微微晃动，也不知是点头还是摇头，良久，他说："我们各退一步。"

"什么？"

"我不会终止计划，但会留下那女孩的命。而小婉的班主任，那个教师队伍里的渣滓，如果你知道他做过的一些事，也一定会觉得他死有余辜……对了，我虽然会留那个女孩一条命，但她毕竟是逼死我女儿的凶手，我还是要惩罚她！"

惩罚？杜宇愣住了，在他开口前，姜诚已打断了他。

"你不用再问了，我不会再回答你，也不会再退步，你可以现在就走出去，去揭发我的秘密，去终止这一切。"

姜诚剧烈咳嗽了两声，弯下腰，瘦削的身躯往旁边让开了一些。大门就在眼前，杜宇却无法迈步，楼梯上传来轻微的啪嗒声，是姜宜的拖鞋在地板上来回行走的声音，那道温暖、柔弱的身影再度浮现在脑海中，杜宇艰难地点头，说："可以。"

"谢谢。"

下 部

最后的真相

第二十五章　人在花下死

8月12日，深夜。

"啊……怡文……不要……"

蒋小帅站在一团漆黑的教学楼内，听着不远处教师办公室内传出的少儿不宜的声浪，忍不住舔了一下干燥的嘴唇。声浪的分贝越来越大，婉转缭绕，牵动他的心脏不争气地狂跳起来。他的左手死死捏着尚未打开的手电，右手从裤兜里掏出手机，颤抖着按下"摄像"的红色按钮。

蒋小帅是云城第一中学的一名保安，五分钟前，他就听出了办公室里这对男女的身份：道貌岸然的年级主任周怡文，以及年轻漂亮的健美操老师程丽丽。蒋小帅并不是个爱管闲事的人，做保安这几年，他曾遇到过六七次类似的校园桃色事件，主角包括学生、老师甚至某位已故校长。但这一回，他并没有像往常一样眼不见为净，而是毅然决然摸到办公室门口，其中的原因有二：次要原因是他一向看周怡文不太顺眼，这个道貌岸然的语文老师兼年级主任一向狗眼看人低，对他这个小保安总是呼来喝去，有一次办公室钥匙没带，就直接打电话，勒令蒋小帅跑四五百米去开门；至于主要原因，则和钱有关——蒋小帅的月薪是3200元，而"那个人"开出的价码，3万元。

一周前，正在值班室打瞌睡的蒋小帅收到了一条匿名信息。

> 高二年级主任周怡文，跟体育老师程丽丽有奸情。两个人隔三岔五在学校办公室乱搞，你帮我捉一回奸，拍一段录像，我给你两万。

蒋小帅犹豫了一会儿，最后发了一连串问号回去，表示不置可否。

对方很快再次发来消息：

> 你现在去初三（4）班门口，那个蓝色垃圾桶里有一个信封，里面装了3000块钱，算这活儿的定金。

蒋小帅愣住了，他思索了一会儿，低头走了出去。五分钟后，他从牛皮纸信封里，抽出那沓簇新的人民币，双手不由自主地颤抖起来，蒋小帅紧张地思索了几秒，回复道：

> 3万。
>
> 可以，但要附加一个条件。
>
> 什么条件？
>
> 你去抓他们的时候，不要着急，等关键时刻再踹门进去，开灯，开手机录像！把他们的丑样拍下来。
>
> 什么意思？！
>
> 第一，留证据；第二，把那狗日的吓一吓，好玩。

你真变态，你自己怎么不来?!

不要你关心，就问你做不做?

这么搞的话，我肯定丢饭碗，你的价格低了，5万。

就3万，爱做不做。

蒋小帅思索了一会儿。

万一我守了几天，还是抓不到，你得再给我辛苦费。

不用你去盯梢，他们什么时候在学校偷情，我有办法知道，你现在用手机翻墙，下载一个Skype软件，到时候我发信息告诉你，你照我说的做就可以。

那可以。

好的，你现在去下载注册，然后把ID告诉我。

重赏之下必有勇夫，在3万元的刺激下，蒋小帅这几天二十四小时开着手机，生怕错过对方的消息，与此同时，他还在对方的提点下，给"捉奸"找到了一条合理理由：就说巡夜时听见教学楼有动静，以为进了小偷，于是勇敢地踹门擒贼。这样一来，就算学校最后开除自己，于情于理，也得支付一笔赔偿费。为了克服心中的负罪感，蒋小帅不断在大脑里回放这些年来，关于周怡文、程丽丽的负面传闻：例如周怡文这三年来，让家长"寄存"在传达室的那上百件礼物，以及他对送礼、不送礼的家长冰火两重天的态度，蒋小帅清楚地记得，就在去年腊月，一位头缠白毛巾、棉衣上打满补丁的打工老汉从

241

县城赶到学校，来给上高二的儿子送被子，由于学校规定，需要班主任到门口来接才能放行，周怡文到传达室后，看到家长的衣着打扮，嫌恶地皱了皱眉，当场拒绝了家长将被子送到宿舍，顺道见一见儿子的请求。

"保安小王，你一会儿把这被子送到男生宿舍219！这位家长，你先回去吧，宿舍有规定，要衣衫整洁才能进门！"

可怜这位老父亲，在寒风里走了两小时，坐了四个小时公交车，最后因为周怡文的势利眼，都没能跟儿子见一面。如果这位家长是哪个处长、局长，只怕他立马就跪舔了！

嗯，这厮就是教师队伍里的败类，老子整一整他，也算道德卫士了。

至于程丽丽，倒好像没太多负面新闻，不过这女人能跟周怡文搞到一块，想必也不是好人，吃点苦头也活该！

至于那个神秘的发信人，到底是这对狗男女的哪一方家属，还是和周主任竞争副校长职务的某位老师，蒋小帅并不十分关心。

十分钟前，望眼欲穿的蒋小帅终于收到了一条消息：

目标已碰面，地点在逸夫楼，多半是周怡文的语文组办公室，你现在就去，对了，你肯定知道学校里的监控位置，不要在监控下表现出任何异常。还有，到门口后，千万不要着急进去，关键时刻再踹门。

蒋小帅抓起手电，保安室都顾不上锁，一路小跑往逸夫楼跑去，此时正值暑假，又是深夜11点，整个校园空无一人，只有响亮的蝉鸣声不绝于耳。蒋小帅顺利摸到逸夫楼下，蹑手蹑脚地上楼，刚到三楼楼口，一阵隐约的喘息声便从六七米外的语文组办公室里飘了出来。

蒋小帅心头大喜，悄悄地走到办公室门口，将耳朵贴在门上细听，果然，在一门之隔的办公室内，周怡文跟程丽丽正在做某种不可描述之事。听两人的声调、对话，应该离"关键时刻"还有一段时间。

蒋小帅给"那个人"发了条信息：

> 我到门口了，他们确实在里面。
> 嗯，不急，依计行事。
> 明白。

蒋小帅打开手机摄像头，嘀，轻微的录像提示声把他吓了一跳，下意识地将手机揣进怀里，生怕惊动门内的一对男女，然而他多虑了，正处于亢奋状态的二人完全没有注意到门外的细微响动，办公室里，那张老旧沙发发出的"嘎吱"声也越来越响，越来越快……

"砰！"蒋小帅一脚踢开木门，啪，打开电灯，"抓贼啊！！"刺耳的男高音穿透办公室的墙壁，在空寂的校园里反复回荡。

房间里，一对赤身裸体的男女瞬间石化，0.1秒后，率先反应过来的程丽丽发出一声惨烈的尖叫，"啊！"一手掩面，另一只手抓起桌上的衣服，撒开两条白晃晃的腿往门口跑去，然而刚跑到一半，她愣住了，不只是她，此前站在门口，竭力装出义正词严模样的蒋小帅也愣住了，因为他们看见，站在桌边的周怡文并没有做出此时"正常"的反应——而是双目发直，丑陋的裸体伴着一阵剧烈的颤动，直挺挺地倒了下去。

咚，这是周怡文的额头磕在坚硬的水泥地面上发出的闷响。

"啊！"程丽丽俏脸上浮出一丝挣扎之色，她手忙脚乱地套好衣服，跑到窗前，往楼下看了一眼，三四十米开外，另一名保安打着手电，从学校后门的方向飞奔过来，她用仇视的目光瞪了近在咫尺的蒋小帅一眼，又用无比复杂的目光，看了跌倒在地、生死未卜的情人一眼，一咬牙，头也不回地奔了出去。

蒋小帅一下子慌了神，连滚带爬地跑到周怡文身前，拼命摇晃他的肩膀，可周怡文双目紧闭，呼吸微弱，丝毫没有好转的迹象。蒋小帅手足无措，他拼命掐周怡文的人中，甚至甩他的耳光，直到另一名保安冲进屋内，大声喝问道："怎么了？"

这名保安看了一眼赤身裸体的周怡文，联想到几秒钟前衣衫不整、狂奔下楼的程丽丽，心里猜了个七七八八，"到底怎么了？"

"我刚才巡逻的时候，听到楼上有响动，以为是小偷，来不及多想，就踹门进来了。"蒋小帅说，"我现在去教工宿舍，看看徐校医在不在，你打110，不，不，打120。"

不等对方回应，蒋小帅已扭头跑出大楼，当走到监控盲区时，他拿出手机，给对方发了一条语音消息：

> 我×，都是你，把人吓出问题了！怎么办！
>
> 出问题了？男的还是女的？
>
> 男的，晕了，不知道是死是活，女的跑了，我现在去找医生，都是你，傻×！
>
> 狗男女，活该。
>
> 要是真出事了，你也脱不了干系！
>
> 你千万别慌，只要你一口咬定，是巡逻时听到有

动静，以为是小偷，谁能把你怎么样？其他的，照我之前教你的说就行，但有一点要注意，你想一想，刚才经过了哪几块监控区域，说的谎千万别跟监控对不上。还有，立刻把这个聊天软件删除，等事情过去了，我自然会联系你！

钱呢，什么时候给钱？

这样吧，如果那老头子没事，我明天就把钱给你，但万一那狗东西出事了，警方很可能会注意你，包括查你的转账、消费记录，甚至派人盯梢你。不过你放心，最晚一个月，我把钱给你。

被你害死了！我删软件了，你要是敢骗我，我一定不会放过你！

放心，不骗你！还有，你怕个锤子！你懂不懂法律？只要你一口咬定，踹门是进去抓贼的，就算人死了也是学校赔钱！你狗屁责任都没有！！听懂了没！

知道了！

蒋小帅抖抖索索地按下"删除"键，然后一路狂奔到宿舍区。五分钟后，他带着一身睡衣的校医跑回语文组办公室，校医跪在周怡文身边，摸了摸脉搏，又扒开眼皮看了看，脸色极其难看。

"打电话给校长，120，110！"

"怎么了？"

"人没了。"

蒋小帅脑中发出嗡的一声，差点跌倒在地。

《询问笔录》

询问时间：8月13日，01点35分

询问地点：桂园派出所2号问讯室

询问人姓名：蒋小帅

年龄：二十六

文化程度：初中

问：我是新城派出所民警周安民（出示警察证），现在依法对你询问相关案情，请你务必如实回答，听清楚了吗？

答：听清楚了。

问：你是蒋小帅，是云城一中的保安，是吗？

答：是。

问：12日晚11点40分，你同事打110报警，说你在学校巡逻时撞到两个老师在办公室偷情，随后破门而入，男人因为惊吓过度，导致心脏病突发死亡，是这样吗？

答：是……不对，我破门的时候，并不知道是这个情况，还以为进了小偷。

问：当时什么情况？你详细说一遍。

答：是这样的，晚上11点，我巡逻时听到逸夫楼上有声响，以为是小偷，就一层一层地检查，上到三楼的时候，我听见，动静是从语文组办公室传出来的。语文组办公室里有六台电脑，有一台还是苹果的，值两万多，去年暑假，学校丢了四台电脑，我们所有保安的年终奖都被扣了，所以心一横，就踹门冲了进去。

246

问：为什么不先通知其他人？

答：现在放暑假，学校一共就两个保安值班，我在大门，负责教学区，另一个保安小刘在北门，负责宿舍区，我跟小刘关系一般，也没存他的手机号码，当时也没带对讲机，还有……（欲言又止）

问：还有什么？

答：去年云大附中有个保安抓小偷，上了电视新闻，年底就被调到派出所当民警了，一个月拿七八千，我想，这个立功机会不能错过。

问：你这么莽撞，不怕被歹徒伤害吗？

答：也有点怕，但我从小练体育，身上也带了根高压电棍，正常的小偷打不过我。

问：你进门前，没听清楚里面的动静吗？

答：我当时特别紧张，没敢凑到门口细听，眼一闭，心一横，就踹门进去了。

问：你进去之后，看见了什么？

答：我进门之后，看见高二年级主任周怡文，跟健美操老师程丽丽，正在沙发上做那事……

（省略细节800字）

问：现在是暑假，这两个人是什么时候到学校的？他们进校门时，你注意到了吗？

答：我们的老师都是聘用制，新上任的周校长特别爱折腾，暑假也不定期过来办公，有不少老师为了在领导面前表现，也会过来加班备课。他们什么时候到校，我也没注意到。

问：在这之前，你是否知道周怡文跟程丽丽的不正当关系？

答：听说过一些风言风语。（省略200字）

问：之前有没有家属让你帮忙捉奸？

答：真没有，就是巡逻不小心撞见的。

问：好的，你还有什么要补充的？

答：没有。

问：你核对一下笔录，是否完全属实？

答：完全属实。

　　市公安局办公室，周锐认真看完了这份不足四页的《询问笔录》，摇了摇头，将它与另外五份笔录装进一个写有"0812周怡文猝死事件"的档案袋里，另外五份笔录的谈话对象分别是女当事人程丽丽、后门保安小刘、校医徐成虎以及男女当事人配偶。在档案袋里，还有一份厚达二十六页的法医鉴定报告，证明当事人周怡文死因是强烈外部刺激导致心脏骤停死亡，死者曾有心脏病史，无外伤、中毒迹象，说通俗点就是偷情时，被破门而入的蒋小帅给吓死了。

　　从已掌握的证据来看，蒋小帅的陈述没有太大疑点，他跟当事双方不曾有任何仇怨过节，也未与男女双方家属有过电话或短信联系，近日内无可疑的银行或网上转账。唯一看似不合常理的，"为什么直接破门而入"这一问题，也有一个说得过去的解释。综上所述，刑警队的徐队长，在事发后的第二天，便做出终止调查、按意外死亡处理的撤案决定。

　　当然，针对这起轰动全市的桃色新闻来说，这样的调查结果，无疑也是最符合"平安云城、和谐稳定"的口号精神的，是一个讲政治、顾大局的结果。

但周锐对这个结果依然不太满意，这倒不只是因为他对徐队长低劣的业务能力心知肚明，更重要的是，他清楚地记得，三个月前，马拉松意外身亡事件的主角，好像是这所中学的校长。

　　还有，一个月前，他特意留意、追查的"花季少女服毒自杀未遂"一案，自杀的姑娘周莹，也是云城第一中学的毕业生。

　　事不过三，周锐不得不怀疑，这三件事，中间是否存在某种关联。

　　只可惜，面对这份早已盖章通过的调查报告，他并没有当面提出质疑——这不明摆着不信任下属工作，同时跟上级领导对着干吗？

　　但周锐并不甘心，当晚到家后，他把阿明叫到房间，郑重其事地说："那个中学老师被捉奸在床，当场死亡的事，你听说了吗？"

　　"听说了，可劲爆了。"

　　"你去采访了没？"

　　"没有，那天我睡得比较早，等听说这事，已经是第二天早上了。派出所的兄弟跟我说，他们接到通知，一律不得接受媒体采访，后来我发现，那些第一时间去现场的媒体，最后也都没报道这事，肯定是被打招呼了。"阿明嘿嘿一笑，"听说文明城市的检查团下个礼拜就要来我们云城，这事能报出来才怪了。"

　　"嗯，那你帮我个忙，去查一查这事。"

　　"我？查这件事？"阿明愣神了片刻，旋即大叫出来，"你怀疑，这是谋杀？！"

"你别激动，只是感觉而已。这件事里面，至少有三个不合常理的地方。第一，当事男女都是中学老师，经济条件不错，为什么不能开个宾馆，偏偏要跑到学校办公室做这种事，难道就为了刺激吗？第二，现在是暑假，学校里没几个人，大多数学校保安，恨不得天天偷懒磨洋工才好，有几个半夜还主动巡逻的？第三，这个小保安也二十六七了，他就听不出办公室里的声音究竟是什么吗？居然直接踹门进去了，哪有这样做事的！"

"这个，笔录都没问吗？"

"问了，被询问人也解释了，但我总觉得理由有些牵强。"周锐说，"这两天，你去查一查那个保安。"

"好的。"

阿明点了点头，迟疑了片刻，一咬牙，说："爸，其实我发现，之前王鸿儒跑马拉松猝死那事，也有问题。"

"什么？！"

周锐腾的一下从沙发上站了起来，脸色铁青，阿明被父亲的反应吓了一跳："怎么了？"

"没怎么，你说！"

阿明点点头，他粗略地回忆了一下，随后打开电脑，将杜宇拍摄的现场录像播放了一遍，同时把其中的几处疑点说了出来。看完录像后，周锐的脸色更阴沉了，粗黑的剑眉几乎拧到一块，嘴唇嗫嚅了几下，似乎想说什么，但终究没有开口。

第二十六章　追踪

在接触蒋小帅之前，阿明紧张到失眠。毕竟，如果周锐的怀疑属实，蒋小帅至少是个间接杀人的凶手。对这种人来说，一旦发现有人盯梢自己，说不准会抱着杀一个够本、杀两个稳赚的心态，直接将自己灭口。阿明刚从失恋的阴影中走出不久，可不愿在这大好年华断送了宝贵性命。

然而，等真正近距离接触蒋小帅后，这些压力几乎一下子便无影无踪了，不仅如此，甚至还生出一种失望乃至哭笑不得的感觉。趁蒋小帅上厕所的工夫，阿明溜进保安室，在柜子后面偷装了个针孔摄像头——这是他之前暗访用的"高档货"，能录音录像，和手机配对连接，电量足以支持二十四个小时。之后，阿明就在校门对面的商业大楼7楼，一家二十四小时咖啡馆订了个靠窗的包厢——这是他找到的最佳"观察"地点，从光洁透亮的落地窗，刚好可以俯瞰整个校园。

阿明将手机匹配上摄像头，又从背包里拿出副军用望远镜，开始"偷窥"蒋小帅的生活。

这一天，蒋小帅有六成时间都躺在保安室沙发上玩游戏，而且全情投入，赢则得意忘形，输就狂喷脏话，从整体胜率、脏话内容看，明显属于水平最菜、素质最低的那一小撮玩家。由于多次强退游戏，蒋小帅在上午11点被系统禁赛，之后骂骂咧咧地走出保安室，在校园里装模作样巡逻了一圈，中途拦下两名返校的女生，喝令她们不要在校园内骑车，谁知这两个妹子并不好欺负，非但没有下车，反倒用伶牙俐齿与蒋小帅争辩，从双方的肢体动作、表情变化看，蒋小帅多半吃了亏，脸色通红，活像一只斗败的公鸡。

巡视了半个钟头后，蒋小帅走回保安室，打了个电话。三四分钟后，另一名保安小刘走了进来，身边还带了两个朋友，4个人在保安室打了两圈牌，蒋小帅手风不顺，前后输了一百多块。从几人的对话里，阿明还注意到一个细节，那就是打牌算钱时，一百以内的加减法，蒋小帅居然算错了两次，而且还都是给对方多算了，明显属于智商捉急而非故意赖账。

等等，笔录里不是说，蒋小帅不是跟保安小刘"不熟"吗？但是看他们玩牌的势头，明显是"一起嗨皮"的狐朋狗友啊！

下午2点，牌终人散，蒋小帅继续躺回床上玩游戏。这一次他连续玩了三个半钟头，直到5点40分才被一个电话打断。

嘀、嘀，蒋小帅的手机响了，激战正酣的游戏也被打断，蒋小帅愤愤地骂了句脏话，随后接通了电话。

"好！你到哪儿了？我马上来！"接完电话后，蒋小帅一骨碌爬了起来，快步走出保安室。

"有情况了？"阿明瞬间兴奋起来，先前的困乏与疲倦一扫而空，他抓起望远镜，对准马路对面的保安室，只见蒋小帅一路小跑出校门，在一辆电动三轮车旁停了下来。

下一秒，阿明大失所望，"顺丰速运"，这是一辆快递送货车。只见蒋小帅跟快递员寒暄了几句，接过一个A4纸大小，四四方方的包裹，走回了保安室——接着，蒋小帅找出一把美工刀，三下五除二地打开了包装，里面居然是一部刚上市不久的苹果手机。

"原来这小子买了个手机。"监控画面里，蒋小帅一脸兴奋地将SIM卡从旧手机上拆了下来，装进新手机，激活，设置，下载软件。"从他换SIM卡的操作看，这手机显然不是用来秘密联系的。"阿明打了个哈欠，正想点一杯咖啡提神，忽然，一种强烈的违和感如电光火石般闪现在脑海里。

不对！

没错，一个手游爱好者买一部新手机，确实是司空见惯的事——仅对阿明的朋友圈而言。

如果没记错的话，这款新手机的官方售价是8999，而蒋小帅的月薪是3000，这意味着他要买这款手机，得三个月不吃不喝才对。

没错，确实有一些低收入人群，省吃俭用也要买部高档手机充门面，然而从蒋小帅这一天的伙食标准、打牌输赢来看，明显属于一文不名的月光族。阿明了解过蒋小帅的家庭背景，父母都是农民，绝不可能给他经济援助。

"难不成这手机是899块的盗版货？"可惜，摄像头的清晰度让阿明实在无法从监控画面里辨别出这款手机的真伪。换上新手机后，阿明玩游戏的热情更高了，继续保持"不动明王"的姿态厮杀了四个多小时。直到将近10点才再次离开床铺，只见他活动了两下筋骨，脱掉身上的保安制服，换上一件贴身背心，在背心胸口还有两个指甲盖大小的破洞，接着，蒋小帅抄起地上的热水瓶，从床底抽出脚盆，开始往盆里倒洗脚水……

"这么早就换衣服上床了？"阿明心头一动，要知道，照笔录里说，捉奸那天，蒋小帅可是在无人督促的情况下，深夜11点"主动"巡视了一圈校园。更衣洗漱后，蒋小帅关了灯，钻进被窝，开始看网络直播——尽管监控中看不见手机屏幕，但只听声音就能知道，是一个网红美女在搔首弄姿。蒋小帅看得全神贯注，时不时发出几声嘿嘿怪笑，深夜11点30分，两名加班的老师要出校门，蒋小帅纹丝未动，只是抬起头，隔着窗户扫了一眼，便按下了校门的遥控开关。如此敷衍的工作态度，跟笔录里"敬岗乐业"的形象判若两人。

阿明皱了皱眉头，经过一整天的观察，他已对蒋小帅有了一个初步判断：一个好逸恶劳、吊儿郎当的颓废青年。阿明并不认为，像蒋小帅这样的人，有能力策划一次不留痕迹的谋杀；但另一方面，他新买的苹果手机，以及无比怠慢的工作作风，又与笔录内容存在明显反差，属于瞎眼可见的疑点。凌晨1点，蒋小帅丢下手机，关灯，睡觉，漆黑一片的房间里响起均匀的鼾声。

到家后，阿明将一天的收获告诉了周锐，周锐听完眉头紧锁，沉思了一会儿，说："明天你再跟一天，如果时机合适，试着以新闻记者的身份，找这小子聊一聊……"

翌日，20点。

此时天色初黑，随着最后一批加班老师走出校门，偌大的校园里空空荡荡，蝉鸣声、鸟语声此起彼伏，而一墙之隔的马路上依旧人来人往——这是阿明特意选的时间点，一来两人的谈话不容易被外人干扰，同时也不会因太晚让对方有所戒备。咚咚，阿明敲响了保安室的木门。

"谁?"

阿明没有回答，而是毫不客气地推开了虚掩的木门，让他意外的是，蒋小帅已换下了制服，身上套着那件破了两个洞的背心——这意味着他今天的更衣时间比前一天还提早了两个小时。蒋小帅一见进门的是个陌生人，脸上露出惊讶的神情。

"你找谁?"

阿明嘻嘻一笑，从怀里掏出一包软中华，一甩手抛到对方床头："你好，我是'云城焦点'的记者，想采访下前几天那事。"

蒋小帅脸色一僵，甩出一句"对不起，不方便"。随即低下头，继续玩手机游戏，阿明也不见外，厚着脸皮，走到他身边旁观起来。

"真厉害，双杀!"

"兄弟，这时候出跳刀，杀人爽快。"

"别尿，上去干他，交技能! 闪现……大招，带走!"

"兄弟可以啊，杀了十一个人，超神啊。"

在蒋小帅面前，阿明的高情商发挥了完美的作用，吹捧恰到好处，提点一针见血，两局游戏过后，蒋小帅已放下戒备，主动跟阿明探讨起游戏技巧来，等到第三局，两个人来了场组队双排，刚进入游戏界面，阿明的等级就把蒋小帅吓了一跳。

"大哥你是王者啊!"

"客气啥，你其实也挺厉害的，等级上不来，应该是低分段坑太多，遇不到好的辅助。"

"那是……"

"抽烟不?"

"打完再抽。"

半小时后。

"你这天赋和符文有些不搭啊,我帮你看看。"

"嗯……"蒋小帅想都没想,就把手机递到阿明手上,手机沉甸甸的,屏幕与背面的触感相当完美,绝对是正品而非山寨。

"刚出的苹果手机啊?牛×。"

"嗯……"蒋小帅表情复杂,似乎有些得意,但似乎又有些慌张。

"看不出来,你居然是个富二代?"

"哦……"蒋小帅脸上的得意少了一些,慌张多了一些。

"怕啥,又不找你借钱。"

"大哥你看看,这装备符文该怎么换?"

"好。"

一小时后。

"哥,真不是我不说,校长当天就下了封口令,如果我对你讲了,你发网上去,那领导得扣我奖金!"蒋小帅吐出一口烟圈,年轻的面容在烟雾后有些模糊,"再说了,你不都知道得很详细了吗?就照传说中那么写,反正也七不离八的。"

"话不能这么说,我知道的,别人也知道,我这么写上去,主编那关肯定过不了。"阿明说,"你放心,我到时候在新闻里提一句,是由110警方透露的信息,这样就不会连累到你了。还有,我们发稿子都有信息费,500块……别客气,反正是公家的!"

"你客气啥,不用。"蒋小帅不太坚决地推开阿明拿人民币的右手,"哥,既然咱俩这么投缘,我就跟你说一下,但你千万别把我给卖了。"

蒋小帅用了大约十分钟，将那天在派出所里交代的话，又重复了一遍。阿明听完也不失望，毕竟这情况是他一早就预料到的。两人一边闲聊，一边玩游戏，磨磨蹭蹭到了11点，一局酣畅淋漓的大胜后，阿明忽然问："我们这么玩，不耽误你工作吧？"

　　"耽误啥？"

　　"你不巡逻吗？"

　　"巡逻？"或许之前的大胜麻痹了蒋小帅的神经，他下意识地说，"现在放暑假，学校里一个鸟人都没有，巡逻个屁啊！"

　　"你刚才不是说，每天晚上都要巡逻吗？"

　　蒋小帅呆住了，额头上的冷汗渗了出来，过了三五秒钟，才支支吾吾地说："巡逻……那是做给领导看的……前几天……校长老加班，我就在学校里晃两圈……这几天校长没来，我就偷懒了。"

　　"噢，那就好。我就问一下，不要因为我们玩游戏，耽误兄弟你工作。"阿明很快将话题岔了过去，并开始下一局游戏，这一局，蒋小帅明显有些魂不守舍，一连送了十几次人头。阿明心中有数，立马"策划"了两场一波三折的绝杀局，这才将蒋小帅从这状态中拉了出来。临别时，阿明再次把红包塞到蒋小帅手上，这一次，蒋小帅没有拒绝。

　　到家后，阿明将这两天的"监视"结果，事无巨细地汇报给周锐，并在最后加上了自己的判断："照我看，这小子相当可疑！"

第二十七章　浮出水面

8月20日。

这几天，周锐做了一件"呆事"：安排两名警察，把最近半年来，云城发生的74起意外死亡、自杀事件的死者身份信息筛查了一遍，结果发现，半个月前跳桥身亡的陶小华，居然也是云城一中的毕业生，而且和阿莹还是同一届校友。

以及更重要的：被捉奸猝死的周怡文，身份是阿莹当年的班主任。

短短三个月内，校长、年级主任意外身亡，一名学生自杀，一名自杀未遂。有句老话"事不过三"，如今接连出了三条半人命，明显就不是"巧合"能解释的了。

二十四小时后，掌握了足够多信息的周锐，从公安局档案馆里，翻出一个已尘封了三年的档案袋。

《0524，姜婉跳楼自杀案》

死者：姜婉，女，18岁，云城第一中学高三（6）班学生。

死因：5月24日，凌晨3点06分，死者从学校对面金鹰商场6楼跳下，全身多处骨折，3点55分，因失血性休克死亡。

……

最终结果：撤案，按自杀处理。

看到这份材料，周锐的第一反应是意外，三年前他正任云城公安局刑警队队长，却对这件事居然毫无印象，但下一秒，他想明白这是怎么回事了，那段时间，自己因阑尾手术住院了两个月，而这起案件，想必就是在他住院，徐队长临时代管的时间发生的。

周锐翻开材料，开始仔仔细细地翻阅内容。笔录里不难看出，死者家属对"官方通报"并不信任，坚称死者平时坚强乐观，绝不会轻易自杀。然而死者几名舍友，外加学校老师则意见一致，都认为死者是暗恋同校男生陶小华未果，外加成绩下降，心理压力过大，最终在半夜独自离开寝室，走出学校跳楼自杀。

对了，陶小华，不正是跳桥自杀的死者吗？

而周莹（阿莹）这个名字，也在笔录上，以姜婉舍友的身份，出现了三次。

至于周怡文，这个名字后面的备注，清楚地写着"班主任"三字。

"王鸿儒、周怡文、周莹、陶小华，他们的死，绝非意外或自杀，而是谋杀！是复仇！四名被害者，要么跟姜婉的死直接相关，要么在事后的调查过程中做了伪证！那个凶手，无疑是姜婉的某位亲人，从档案来看，最大的嫌疑对象无疑是她的父亲！姜诚！"

尽管从这份案卷里，找不出任何姜婉跳楼自杀一案的疑点或隐情，可是，如果没有隐情，姜婉的母亲，怎么可能辞去工作，连续两年东奔西走，想要"讨一个公道"？如果没有隐情，又是什么样的动力支撑这名凶手，策划、实施这一系列匪夷所思的谋杀？！

很快，周锐通过公安信息系统，把姜诚的身份资料全部调阅了出来。

理科学霸、玄学大师、身负至亲血仇、刚被确诊癌症，以上四点相加，无疑进一步坐实"姜诚就是凶手"的推论。

周锐强忍着内心的冲动，将档案袋塞回文件柜。从警三十年的经历见闻，将他从一个满腔热血的青年，磨炼为一个成熟冷静的中年人。尽管心中的正义感从未缺席，但周锐心知肚明，现在绝不是冲动的时候。毕竟这四起死亡事件，尤其是"马拉松意外猝死"一事，早就有了官方定性的公开说法，如果一下子全部推翻，他难以想象，有多少人会被处分、问责，甚至判刑。这些人包括他的下属、他的同事、他的上司——也包括他自己。

周锐掏出手机，翻出一个熟悉的号码。

"老沈，晚上出来喝两杯。"

两小时后。

"你说三年前那事？"听到周锐的问题后，老沈明显愣了一下，眼中放射出复杂的光芒，"你问那事干吗？"

"没什么。"

"不是早结案了吗？自杀！"老沈虽语气坚决，但右手下意识地在桌上搓了搓。

"老沈，咱俩同事二十年了，我得叫你一声师兄。你是什么人，我很清楚；我是什么人，你也很清楚。"周锐给老沈倒了一杯酒，"你跟我说实话。"

老沈是周锐的同事，一年前刚刚退休，退休前，老沈是刑警队里资历最老、年纪最大的大哥，为人诚实忠厚，当年姜婉自杀的案件，他也参与了调查，正因如此，周锐决定，以他作为突破口。

"唉……"老沈叹了口气，一抬手，将二两白酒倒入口中，辛辣的液体刺激得他龇牙咧嘴，蜡黄的面皮也泛出一丝红晕，老沈说："这案子确实是我跟的，官方说法，就是笔录上写的那些。我下面跟你说的，都是道听途说的消息，作不得数。"

"我知道，这事我没问过你，是找别人打听到的。"周锐心领神会。

"死者跳楼的第二天下午，派出所去学校做了笔录，具体流程档案上都有。当时我看了笔录，觉得也挺正常，几名舍友的说法也基本一致，都说死者因为失恋、成绩下降，导致情绪低落，上课常常恍惚走神，出事那天晚上，死者翻来覆去很久没睡着，然后到下半夜，有一位舍友迷迷糊糊中听到开门的声音，应该是姜婉离开了宿舍，再然后，就是早上的事了。"老沈叹了口气，说，"但在事后，我从一个跟这个案子的同事嘴里，听说了一件很奇怪的事。"

"什么事?!"

"不少学生都在传，这个自杀的姜婉，是个双性恋!"

周锐大惊失色："双性恋? 怎么回事?"

"你别急，听我慢慢说，当时学生里的传言很多，有说姜婉被男生拒绝后，性取向发生了改变，转而喜欢女生;也有人说，姜婉一向只喜欢女生，之前追陶小华，不过是掩人耳目的幌子。这些传言大多是流言蜚语，但有一件事，是姜婉的一名舍友，在高考结束那天，喝多了之后说出来的。她说，5月24号那天，姜婉上铺的一个姑娘阿莹，不小心把饮料洒床上了，然后姜婉就让她跟自己一块睡，没想到凌晨2点多，阿莹忽然大喊起来，说姜婉把她的裤子脱了，还动手轻薄她，之后几个舍友都火上浇油，说姜婉是百合，还说要把这件事告诉老师，姜婉被逼无奈，才离开宿舍。事后，她们听说姜婉死了，都特别害怕，就商量了一下，决定在笔录时说谎。"

周锐愣住了，这样的"真相"是他从未听说，也难以想象的。握着酒杯的右手剧烈颤抖，一条条青筋如小蛇般暴突出来，咚，他愤怒地将拳头砸在桌面上，说："这么重要的线索，怎么没写进笔录里？"

"因为姜婉的一位舍友，名字好像叫赵恬恬，是赵学文的女儿。"

"赵学文？赵副市长？"

"是的，然后就有人来打招呼了，说人都死了，谋杀也可以排除，希望我们尽快结案。"老沈又抿了一口白酒，"其实，就算他们不说，我也能猜到个大概，这个赵恬恬，平时在学校里就比较骄横，当天晚上，很可能就是她带头逼姜婉离开宿舍的，如果我们继续往下查，说不准再查出点别的什么来，那就不好收场了。"老沈抬起头，目光中的挣扎之色更甚，他说，"其实……"

"其实什么？"

"这个，我真的不敢说。"

"你说，我担着。"

"周局，你担不住……"

"你到底说不说?!"

"我怀疑,姜婉是被人害了!"

"我×!"周锐猛地一拍桌子,"明明是谋杀,你们按自杀结了?!"

"周局,别激动,不至于是谋杀,自杀事实是没问题的,这一点,楼顶有监控拍到女孩跳楼的过程。"老沈说,"我的意思是,那一晚,姜婉或许并没有脱阿莹的裤子,而是被舍友故意诬陷的,我事后走访过姜婉的几个同学,大多数人都说,姜婉挺正常的,平时也常常跟大家八卦一些关于明星、帅哥的话题,所以我想,那个晚上发生的一切,会不会是一个局,故意陷害姜婉的!"

"都是一个宿舍的,怎么会搞这些幺蛾子?!"周锐说,"她们舍友之间之前有矛盾?!"

"好像有一点,姜婉暗恋的那个男生,是这个赵恬恬的男朋友,不过两人没公开关系。"

"你给我说的这些,笔录里一个字都看不到……"周锐咬牙切齿地说,他的脸色铁青,端着酒杯的手不断颤抖,乓,周锐将酒杯重重地蹾在桌面上,小半杯酒从杯口倾洒出来,"这样也能结案?!"

"上面都发话了,能怎么办?再说了,校园欺凌导致自杀,当事人还是领导子女……所以,照这么结案,对大家都好。"老沈说,"说真的,学校给的赔偿条件也够意思了,200万,但死者父母不要……"

周锐长吸了一口气,他没有继续喝酒,而是端起茶壶,往空杯里倒了满满一杯热茶,仰头一饮而尽。老沈叹了口气,低声说:"周局,事情都过去三年了。"

第二十八章　见面

事实证明，即便在最后关头"悬崖勒马"，周锐依旧喝醉了。在酒精的催化下，他体内仿佛有什么被点燃了，"姜婉""姜诚""赵恬恬""赵学文""周怡文""阿莹"……一个个名字宛若一片片挥之不去的梦魇，在混沌的大脑中盘旋、回荡。他谢绝了老沈送自己回家的好意，转头在路边找了一辆共享单车，循着记忆里档案上的住址，慢慢骑到了姜诚家别墅门口。

当双手触上冰冷的别墅栏杆时，周锐打了个激灵，浑身的酒醒了大半，"我怎么跑这儿来了？"他触电般缩回手，显然，自己喝醉后，"抓住凶手"的执念战胜了理智，以至于直接跑到了姜诚门上。然而此刻自己一无证件，二无证据，就算对方大摇大摆地从面前走过，又能怎么样？

先抓人，再固定证据？万一找不到证据呢？从对方的手段和布局看，这并非不可能的事。

周锐晃了晃晕沉沉的脑袋，抬头看了一眼别墅，窗口一片漆黑，也不知是家中无人还是早已入睡，别墅大门紧锁，窗帘拉得严严实实，完全找不到任何有价值的线索。头顶处，亮着红光的摄像头打消了他爬墙潜入的念头，周锐叹了口气，转过身，往不远处的共享单车走去。谁知刚走出三五米，他就被一道迎面而来的白光刺痛了双眼，两秒钟后，一辆天蓝色的宝马轿车从身边驶过，停在了他身后不远的地方。

由于逆光的缘故，周锐并没有看清驾车人的面容，然而，当汽车停稳后，周锐整个人僵在了原地，正要迈出的右脚仿佛被什么黏住了，没错，宝马车停的位置，不正是姜诚家门口吗？他下意识地扭头回看，首先下车的是副驾驶位置上一个黑长直发的女孩，脚步轻快，是姜宜，几秒钟后，驾驶室的门打开了，一个穿唐装、身形瘦削的白发老人缓缓走了出来。

姜诚出门的位置恰好位于路灯正下方，面容的轮廓被光影勾勒得有些怪异，额头与鼻尖亮得反光，而下唇、两颊则笼罩于不太规则的阴影中，苍老的面庞显得有些阴郁。下车后，姜诚并没有立刻进门，而是抬起头，朝周锐深深看了一眼。

尽管只是短暂一瞥，短暂到周锐还没回过神来，姜诚已转头进屋，只留下一个苍凉的背影。但周锐依旧读懂了姜诚的目光与表情，他忽然觉得很冷，也不知是天气、酒精，还是两者之外的原因。

他看到我了。

他认出我了。

他知道我了。

周锐漫无目的地在街头游荡，最开始的时候，愤怒与冲动的情绪一度占据了主流，在某个瞬间，他忍不住想拨打局长的电话，但最终还是忍住了，待酒意散尽，恢复清醒后，一个名字忽然窜入了他的脑海："赵恬恬"。

毫无疑问，在姜诚的"死亡名单"里，赵恬恬才是排第一位的那个人。

她应该还活着，毕竟，如果副市长的女儿自杀或"意外身亡"，云城官场早该人尽皆知才对。

然而，她还能活多久？

周锐打了个寒噤，迅速掏出手机，通过公安信息系统，查到了赵恬恬的现状，二十二岁，就读于云城师范大学，开学上大四。

无论这个骄横的少女犯下过怎样的错误，无论姜诚有多么冠冕堂皇的报仇理由，这样的事，都是周锐不允许发生的。只有法律，才能决定一个人的生死自由！没有人，可以凌驾于法律之上！

姜家别墅。

一片、两片、三片……十五片、十六片……

姜诚一仰头，将整整一瓶盖药片倒入口中，喉结翻滚了两下，温水裹着药片滑过食道，坠入胃中，姜诚喘息了一会儿，又喝下小半杯水，这一次，他刚喝到一半就剧烈咳嗽起来，液体伴着咳嗽倒灌入肺泡，让他体验到几近溺死的绝望感。

"爸，你怎么了？"

"没什么……"姜诚摆摆手，走进房间。砰，厚重的房门隔断了姜宜关切的目光。姜诚打开电脑，通过Skype软件向杜宇发起语音请求——自从对杜宇和盘托出真相的那一天起，两人的大部分沟通，就从微信转移到了这款国外聊天软件上。

"我刚才看到周锐了，在我家门口。"

"周锐？"杜宇有些诧异，旋即想起这个人除阿明父亲外的另一层身份，市公安局副局长、原刑警队长，心跳瞬间加快了。

"他一定怀疑到我了。"

杜宇哑口无言，大约十秒钟后，说道："我没对任何人说过。"

"我相信你。"

"什么意思？"

"我认真地请求你，帮我做一件事情。"

"帮你？什么事？"杜宇瞬间警觉起来，前段日子，他设法打听了三年前姜婉自杀一事，那些零星破碎、不成体系的流言足以证明，姜诚并没有说谎，至少，没有在关键事实上说谎。然而即便如此，知情不报，这已是杜宇能做的极限了。如果让他帮助姜诚完成复仇计划，无疑远远超过了此前的心理底线。

"我以姜宜父亲的名义向你保证，这件事不会伤害任何人，和复仇没有任何关联。我这么做，是为了你。"

"为了我？"杜宇有些诧异。

"现在周锐已经注意到我了，之所以还没有抓我，唯一的解释是，他还没掌握任何证据。最近一段时间，姜宜、你，还有你几个同事都可能被警方喊过去盘问，虽然你准备好了说辞，但警方也没那么好糊弄。一旦你知情不报的事败露了，那你的前途就完了。而我今晚要做的这件事，可以让你彻底洗清嫌疑。"

姜诚的语气很轻柔，但每一个音节都蕴含着莫名的魔力：一种让人信任甚至无条件服从的魔力，杜宇被打动了，他问："什么事？"

"你别急，二十分钟内，你会收到一条微信消息。这个消息里会包含一个数字，也就是暗号：250，收到这条消息后，你依照平时的习惯，外加对方给的提示，去处理这件事。"

250，这"暗号"的数字让杜宇啼笑皆非，同时，这也是一个极其怪异的"请求"，杜宇问："你不是说，不要用微信联系吗？"

"照我说的做就行，还有，你要时刻记得两点：第一，今晚你所有的微信聊天记录，都不要删除；第二，不管什么时候，无论发生什么，你一定要记得，千万，千万，不要越过黄线！"

"什么？"杜宇更迷茫了，"这又是什么意思？"

"第一，不要删除任何微信记录；第二，不管什么时候，无论发生什么，不要越过黄线！"姜诚用更慢的语速重复了一遍，然而他觉得这还不够，于是说，"杜宇，你把我的第二个要求，再重复一遍，我让你记得什么？"

杜宇愣住了，他迟疑了三四秒，然后喃喃地说："不管什么时候，无论发生什么，不要越过黄线。"

第二十九章　看不见的黄线

实事求是地说，杜宇之所以答应姜诚的请求，其原因并不仅仅是出于信任，另外一个不可忽略的因素是，他是个充满好奇心的男人，姜诚这些无比古怪的要求背后，无疑包含了一场精心谋划、超越想象的高明布局。

为了弄清楚这件事，即使身为棋子，他也愿意一试。事实上，这段日子杜宇也一直在担心：万一东窗事发，如何证明自己是"毫不知情"而非"知情不报"，他曾在两年前做过几档法治节目，明白在专业刑侦人员面前，想蒙混过关绝不是一件容易的事。

十分钟后，一条信息跳了出来。

> 江阳镇小桥村村委会东250米左右，刘氏禽类加工厂，长年用柏油、松香给鸡鸭脱毛！毒害人民群众，望杜记者关心报道！——徐志。

杜宇一愕，徐志，这名字他很熟悉：徐是一名年过七旬的老摄影家，同时兼任云城市"市民观察团"副团长。在当地，这个"市民观察团"可谓大名鼎鼎，是一个由数十名离退休老人自发组织而成的民间组织，常年来不计报酬，不辞辛苦地做着"社会监督"工作：小到某条马路上少了个窨井盖，大到个别党政机关懒政违纪，"市民观察团"都会实地调查、拍摄。此前，徐志曾经给杜宇提供过四五次新闻素材、十多条新闻线索，但至少有大半年没怎么联系了。如今，看着这条信息中，无比刺眼的"250"数字，杜宇不禁陷入了沉思。

难道说，徐志是姜诚的"同伙"？

这样一位"高风亮节"的老人，也会做这样的事？

姜诚身上还有多少秘密，是我不知道的？

杜宇正想发问，徐志又发来一张图片，外加一条文字信息。图片很模糊，像是出自某部廉价手机，是用俯拍的角度，拍下的一张"屠宰场内院"照片。只见院子里极其脏乱，堆满了各类杂物，两三个身穿蓝色工作服的工人，正站在院中一口巨大的"锅"边忙活，锅里煮着一大团漆黑的糊状物，数十只白花花的、拔完毛的鸡、鸭横七竖八地丢在"锅"边的桌上、地上，看上去一片狼藉。

　　照片由附近村民提供，每天凌晨4点到6点，是加工厂的开工时间。照片质量太低，希望您能不辞辛苦，实地采访一下，然后连线监管部门，执法严惩！

"这算啥？"若不是"暗号"能完美对应，杜宇完全想不到，这会是姜诚布下的一个"局"。

"按照我平时的习惯，外加对方的提示，来处理这事？"杜宇回忆了一下姜诚的"嘱咐"，此刻是凌晨1点多，如果按自己往日里的"脾性"，那就该马上准备出门，实地采访这条新闻？然而问题来了，无论从哪个角度想，杜宇也弄不明白，这样做，究竟意义何在？

姜诚的"核心目的"不是帮自己脱罪吗？采访一条民生新闻，和"脱罪"能扯上什么关系？

难道说，姜诚今晚准备玩一票大的，然后给自己制造"不在场证据"？这也说不通啊，自己从头到尾都没给过姜诚任何帮助，可能面临的最大罪责也就是"知情不报"，要"不在场证据"干什么？

还有，"不要删除聊天记录""不要越过黄线"。这两条姜诚反复强调，让自己"切记"的重要事项，又藏着什么深意？

杜宇觉得智商有些不太够用了，他重新打开Skype，给姜诚发了几条消息：

什么意思？

你到底想干什么？

现在就去采访吗？

然而这些信息就跟石沉大海一样，没有回音。

杜宇在床上辗转了个把小时，最后还是怀揣一肚子疑问，开车出门。此时是凌晨3点半，路上没几个行人，他"风驰电掣"地抵达了位于城乡接合部的江阳镇小桥村，并在一条小河边找到了此行的目标：刘氏禽类加工厂。

说实话，与其说是"加工厂"，倒不如用"小作坊"来形容更贴切些。这是一处略宽敞一些的农家庭院，占地200平方米左右，虽然还没到4点，但作坊里已是一副热火朝天的景象，袅袅的水蒸气带着刺鼻的松香味，和叮叮当当的声响一起，从院落上空飘了出来。

徐志提供的新闻线索，是真的！

用松香、沥青对家禽脱毛，可谓"罔顾人命"的做法，这两种东西都是一类致癌物，用于食品处理会对成千上万的市民健康，造成不可估量的影响。想到这一点，杜宇不由得义愤填膺起来，"今天采访回去，一定要说服主任排头条。"他自言自语道。然而问题来了，院子的围墙很高，至少有三四米，同时大门紧闭，根本看不见里面的"实景"，更不用说拍摄了。

这样一条新闻，只有声音，没有画面，能有多大说服力？

怎么办？装作收购禽类的饭店老板，混进去暗访？看自己这行头、谈吐，明显也不像啊。

对了……之前徐志发来的图片，不是用俯拍的视角，拍到了院子里的情景吗？杜宇环顾四周，很快便判断出，此前那两张图，拍摄位置应该是屠宰场向北，那四栋三层小楼中的某一栋楼顶。多半是某位庄邻，出于公德或是私怨，而"捅出来"的。

只是，这四栋小楼都是农村私宅，自己该怎么上去。

敲门做工作？先不说人家会不会答应，这一刻，是凌晨4点。

幸好，这个问题只困扰了杜宇不到十秒：他环顾四周，并很快发现了新的"制高点"——就在他停车的位置旁边，距离屠宰场大约三四十米的地方，矗了一座十来米高的水塔。

这水塔明显有些年头了，四周的红砖外壁有些风化剥落。而当杜宇带着采访设备，走到水塔旁时，更大的"惊喜"出现了，水塔底部的铁门，居然没有上锁！他轻轻一推，便推开了！

下一秒，随着一股腐朽的味道冲入鼻窍，杜宇冷静了下来。

他忽然意识到，自己来这里的初衷，并非"采访新闻"，而是为了完成姜诚的"任务"。

水塔内一片漆黑，一片死寂，即便是新闻采访灯的光芒，也仅够照亮很小的一片区域。地上的青砖已辨不清颜色，墙壁上布满了蛛网、苔藓一类的东西，塔内唯一的向上通道，是一道锈迹斑斑的铁梯，曲折环绕，通向头顶漆黑的迷雾，一眼看不到尽头。

此前在外面，杜宇曾观察过水塔的结构：这梯子通往水塔上层，一处一米见方的平台上，而自己只要上了那处平台，就可以用俯拍的角度，清楚地拍下小作坊内，工人用沥青、松香加工食品的情景了。

那么，上，还是不上？

姜诚这个老小子，到底玩的什么花样？

杜宇深吸了一口气，他虽不莽撞，但也不是个懦夫，按照"以往的习惯"，一定是要上的。

他将灯光移至地面，小心翼翼地向前跨出一步，接着是第二、第三步，嘎吱、嘎吱，皮鞋的鞋底踩在年久失修的铁梯上，发出令人毛骨悚然的声响，当爬到第二层、三四米高度时，哗啦哗啦，一阵清晰的流水声忽然从水塔正中的封闭管道里传出，应该是有某户村民在大量用水。

黑暗，封闭，几乎窒息。

"难道说，姜诚把我骗到这里是想杀我灭口？"就在这个念头如幽灵般，从心头冒出的同时，扑啦啦，一个拳头大小的黑影，从脸颊边飞速掠过。

杜宇被吓得灵魂出窍，双脚一滑，差点从梯子上摔了下来。

"谁?"

杜宇大喊，两腿瑟瑟发抖。

没人回应，下一秒，同样的声响，同一个黑影，再度掠过，这次，与杜宇的距离略微拉远了一些，并且在某个瞬间，穿越了新闻采访灯明亮的光柱。

是一只蝙蝠。

没错，蝙蝠是一种弱小的哺乳动物，几乎不会给成年人带来任何实质的伤害，但在这无比压抑、阴森的环境下，这只面目狰狞、身背无数诡异传说的不速之客的出现，还是击溃了杜宇的勇气——人在安全的环境下，往往会高估自己的勇气与决心，等到面临真正的危险与恐惧时，才会明白自己最真实的一面。

杜宇几乎哭了出来，手脚并用地爬下铁梯，靠在满是灰尘的墙壁上，颤抖着，掏出手机，用带着哭腔的声音给姜诚发了条Skype语音。

我不玩了！你到底要干什么？

这一次，姜诚很快回复了：

你怎么了？你在哪儿？

我在一座水塔里。

你没受伤吧？

没有……

你上楼梯了？

上了一半，现在下来了。

什么情况？

太黑……太吓人了，我看不清路，一只蝙蝠差点撞到我脸上……

哈哈……很好，比我想象的还完美，你现在开车回家，我们语音说。

比想象的还要完美？巨大的疑问抵消了一部分恐惧，杜宇茫然靠在墙壁，脑海中一片混沌。这样的状态整整持续了三五分钟，等到灵魂归位，头脑清明，他想到的第一个问题是："那条不能越过的黄线，它在哪里？"

第三十章　洗刷

一小时后。

杜宇躺在柔软的沙发上，咬牙切齿地打开 Skype 软件，向姜诚发起"语音通话"请求，姜诚很快就接听了。

"我知道，现在你一定很想骂我，那就骂吧。"

杜宇没有立刻说话，只是将手机夹在耳边，用右手捏着一小团蘸满酒精的棉球，在右脚脚踝处仔细擦拭，在那儿，留着四道鲜红的擦痕，火辣辣的，当从铁梯上滑倒时，过度的恐惧让他完全忽略了这一点。

"我不骂你，但你得给我解释清楚，到底是怎么回事。"杜宇问，"徐志是你的同伙？"

"不，我盗用了他的微信。"

"为什么选他？"

"第一，他本来就是你的好友；第二，最近半年，徐志患上了阿尔茨海默病，不算太严重，能自理，但常常这会儿做的事情，过一天就忘了。"

杜宇更困惑了："这……有什么意义吗？你这么做有什么用？"

"当然有用，你听我详细跟你说。"

"好。"

"你跟阿明两个人，前段时间一直在调查王鸿儒意外死亡的真相，对吧？"

"对。"

"我为了销毁那段录像证据，故意让小宜接近你，对吧？"

"对。"

"然而，我没想到的是，小宜居然真的喜欢上了你。"

"什么意思？"杜宇有些晕乎。

"我现在说的是，万一事情败露，我向警方招供的笔录。"姜诚的语气很轻柔，这让杜宇的满腔怒气渐渐平复下来，姜诚接着说，"我已经想好了一个故事，在故事剧情里，你和小宜什么都不知道，都是被我利用的棋子。"

"要不要我开录音，把你说的记下来？事后警察找到我，我好知道怎么说。"

"不，录音这种证据，太容易暴露了。还有，这故事很复杂，至少要说十分钟，而且很多细节都必须准确无误。我已经写好了电子文档，回去发你，你多看几遍，然后把文件粉碎。"

"好的……今晚到底怎么回事？"

"很简单，出于刚才那三点原因，我必须杀了你。"

"你，杀我？"杜宇从床上跳了出来，姜诚嘿嘿一笑，说："我说了，这是故事，我编剧的故事。"

"嗯，你继续说。"

"我既然要杀你，自然也会用跟以往一样的手段，就像我杀王鸿儒、陶小华，还有周怡文那样。"

"周怡文？"杜宇旋即想起，这个人是姜婉的班主任，也是姜诚的"下一步目标"之一，杜宇心头一震，难以置信地问："他死了?"

"噢，我还以为你听说这事了，看来学校把消息封锁得不错。"姜诚笑了笑，说，"死了，大前天晚上的事。"

"怎么死的?"

"是这样的，周怡文跟学校里一个女老师有一腿。两个人每周都要去宾馆开两三次房。后来，我想了个法子，给那女老师的电脑种了木马，然后在她看网页时，弹了个广告窗口，大意是花800块，就能查另一半的开房记录。这女人看完广告后深受警醒，从那之后，就把偷情的地点，从宾馆改到了学校办公室。说实话，这对狗男女还挺谨慎的，每次都是下午两三点去学校，假装加班备课，等其他老师都离开学校才开搞。为此我特意安排学校的一个保安，搞了次破门捉奸，就把他给吓死了。"

"他的身体这么差吗? 怎么可能?"

"是的，周怡文有冠心病，之前做过搭桥手术，我想办法把他那两天吃的药换成了维生素C，那晚偷情的时候，老家伙心率超过140，血压将近160。然后在临门一脚之时，被一个小保安破门而入，我虽然不懂医，但也想到，这种情况很可能会壮烈牺牲。"

"你怎么知道这么多细节?"

姜诚嘿嘿一笑："还记得你手上那个手环吗?"

杜宇瞬间心领神会，同时咬牙切齿——在这之前，他已取下了姜宜送自己的那个能监控他一切秘密的手环，杜宇问："你怎么说服他戴手环的?"

"这个简单，周怡文本来就戴健康手环，我不过想办法给他换了个罢了。"

"就算他不死，你也有下一次机会，是吧？"杜宇对姜诚的这次犯罪，并没有感到太多愤怒，这大约是因为最近他在打听当年那件事的时候，听说了不少这位班主任的劣迹，作风不正还只是小事，更重要的是，在他带过的班上，至少有三四个孩子因为他的侮辱、体罚患上抑郁症。

"不用下一次了，就算他没死，那也身败名裂，够了。这样的人，能够在教师队伍里混得风生水起，本来就是一件讽刺的事儿，对吧？"

杜宇用沉默代替了承认。

"好的，言归正传，我现在想杀你，所以，也给你设计了一次意外身亡。我知道，你是个很有社会责任感的记者，遇到那些关乎老百姓切身利益的新闻，一定会不辞辛苦、不顾危险地去现场采访。所以，我盗取了徐志，你的某位新闻线人的微信，给你发了那条新闻线索。"

"但是，这跟脱罪又有什么关系？"

"很简单啊，我事先踩了点，你只要去采访，附近唯一能拍下关键画面的位置是那座水塔的上层平台。所以我推断，当你收到新闻线索，前往现场后，至少有七成以上的可能，会选择进入那座水塔，然后沿着那座铁梯往上爬。"

"然后呢？"

"然后，你就会摔死。"

"摔死？"杜宇愣住了，冷汗瞬间从后背渗了出来，"什么意思？"

"是这样的，这座水塔有十多年没人修了，梯子原本就锈得很厉害，在前几天，我特地用一种特殊的腐蚀性药水，对铁梯的最上面几层台阶、扶手，进行了巧妙的处理，让它无法承受你的重量，总之，你只要爬到铁梯的最上面，至少有二分之一的概率，一脚踩烂梯子，坠落，摔死，至少，也是个半身不遂。"

"当然，我不是真的要杀你，所以事先就提醒你，千万不要越过黄线，没错，我在危险区域的前方，用一种挥发性液体，画了一条醒目的黄线，你只要不越过黄线，就不会出事，只是我没有想到，你的胆子比我想得小了一点，压根儿没看到黄线，就逃了下来。"

杜宇尴尬一笑："这个，当时有一只蝙蝠飞了出来……对了，你就不怕，日后有村里的小孩子爬水塔，然后出人命?!"

"放心，这一点我会处理好的。"姜诚话锋一转，说，"今晚之后，如果我被警方问询，我就说，我一早就计划杀死你了，所以，我盗用了徐志的微信，给你发了那条新闻线索。只不过估算失误，你因为胆小太小，嗯，也可能因为那只突然出现的蝙蝠，最后没有爬到铁梯最上层。没错，你之前在水塔内留下了足够的脚印、指纹，一路上途经了很多监控，我盗取徐志的微信，跟你的聊天记录也完整保留着，这些证据足以证明，我曾试图通过精密的计算，将你诱入死亡的陷阱，这样一来，警方对你的怀疑自然会大大减轻，你很容易就蒙混过关了。"

杜宇瞠目结舌："你，为什么不早点说?"

"早点说的话，你万一演技不过关，效果就没这么完美了，再说了，这样多刺激啊!"姜诚嘿嘿笑了一声，"现在你的问题解决了，我也可以安心筹备最后的计划了!"

"下一步，你准备去对付'大姐'了?"杜宇忽然抬起头，大声说，"你别忘了对我的承诺!"

"我记得。"

"你说一遍。"

"逼死小婉的那个舍友、'大姐'……赵恬恬。"说到这个名字时，姜诚的目光里似乎有火焰在燃烧，他直直地与杜宇对视，说，"我会惩罚她，但会留下她的命。"

杜宇默默点头，他很同情眼前的这个老人，但毫无疑问，这一点是他的心理底线。只要她不死，杜宇至少可以说服或者说欺骗自己，在有机会、有能力阻止这一切的情况下，自己至少做了些什么。

"你准备怎么做?"

"我不能说，说了，便是害你。"

"姜伯，放手吧，"杜宇说，"周锐已经注意到你了，你现在停手，去美国治病，一切还来得及。"

"呵呵，如果她不接受惩罚，那我做的这一切又有什么意义。说实话，前面这几次计划，都不过小打小闹，我给她安排的，才是我人生中最伟大、最完美的棋局呢!"

杜宇打了个寒噤，他还想再说些什么，但姜诚却站起身，头也不回地走回了房间，只留给他一个无比决绝的背影。

第三十一章　无效警告

8月22日，深夜11点，绯闻酒吧。

舞池的灯光忽明忽暗，污浊的空气里混杂着香水与烟草的味道。周锐要了一瓶十二年的芝华士，就着冰块抿了一口，威士忌特有的辛辣感在口腔中弥漫开来，针刺感顺着食道缓缓降入胃部，温暖伴着醉意蔓延至全身每个神经末梢。周锐低下头，看了一眼身上的中山装，毫无疑问，在这群扭动、狂欢的年轻男女中间，自己就跟个刚进城的土包子一般格格不入。

然而他不得不坐在这里，因为在对面的舞台上，赵恬恬正和两名女伴一起，跟着音乐节奏扭动腰肢。昏暗迷幻的灯光给每张脸上都抹了一层厚厚的脂粉。明暗之间，赵恬恬好几次消失在周锐的视野里，最后还是靠那极具辨识度的火红色短发才重新锁定目标。

周锐并不想来这里，然而他实在想不出更好的法子了。

当天下午，他给一把手局长打了电话，想要把心中的怀疑与推测告诉局长，电话那头正在开会，能听到某位市领导抑扬顿挫的声音在大厅内回响。当听周锐提到"王鸿儒、周怡文的死可能有问题，是谋杀而非意外死亡"后，局长压低喉咙反问了一句："有什么证据？"

"证据？"周锐一时语塞，他自然知道，自己目前了解到的信息，只能算得上"疑点"，但离"证据"委实相距太远，"我正在找。"

"找到证据再说。"局长说，"领导刚批评我们，说今年刑事案件比例有所上浮，还说平安云城的口号喊了三年，结果治安状况一年不如一年。"

"可是……"

"那个王校长是跑马拉松出事的吧！你想清楚！马拉松！市里一年一度的体育盛会！央视全程直播！"局长语重心长地说，"你也知道，死者家属多么能闹腾，就算找到证据，也千万别急着公开，先成立调查组，固定证据、抓到凶手再说。"

"我知道。"

"嗯，我开会了！"

"等等……"周锐还想再说两句，电话已经挂断了。

砰，周锐懊恼地捶了一下桌子，其实他最着急的，并非找到证据，将凶手绳之以法，而是另一件更重要、更紧迫的事：

如果推论属实，这四起死亡事件都是姜诚谋划的复仇，那毫无疑问，下一个面临生命危险的，很可能是当年把姜婉逼死的元凶，"大姐"赵恬恬！

赵恬恬，是副市长赵学文的女儿。

这两天，周锐已经通过各层各级的关系，查到了不少关于赵恬恬的底细：这个就读于师范大学艺术系的大四女生是个不折不扣的叛逆少女，常常夜不归宿，流连于酒吧夜场，这意味着如果无法动用足够的警力，保护工作几乎无从谈起。

周锐虽然认识赵学文，但如果这样去找对方，无异于直接对赵市长说："我怀疑，三年前，你女儿逼死了一名舍友。"且不说赵学文会有何反应，就算他不计较周锐毫无证据的猜疑，提醒赵恬恬注意安全，他那叛逆的宝贝女儿，也未必就会听老爹的。

正因如此，周锐不得不选择单刀直入——直接找赵恬恬聊聊。

赵恬恬在舞池上跳了十多分钟，终于有些疲倦了，拢了拢头发，带着两名同伴，从舞台上跳了下来，接着，笑嘻嘻地从一名西装革履的服务生手里抢过一支巴掌大的棒棒糖，走到舞台正前方一张卡座上坐了下来，由于不再有灯光的干扰，周锐终于看清了赵恬恬的长相：她无疑是个漂亮的年轻女孩，火红色的齐耳短发下，晃荡着一对比手镯还大的耳环，外加一身价值不菲的名牌，跟此前周锐查到的，证件照上那个端庄女孩几乎判若两人。

周锐抿了一口酒，走到赵恬恬身边，拍了一下她的肩膀："你好，打扰一下。"

赵恬恬转过头，迷离的醉眼看向周锐，当看清来人的面容时，顿时露出夸张的笑容："大叔？哈哈哈哈……我就这么有魅力，男女老少通吃吗？"

另两个女孩也放声大笑，引得邻座的好几个男女看了过来。

周锐闻言大窘，显然，赵恬恬是把自己当成了前来搭讪的"咸湿大叔"，他咳嗽了一声，说："赵恬恬，我有正事找你。"

"嗯，你认识我？你谁啊？"

"我叫周锐，是你爸的朋友。"

"有事找我爸去！我平时都不跟他说话的。"赵恬恬明显喝了不少，说话有些大舌头，"还有，你千万别送我东西，不收！"

一旁的两名女孩掩嘴偷笑，一副"我懂了"的表情。

周锐心急如焚，万般无奈之下，他伸手入怀，掏出自己的警官证："我是市公安局副局长，周锐。我有事找你，你跟我出来一下。"

"嗯？警察？"赵恬恬仔细看了一眼周锐的警官证，原本满不在乎的表情一下子变了，整个人明显紧张了许多，就像一只被踩了尾巴的野猫，"我犯什么事了？"

"不是。"

"那你找我干吗？有事找我爸说去！"

周锐更尴尬了，眼下的情况是他始料未及的。他随即想到，此前在了解赵恬恬底细时，曾听人说起一条传言：大约半年前，这位大小姐曾酒后驾车，撞坏了运河大桥的两根护栏，差一点就连人带车翻下了河，事后交警队都把人送到拘留所了，又在"某种力量"的干扰下放了出来。这事自然没留下案底，但在交警那边是个人人皆知的秘密，很显然，这一刻的赵恬恬，八成误以为周锐要追究她酒后驾车那事，才抱有如此大的敌意。

这丫头，真是个水火不侵的主啊。

"是这样的，赵恬恬，我们公安最近查到一条线索，有一个犯罪分子，将你列为犯罪目标。"由于沟通一再受阻，周锐也有些急了，以至于说话有些词不达意，"我今天过来找你，就是要跟你说一下这事，你跟我到外面去一下，十分钟就行。"

赵恬恬愣了一会儿，似乎在思考周锐所言的真实性，然而几秒钟后，她再一次笑了起来："大叔，你这是拍电影吗？"

"我没骗你！你随时都可能有危险！"

"可我怎么觉得，这地方最危险的就是你呢！"

周锐感觉自己的大脑快要炸了，自己一番好意来提醒对方，谁知却被这个年龄跟自己儿子差不多的不良少女如此戏谑。他无奈地看了一眼旁边的另外两名女生，要不是她们的存在，他一定会直接报出"姜婉"这个名字。

周锐思索了片刻，决定"曲线救国"："两位同学，能不能麻烦你们暂时回避一下，我要跟赵恬恬说几句话。"

两个妹子对望了一眼，或许是想到了周锐刚掏出的警官证，眼神中流露出服从之意，谁知没等到她们表态，赵恬恬忽然暴怒起来，乓，她将玻璃酒杯重重摔在桌上，大声说："你俩什么意思？把我一个人丢给这个猥琐大叔？！"

"可，可他是警察啊。"一个眼睛大大、扎马尾辫的女孩怯生生地说。

"有证件就是警察了？谁知道是不是真的？！小佳，我告诉你，你今天敢离开这个座位，以后就别认我这个姐！"

"我……我……"这个叫小佳的女孩明显是赵恬恬的小跟班，如今一边是"老大"，另一边是警察，她自然十分犯难，赵恬恬对同伴犹豫的态度十分不满，又补了一句："你想想清楚！就算他是警察，有我罩着你，他还敢公报私仇不成？"

"我……我没有，我就想，他说不定真有事找你。"

"我都说了，不许走！你到底什么意思？"在酒精的刺激下，赵恬恬彻底爆发了，她抓起面前的威士忌瓶，重重地蹾在桌上，说："自己说，罚几杯？"

小佳被吓了一跳，当弄明白情况后，顿时露出委屈的神情，泪水开始在眼眶里滚动，她怯怯地看了赵恬恬一眼，说：

"三杯……"

"可以，但是不许掺饮料。"赵恬恬的这句话把惩罚一下子提高了三个台阶，这可是60度的烈性威士忌，放在桌上的杯子，一杯得有二两，就算是"酒精考验"的男人多半都接不住，如今放到一个二十出头的少女身上，简直就是酷刑。

"呜呜，恬恬姐。"在第一滴眼泪流出眼眶前，小佳瞥见赵恬恬阴冷的脸色，瞬间止住哭泣，她咬着牙，倒了满满一杯威士忌，然后仰起头，一口气倒入口中，刚喝下三分之二，辛辣的酒精就激得她剧烈咳嗽起来，眼泪、鼻涕飞溅得到处都是。

"这杯不跟你计较了，还有两杯。"赵恬恬用淡漠的语气"大度"地说。

小佳脸色涨得通红，眼泪如断线的珍珠般流了下来，但即便如此，她依旧不敢违逆赵恬恬的惩罚，只能颤抖着抓起酒瓶，重新往杯子里倒酒，另一个女孩木木地看着这一切，从头到尾没有插一句话。

周锐感到一股出离的愤怒，当年，赵恬恬正是因为骄横跋扈，才导演出那场"过火"的恶作剧，逼死了姜婉，也给她自己引来了杀身之祸。如今时隔三年，看她的样子，非但不知悔改，反倒更无法无天了。看这两个女孩对赵恬恬的畏惧程度，自己出言相劝也不会有任何作用。周锐用力一拍桌子，抢过桌上刚刚倒满的酒杯，说："我替她喝！"

"哟，英雄救美啊！"赵恬恬语带讥讽，但并没有阻止。

周锐咬着牙，一连干了两杯威士忌，随着两百毫升烈酒灌入喉咙，周锐的脑袋更晕了。看着赵恬恬近在咫尺，美丽却狰狞的面容，两种截然相反的念头在大脑中斗争纠结。

好言难劝想死的鬼，这种目无法纪、骄横跋扈的大小姐，死了也活该！

不，不行，赵恬恬就算有罪，就算罪该万死，那也该接受法律的审判，她的生命，不允许被任何人，以任何理由非法剥夺！

周锐天人交战了很久，最终，第二种想法占据了上风，毕竟，他是一个警察。周锐深深地看了一眼赵恬恬，说："你先玩，我晚点时候打你手机。"

"嗯嗯，好的，大叔拜拜！"

赵恬恬对周锐摆摆手，吐了吐舌头，毫无疑问，这场"意外"插曲让她兴致全无，没错，前些年她醉驾一事，虽然在明面上"摆平"了，但始终是她一块放不下的心病——万一被捅出来，对她的生活乃至父亲的仕途都可能造成难以预估的影响。心事重重的她接连将两大杯威士忌灌入口里，十分钟后，当她抬起晕乎乎的脑袋四下张望时，看到不远处的酒吧角落，一个陌生男人正在"注视"自己。

是杜宇。

杜宇这次来酒吧，也是想"观察"一下赵恬恬，如果可能就出言"警示"一下——他理解姜诚的仇恨，但也希望他及时收手，除去恻隐之心外，他还明白，赵恬恬的身份、地位都不一般，一旦她出事，很可能半个城市都要翻天。出乎意料的是，在他想好该如何"提醒"赵恬恬前，周锐已做了这件事——并且失败了。

杜宇目睹了周锐与赵恬恬的交流全程，甚至从两人的口型、表情里猜到了交流内容。好几次，他甚至想走上前，向周锐坦白出自己知道的一切，但最终还是退缩了……

"姜伯已向我承诺了，只会'惩罚'，不会杀死她……"

赵恬恬自然对这些一无所知，她只"发现"，一个年轻、陌生、长相英俊的独身男人正在"奇怪"地偷窥自己，尽管对这种情况早已司空见惯，但此时此刻，心情烦躁的她还是做出了一个"反常"的举动，她提着半瓶酒，在两名同伴无比惊诧的目光中，径直走到这个"陌生男子"杜宇桌前，毫不客气地坐了下来。

杜宇瞠目结舌，还没来得及放下酒杯，赵恬恬却主动凑上来，夺过杜宇手里的酒杯，当的一下，踱在桌上。

"帅哥，在看我？"

杜宇苦笑，沉默，一句话都不敢说。

"干吗，有胆子偷看，没胆子说话？"

杜宇脸上发烧，恨不得找个地缝钻下去。

"哟，中看不中用啊！"赵恬恬语带讥讽，事实上，她也不明白自己为什么要过来，或许，只是因为被周锐扰了雅兴，心情郁闷，想随便找个法子发泄一下罢了。下一秒，赵恬恬嘻嘻一笑，伸出纤细的右手，在杜宇的脸颊上轻拍了两下。

啪，啪。

杜宇呆住了，他没想到，一个素不相识的少女，居然直接给了自己两记"耳光"，然而力道偏偏又不重，似乎只是一次"调戏"。

呼……呼……杜宇深呼吸了两次，全身发抖。没错，他被这少女的骄横激怒了，在某个瞬间，他甚至生出一种这样的念头：让她死！她活该！杜宇的拳头攥了起来，小臂上的青筋高高凸起，牙齿在下唇上刻下两道深深的红印。

杜宇深吸了一口气，抬起头，笑了笑，指向赵恬恬手里的手机，说："那个，能不能把你的手机给我看下。"

"哟，要我微信？"她娇笑起来，将手机递到杜宇面前——反正这个男人长得不赖，再说，留他微信也可以捉弄他开心。

杜宇点开赵恬恬的手机，却没有打开微信，而是直接拨了一个号码——这号码也不是他的，杜宇并不蠢，这个时间点和赵恬恬产生不必要的"联系"，毫无疑问是引火烧身："这手机壳挺漂亮，施华洛世奇限量版的？"

"是啊。"赵恬恬笑着说。

"请你喝一杯。"

赵恬恬又笑了，她"豪爽"地给自己倒了大半杯酒，一饮而尽，她并不知道的是，就在她仰头的瞬间，杜宇将一枚黑色的"硬币"，悄悄贴在了她手机壳内侧。

没错，赵恬恬很讨厌、很骄横，但杜宇依旧希望她活下去。

事实证明，周锐犯了个错误，这次"单刀直入"的见面非但没有达到预想的目的，反而导致了一个难以弥补的反效果。事后，当周锐拨通赵恬恬手机时，那头一听到周锐的声音，便大笑着说："大叔，你省省吧，我不喜欢嫩草吃老牛的！"周锐正待分辩，赵恬恬却撂下一句："真有事，找我爸啊！"便毫不犹豫地挂断了电话。无奈之下，周锐换了好几个电话试图联系对方，却始终无人接听了。

"去他妈的！"周锐恨恨地将拳头砸在卧室的墙壁上。

既然劝不动赵恬恬，凭我个人的力量，又不可能二十四小时保护她，那就想办法盯着姜诚吧！说不定，还能发现他犯罪的证据呢。

遗憾的是，周锐的"B计划"依旧错得离谱，他忽略了至关重要的一点：对姜诚来说，要干预一个人的生活乃至生命，是完全不需要"亲自出手"的，甚至连"近距离接触"都无需做到。

对某些人来说，这一切，不过是一场远程操控的游戏而已。

第三十二章　借刀

8月23日，傍晚7点05分，云城城郊，某小饭店。

潘龙、潘虎面对面坐在饭店靠门的位置上，桌上摆着四荤两素六个热菜，外加两瓶半斤装的廉价白酒。二人虽是亲兄弟，但长相差异挺大，潘龙肤色白皙，斯斯文文，看上去像是个刚毕业的大学生，而潘虎肤色黝黑，浓眉厚唇，一副憨头巴脑的模样。当然，兄弟二人也是有相似之处的，最明显的一点就是，两人都留着板寸头，长度几乎一样，都在2.5公分左右——这是由于一个月前，两人同时从云城市看守所刑满释放的缘故。

潘龙、潘虎是两名惯偷，从高中肄业至今，两人已分别做了九年、七年的小偷，从业经验丰富，业务水平精湛。三年前，他们在合伙偷一辆轿车时失手，被判处有期徒刑三年。刑满释放后，兄弟二人不再满足于之前的"事业"，决定干一票大的。

至于其中的原因，某种程度上还要归结于一场家庭矛盾：就在兄弟俩坐牢的第二年，他们的父母因车祸意外去世，随后，潘家老宅本归他们父亲名下的两间瓦房，就被同住一个屋檐下的叔叔给霸占了，兄弟二人出狱后据理力争，却只换来一顿劈头盖脸的暴打——这个叔叔可比潘龙、潘虎"出息"多了，潘龙、潘虎是小偷小摸，而这位鸠占鹊巢的叔叔可是当地一霸，曾因故意伤害罪入狱七年，如今扫黑除恶，这位叔叔在外头成了缩头乌龟，但在家用拳头揍一顿自家子侄，还是有这个"量"的。

潘龙、潘虎认为，自己在叔叔面前抬不起头，就是因为自己的"拳头不够硬""犯的事不够大"，确实，在这样的家庭里，出现这样的"家风"，也实属正常。

当然，潘龙、潘虎也不是无脑莽夫，虽然一心想做"大事"，但说到底还是图财，而非出名。为了达到目的，兄弟二人自觉加强了"业务学习"，开始在网上搜索有关"完美犯罪""高智商犯罪"等信息，就在吃饭前，潘龙用了十多分钟，认真看完了一篇名为"香港第一绑匪张子强传奇"的万字文：在这篇纪实报道里，笔者用大量篇幅，详细描述了这名传奇劫匪如何当街绑架首富之子，之后又单刀赴会，全身而退的真实故事。潘龙看完后深受启发，立马把文章转发给了潘虎。当潘虎看到"成功勒索10亿港币"时，眼睛瞪得比桂圆还大，一脸贪婪地说："要不，咱也想办法干一票绑架？"

"我也这么想，咱也不要10亿，1亿……不，1000万就够。"

"对，现在中国都是独生子女，你说一个身家上亿的老板，为了独生儿子，少说肯出1000万吧！"

"嗯，还有那些做官的，他们的钱都是贪污来的黑钱，你没看新闻上说，不少贪官家里被偷了几百万，最后都不报案吗？"

由于饭馆老板在后厨忙活，店里又没有其他顾客，兄弟俩也不避讳，干脆就在饭桌上，肆无忌惮地探讨起了"绑票计划"。经过一番"精挑细选"，最终将老家某线缆厂老板上高中的独子、县税务所副所长的十岁孙女分别列为一、二号目标。其中，前者家大业大，可惜是个练体育的半大少年，绑架难度较大；后者容易下手，但家庭条件略逊于一号，外加又是个女娃（在兄弟二人眼里，多数父母都重男轻女）。两个目标各有所长，又各有所短。潘龙、潘虎为此争论了很久，直到一个全新的"完美目标"从天而降。

嘀、嘀，潘龙放在桌上的手机发出清脆的蜂鸣，一条通知信息出现在屏幕上。

附近400米内，有契合度超过95分的白富美女神出现，要不要打个招呼？——初见。

饭桌上，四只眼睛如灯泡般亮了起来。

"初见"是一款风靡全国的社交App，说得通俗一些，就是一款"陌生人约会"软件。和大多数市面上流行的同类软件一样，"初见"会时不时给用户推荐一定范围内，最合适的"约会对象"。当然，如果仅仅如此的话，"初见"自然无法从众多同类软件中脱颖而出，它真正能火爆全国，主要归功于一位软件大拿兼社交天才，所构思、设计出来的神奇功能："初见"。

"初见"上相识的男女（以及小部分男男或女女），如果相聊甚欢，就可以向对方发起"初见"请求。对方一旦同意，软件就会通过随机摇骰的方式，在双方都接受的时间、地点范围内，指定一个见面"任务"。例如，傍晚8点38分，长春路3号，雕琢时光咖啡馆；又如，19点42分，时代广场，午后奶茶店——非但如此，"初见"软件还会无比贴心地附赠一张优惠到令人发指的折扣券（自愿消费），甚至，只要双方在约定时间、约定地点完成见面（当面扫码）、消费，还可以各自获得一个金额随机的现金红包。

据不少专家事后分析，"初见"这一功能，让这款同名App具备至少三点得天独厚的优势：第一，指定时间、指定地点见一个陌生的异性，这种强烈的"被指定感"从某种程度上，可以极大激发起双方的好奇心，同时满足了无数选择困难症者的心理需求，聊天双方不用为见面的时间、地点商讨半天；第二，指定见面地点，这一招极大压缩了酒托、饭托、夜总会小妹的生存空间，让"初见"不至于像多数同类软件一样，沦为这几种人的招商平台——至于童叟无欺的皮肉交易，那原本就是双方你情我愿的；第三，附赠的优惠券、红包，更给一些原本不那么热衷于社交的人，多了一个"初见"的理由。

根据大数据统计，由"初见"软件主动推送的"邂逅对象"，双方开始聊天（双方都说至少一句话）的比例达到47‰，见面比例超过了15‰，在行业内，这两个比例都算得上匪夷所思的天文数字。甚至有好事者调侃说，"初见"是信息时代推动中国人口增长的全新发动机。

小饭馆内。

"咱商量大事呢，你忙泡妞?！"眼见潘龙的注意力被吸引了过去，潘虎酸酸地嘟囔了一句。

"爱情是事业的动力嘛！咱挣大钱，还不是为了日后能娶个漂亮媳妇吗?"潘龙嘿嘿一笑，点开了信息中的链接，不出所料，这是一个漂亮女孩的个人主页，相册里有二十多张生活照，"你还别说，这姑娘长得是真不错，脸蛋、身材都正点得很。"

潘虎虽嘴上不满，但心中也很好奇："给我看看!"

"嗯……你看，真是白富美，包都是LV的!"

"LV算个啥，现在街上十个女的九个背LV，谁知道真假!"潘虎用手指划了一下屏幕，然而，当下一张照片出现在屏幕上时，兄弟二人眼睛瞬间直了。

这是一张极其"常见"的炫富照，照片的内容很简单，一只涂着鲜艳指甲油的右手，握在一圈纯黑色印有BMW标志的方向盘上——这个二十二岁的年轻女孩，居然开了一辆5系宝马，不仅如此，在照片右下角，女孩还"嚣张"地晒出了钥匙和行驶证，似乎生怕别人不知道，这车是她自己的。

"你说，这是哪个老板的二奶?!"

"看她发的这些内容，不像是二奶，倒像是爹妈有钱!"

说到这里，潘龙、潘虎对视了一眼，目光变得复杂并奇怪起来。

"难道，这就是老天特意给我们安排的完美绑架目标?"兄弟二人交头接耳了一阵。大约两分钟后，一根颤抖的手指，缓缓移到了屏幕底部"打个招呼"按键上。

2公里外，云城市中心。

嘀、嘀……刺耳的汽车喇叭声在耳膜边炸裂，将赵恬恬心中的愤怒彻底激发出来，她打开车窗，比出一根涂着鲜红指甲油的中指，后车驾驶员被这手势激怒了，干脆下了车，快步走到赵恬恬的红色宝马门边，愤怒地说："两个红绿灯了，还不走?!"

"你急，飞过去啊!"赵恬恬将正在通话的手机摔到副驾驶位置上，语带讥讽地说。

后车驾驶员怒不可遏，砰、砰，他拍了两下宝马的引擎盖："停在路中间煲电话粥，马路你开的啊?！你信不信，我把行车记录仪录像发给交警！"

赵恬恬闻言一愣，随后侧过头，冷冷瞥了对方一眼，这是个四十来岁的中年男子，西装革履，看样子是个事业小有所成的老板，她没有再出言辱骂，而是斜眼扫了一下后视镜，说："6B288，奥迪Q7，好，对不起，我这就让你走。"

男人愣住了，赵恬恬刚刚报的，是他的车牌号码和车型。他是个在商场摸爬滚打多年的民营企业家，在识人上自然有一套，眼前的少女一身名牌，语气淡漠，一副眼高过顶的样子，除此之外，少女车前挂的那个翡翠佛牌，晶莹剔透，一眼看去，价值至少是宝马车的两三倍。而且，少女起初跋扈，但当她意识到，自己的一举一动，都在对方行车记录仪的拍摄之下时，瞬间按捺住心中的怒火，装出一副"礼貌"的样子让行，同时记下了自己的车牌号。眼前的这一切让他不得不怀疑，自己惹了某个很有背景的富二代、官二代，想明白这一点后，男人的气势顿时弱了下来，他说："美女，我也是有急事，大家行个方便。"

"噢。"

赵恬恬不咸不淡地回了一句，一踩油门，宝马车绝尘而去，又过了三五分钟，她才想到，丢到一旁的手机还没有挂断，于是拿起手机，愤怒地说："你这个渣男，最好以后别回来，你要是回来，老娘见一次弄你一次！"

赵恬恬的愤怒是有原因的，就在半小时前，她忽然收到一条匿名号码发来的照片：照片上，自己的异地恋男朋友，正和一个长发飘飘的清纯美女并排走在校园的林荫道上，两人的肩膀距离不足二十公分，在抓拍的瞬间，男生恰好扭头望向女生，目光专注，笑容温存。赵恬恬气得浑身发抖，当场拨通了男友的电话，之后不顾对方百般解释，将"狗男女""渣男浪女""狼狈为奸"等脏水泼到男友头上。这通电话刚打到一半，又被后车司机这一刺激，自然火上浇油。

"这司机有病，不就开个破Q7嘛，敢跟老娘这么嚣张！回家要他好看！

"哼，我老爸也是！本来我要买保时捷的，他就是不同意，说什么低调！我要开的是保时捷，那Q7司机还敢狗眼看人低？要不是我一哭二闹，他就要买甲壳虫给我了！那车开出去，还不给朋友笑死！

"哼，还有那个渣男，不行，他渣，我就要比他更渣，就凭老娘这条件，帅哥还不是有多少要多少？"

或许是老天听见了赵恬恬心中的呐喊，这个念头刚浮起不久，刚挂断的手机发出蜂鸣声：

您收到一条陌生人消息——初见。

"哼，你在外面找一个暧昧对象，老娘就找十个！"赵恬恬抓起手机，食指用力一划，此刻的她绝不会想到，这次无比简单的"滑动"，也带动她年轻的生命一道，滑入某个无比黑暗、可怕的深渊。

第三十三章　余生

晚上11点，云城市郊，某待拆居民楼，二楼空置房间。

"呜呜，呜呜。"赵恬恬双目含泪，曼妙的少女躯体在肮脏的地板上来回扭动。她的双手双脚都被麻绳紧紧捆住，嘴里塞着一团恶臭熏天的破袜子。之前两个小时，是她二十多年人生中，最可怕的一场噩梦。

这个噩梦始于一条"初见"信息，给她打招呼的男生有一个斯文帅气的头像，几张酷似明星的生活照，网名叫"阿龙"。两人聊了十多分钟，一心"报复男友"的她便主动向对方发送了"初见"请求，两人在软件的指定地点——一家城市咖啡馆见了面，"阿龙"的长相、气质虽比照片上差了一些，但也算个五官端正、举止斯文的英俊男生，唯一的瑕疵是，留着一头看上去不那么和善的板寸头，当时，赵恬恬还调侃地问了一句："你是不是劳改刚放出来？"

"阿龙"微微一愣，随后笑了起来："是啊，你怕啦？"

"哼，我怕你？"

"一会儿去酒吧玩会儿？"

"好呀……"

半小时后，赵恬恬跟着"阿龙"，去了一处名字很有情调的小酒吧，到那儿之后，她喝了两杯韩国清酒，再往后，就什么都不记得了……

当清醒后，赵恬恬惊恐地发现，自己正置身于一间空荡破旧的房间里，房间里没亮灯，只有两支手电正对着她的眼睛，射出刺目的白光。她强忍双眼的刺痛看向手电，发现两个年轻男人正用不怀好意的目光看着自己，其中一人正是"阿龙"，只不过此前的斯文气质已荡然无存，眼睛里闪烁着狡猾、阴冷的光芒，另一个男人的面相更加凶恶狰狞，皮肤黝黑，肌肉虬结，正是潘龙的弟弟潘虎。

赵恬恬奋力挣扎，但身体被捆得跟粽子一样，粗糙的麻绳紧紧勒进柔软的肌肤，每一根神经似乎都在疼痛。她想要叫喊，然而嘴巴早被一团恶臭的袜子堵了个严严实实。

"美女。"潘龙冷冷地说，"我们只要钱，不要命，问你几个问题，你点头或者摇头就行。"

赵恬恬惊恐地看着对方，身体如砧板上的鲫鱼般扭了几下，退到离兄弟二人最远的墙角，靠着一堵满是污迹的墙壁坐了起来。

"你家是不是很有钱？"

赵恬恬并不想回答，但随着潘虎往前逼近了一步，她赶紧点了点头。

"1亿有吗？"

泪水从女孩眼眶里涌出，她用力摇头。

"5000万？"

赵恬恬继续摇头。

"3000万？"

赵恬恬依旧否认。

"你骗老子?"潘龙的语调提高了八度,赵恬恬被吓到了,赶紧点头。

"那就算3000万吧,你有兄弟姐妹不?"

赵恬恬摇头。

"我现在绑架了你,让你爸妈出500万,他们愿意吧?!"

赵恬恬拼命点头。

"现在,把你爸妈的电话号码告诉我,打个电话给他们,你到时候就说一句话,让他们准备500万,敢多说一句,老子弄死你。"潘龙朝潘虎使了个眼色,潘虎咧嘴一笑,向前走了两步,拽住她口中的袜子,粗暴地扯了出来。

呜呜……赵恬恬长呼出一口气,眼眶里的泪水一同流了出来。下一秒,潘虎嘿嘿一笑,再次伸出又黑又脏的手,在她的脸颊上摸了两下,最后,又在女孩饱满的胸脯上狠狠捏了一下:"嗯,又白又嫩,不错。"

这突如其来的变故让赵恬恬呆住了,她从小娇生惯养,早已习惯了长辈百般呵护、女生群星捧月、男生疯狂跪舔的生活。这无疑是她这辈子第一次被一个男人用这样的态度对待,没错,就在一秒钟前,她还屈服于"形势",决定"暂时忍耐,大仇来日再报"。然而这突如其来的奇耻大辱让她一时忘了恐惧,"啊啊啊!"她用嘶哑、尖锐的声音大叫,随后,将自己知道的、最恶毒的语言骂了出来:"××!贱人!×你们祖宗十八代!

"你们知道我是谁吗?最多半个小时,全市的警察都会来抓你们!你们不想被枪毙的话,现在就放了我!

"傻×,听不懂人话吗?"

潘虎被骂蒙了，站在原地有些发术，然而他很快便"清醒"过来，嘿嘿一笑，抬起右手，一个耳光掴在女孩白嫩的面颊上。

"你敢打我?!"这个耳光让这个养尊处优的大小姐失去了仅剩的一丁点理智，她不顾绳索带来的疼痛，猛然弓起身体，用"兔子蹬鹰"的姿态，双腿死命踢出，坚硬的高跟鞋鞋底凿在潘虎裸露的脚踝上，"哎哟!"潘虎痛叫了一声，跌倒在地，脚踝处瞬间高高肿了起来。

"小婊子，你疯了?!"潘龙连忙奔了过来，查看潘虎的伤势，当看到潘虎并无大碍后，扬起手，噼里啪啦，一连甩了赵恬恬七八个耳光，赵恬恬并不示弱，她一面咒骂，一面拼命挣扎。最恶毒的诅咒，最肮脏的话语，从她的樱桃小口中，如连珠炮般发射出来。

"哥，你让开，我来弄她。"潘虎从地上爬了起来。

"弄你××。"赵恬恬毫不示弱地骂了回去。然而半秒钟后，当与潘虎目光接触的一瞬，她激灵地打了个寒噤，扭动的身体瞬间僵硬，她发现，潘虎的目光变了，如果说，之前潘虎给她的感觉，是一个"恶人"的话，那么此刻，对方已变成了一只野兽，一只可怕的、毫无人性的野兽。

潘虎并不说话，舔着嘴唇，逼到赵恬恬身前，开始剥她的衣服。

"你敢?!"

刺啦，满是污渍的T恤被撕开一条十多公分的口子，白皙光洁的肩膀露了出来。

"呜呜……"

"你等等!"潘龙开始拦阻自己的弟弟，毕竟，在他看来，

500万可比玩一个小姑娘重要得多。

"哥，你别拦我，这小婊子现在嘴硬，弄一弄就老实了……"

赵恬恬终于服软了："求求你，放过我。"但潘虎已失去了理智，并不理会她的哀求，而是继续剥她的衣服，当女孩全身的衣物只剩下一条内裤时，赵恬恬重新开始反抗，但潘虎毫不犹豫地用上了蛮力，挣扎给女孩身上带来了更多伤痕，以及让男人的兽欲更加高涨。随着下体传来的剧烈疼痛，赵恬恬再度爆发了，咚，她用膝盖猛地撞在男人毛茸茸的胸口上，潘虎闷哼了一声，咬牙切齿地扼住了女孩的脖颈。

十分钟后。

"让你不要玩，不要玩！玩成这个样子，怎么办？"潘龙看着墙角那具赤裸的、伤痕累累的躯体，愤怒地说。

"500万！够你日后玩一辈子了！"

潘龙看着潘虎，恨铁不成钢地叹了口气，走到赵恬恬身边，拍了拍她的脸颊，赵恬恬目光呆滞，气息微弱，显然从肉体到精神都已接近崩溃边缘："呜呜……呜呜……"

"让你老实点，你不听。你说，你爸电话是多少？"

"1……3……7……"赵恬恬用了整整一分钟，才报完这串熟悉的数字。

"他叫什么名字？"

"赵……学……文……"

"嗯，赵学文。"潘龙忽然觉得，这名字有些耳熟，于是多问了一句，"好像在电视里听过，是大老板还是做官的？"

"我爸是市长。"

"市长？"这两个字如同两柄铁锤，砸得潘龙头晕眼花，他的呼吸停住了，就连心跳都仿佛漏跳了两拍。过了十几秒，潘龙的大脑勉强恢复了运行，他做了一件事：拿过赵恬恬的手机，然后对准女孩的脸试图解锁。

"你干吗?"由于赵恬恬气息微弱，正忙着穿衣服的潘虎并没有听清二人的对话，疑惑地问。潘龙脸色铁青，一个字都不回答。

一次、两次、三次，连续三次解锁都失败了。潘龙意识到，赵恬恬显然被"弄"得连手机面部识别系统都认不出来了，于是问："密码。"

赵恬恬报出密码。

潘龙点开百度浏览器，输入"云城市长赵学文照片"，开始搜索，之后打开赵恬恬的手机相册，翻看里面的家庭合影——当冰冷的事实扑面而来的一瞬，潘龙打了个哆嗦，仿佛正置身于三九寒天而非三伏盛夏。

潘龙忽然扭过头，跑到潘虎身边，用力揪住弟弟的衣领："×你大爷，你怎么就管不住裤裆里那玩意儿呢!"

"哥，不就玩了个小妞吗? 干吗这么凶?"潘虎起初不以为然，"再说，我大爷不就你大爷吗?"

"傻×，你知道这丫头是谁吗? 他老爸，是我们市的副市长!!"

"副市长?"虽然同为高中毕业，但潘虎的目光见识明显比潘龙逊色了不止一个台阶，"挺好啊，看来至少能要1000万!"

"1000万你奶奶! 这下玩大了! 要死了!"

"我说哥，你啥时这么厍包了，你忘了吗，人家张子强，绑架的可是首富，不比副市长厉害多了?"

"但人家那是完璧归赵啊! 身上一根汗毛都没少!"

潘虎迟钝的大脑终于反应过来了，他终于有些害怕了，结结巴巴地说："那怎么办？"

"我哪知道怎么办？我之前研究过法律的书了，如果单纯的绑架，不伤人，十年应该能打住，你这一强奸，那就二十年起步了，现在这丫头居然是副市长家闺女，我看咱俩这一进去，就甭想活着出来了！"

"那怎么办？"潘虎颤抖起来，三进宫的他并不怕坐牢，但死亡，依旧是悬在所有恶人头顶的恐惧之刃，他恐惧地看了墙角的女孩一眼，此时赵恬恬已恢复了一些体力，双眼圆睁，用一种无比怨毒的目光死死盯着潘龙、潘虎二人，仿佛要将这两张面庞刻入脑海。潘虎咬了咬牙，低声说："要不，咱灭口吧！"

潘龙怔住了，这变故无疑远远超出了此前的预期，没错，干一票大的，是兄弟二人的目标乃至梦想，但将绑票升级为杀人，显然也非他们的本意。然而事到如今，还有更好的法子吗？

"求求你，求……"女孩的哀求被一双紧箍的大手扼断在喉咙了，她拼命挣扎，但力道却越来越微弱，很快就晕了过去……

嘀嘀嘀，一阵清脆的铃声忽然响了起来，墙角处，手机屏幕亮了起来，有人来电，一串陌生号码。

潘虎、潘龙紧张地对视了一眼，同时摇了摇头，决定拒接。然而下一秒，诡异的事发生了，这电话，竟然自己接通了，而且自动打开了免提模式。

"您好，请问，是潘龙，还是潘虎？"

电话那头，一个沙哑、苍老的声音响了起来，当他们意识到，这部手机的主人，是赵恬恬而非兄弟二人中的另外一个时，潘虎瞬间瘫软在地，整个人就像被抽空的皮球一样，失去了所有的精气神。

"你们，放了那个女孩吧。"电话里传来一个苍老的男声，有些颤抖，但仿佛蕴含着某种让人无法拒绝的魔力。

"凭什么?!"

"杀人，偿命，绑架，坐牢，你们不想活吗?!"

"关你屁事!!"潘虎咆哮起来，此刻，恐惧刺激得他彻底失去了理智，电话那头，老人有些错愕："潘龙，你弟弟是个二愣子，你也是吗?"

"放屁! 她爹是市长，我们都那样她了，就算法律不判我们死，我们在牢里也要被整死!"不知为什么，潘龙的"聪明"脑袋里蹦出这个念头，电话那头的老人愣住了，呼吸也变得沉重了一些，似乎因自己的"失算"而感到意外："你们……"

"别说了!"

潘虎咬牙切齿，双眼血红，他挂断了电话，一步一步，走向已经昏迷的赵恬恬，缓缓蹲了下来……

踏、踏，是皮鞋踩在地板上的声音。

"别来拦我! 老子决定了，弄死她，然后跑路!"潘虎大叫。

踏、踏。

"我说了，别过来!"

"我没动!"潘龙大喊，兄弟二人目光相触，旋即惊恐地发现，这神秘的脚步声，竟然并非来自屋内，而是来自这间待拆老宅的门外。

"就是这里。"下一秒，一个男人的声音在门外响了起来!

"条子来了!!! 跑!!!"潘龙大吼一声，冲到潘虎跟前，揪住他的领口，把他提了起来，兄弟二人跌跌撞撞地跑到窗口，毫不犹豫地翻了出去，房间内，依旧昏迷的赵恬恬浑然不觉，完全不知道自己逃脱了怎样的劫难。

　　脚步声戛然而止，又过了两秒，外面传来一阵脚步声，门外人居然走远了。

　　"我，还是救下了她啊……"

第三十四章　最后的游戏

杜宇独自一人走在街上，外面的空气很好，行人不多，但他的两腿却有些发软，于是不得不找了一处街角的长凳，坐了下来，即便在休息了二十分钟后，他的心率依旧超过了每分钟120下。

没错，在最后时刻，出现在"绑架案"门口的，就是杜宇。当时他戴了面具、手套，握了一把工兵铲——他是根据赵恬恬的手机定位找到她的，等到达"现场"时，恰好听到潘虎在房间里接到那个"神秘电话"，当时他脑子一热，差点想破门而入，幸好最后关头急中生智，改为在门口走路、说话来"吓跑"二人：事实证明他成功了，潘龙、潘虎以为"被警察包围"，立马破窗而逃——至于万一潘龙、潘虎狗急跳墙，出来跟他搏斗怎么办，以及自己的行迹是否会暴露，当时情况紧急，他真的来不及想。

面罩，戴了；手套，戴了；监控，应该也绕过去了……

嘀，杜宇的手机忽然响了起来。

人生苦短，再会无期。今晚7点30分，请你和阿

明在茶吧小聚。——姜诚

杜宇微微一愣，旋即心惊肉跳起来："姜伯知道我做的事了？不对，他除了邀请我，居然还喊上了阿明……他想干吗？"
杜宇正在迟疑，姜诚已发来了第二条消息：

> 阿明我来约，不用麻烦你。再过三四天，我就要跟姜宜一道，去美国接受免疫细胞治疗，所以，有些事想跟你们聊聊。

言已至此，杜宇纵然百思难解，也只能硬着头皮赴约。当晚7点20分，杜宇走进茶吧，发现大门虚掩，前台空无一人，楼上包厢里正传出隐约的话语声，听声音，正是阿明与姜诚。杜宇忐忑地走上楼，发现这两个人正面对面地坐在桌前，一副相聊甚欢的样子。
"你来得好早！"
"嗯，下班正好没事做，就早点过来了，你来之前，姜伯一直在教我杀人的技巧。"
"杀人、技巧？"这两个字在杜宇心头激起两圈涟漪，但他很快明白过来，这里的"杀人"二字，指的是虚拟的"杀人游戏"，而非现实中的谋杀，不过即便如此，杜宇依旧有些心惊肉跳——阿明对姜诚做过的事一无所知，但杜宇则心知肚明。在这个时候，姜诚跟阿明聊这些，只怕用意深刻。
"喝茶……"姜诚给杜宇倒了一杯茶，杜宇接过茶杯，看着里面清澈透明的液体，迟迟不敢送到嘴边，唯有阿明不知者不畏，一连喝了两杯清茶。杜宇更慌乱了，他完全猜不透，今天摆在自己面前的，又是怎样一个"局"。

"我们玩一局杀人游戏吧。"姜诚忽然开口。

"我们?"杜宇跟阿明大眼瞪小眼，"三个人怎么玩?"

"不妨事，可以模拟。"姜诚云淡风轻地说。接下来，他做了一件让两个年轻人目瞪口呆的事，他走出门，将另外三个包厢里摆放的几盆文竹盆景搬了进来，整齐地摆在桌子周围，围成一圈。"七盆文竹，代表另外七个玩家，嗯，就算你们第一次来的七个人吧：小宜、夏晚晴、徐涛……"姜诚每报一个名字，就在一张白纸上写下一个名字，然后"贴"在文竹的枝叶上，很快，七名虚拟玩家就全部"就位"了，加上杜宇、阿明、姜诚，总共十人。

"姜伯，你记性真好。"阿明虽有些疑虑，但钦佩之情溢于言表。

"我还是做法官。"姜诚从抽屉里取出扑克，洗牌，切牌，一连串动作驾轻就熟，不但如此，他的动作、表情就跟真正玩游戏时同样认真虔诚，唯一的区别是，由于盆景没法抓牌，姜诚用发牌取代了抽牌。发牌结束后，姜诚用熟悉的深幽语气缓缓说："天黑请闭眼，杀手请睁眼。"

抓到杀手牌"ACE"的杜宇悚然睁眼，发现阿明正隔着两盆文竹，用同样讶异的目光看向自己——很明显，是姜诚这个发牌员的刻意安排。

"请选择杀人对象。"

阿明迟疑了几秒，忽然眨了眨眼，对杜宇促狭一笑，指向写有"夏晚晴"名字的文竹，杜宇脸色有些难看，却也只能附议。

"杀手请闭眼，警察请睁眼，指认你们的怀疑目标。"

包厢内一片寂静，耳边似乎能听到文竹枝叶被空调风吹起的窸窣声，杜宇心头发毛，这感觉，就像几盆文竹当真修炼成精了一样。

"天亮了，你死了，晚晴小妹妹。"姜诚笑吟吟环顾四周，接着，缓缓从位置上站了起来，挪动了两步，站到那盆代表"夏晚晴"的文竹背后。

"我觉得，应该是阿明这个坏蛋杀我的！你平时就喜欢欺负我，刚才天亮睁眼时，你眼睛瞥着别的方向，但余光却瞄着我。"姜诚此言一出，杜宇、阿明同时呆住了，不是别的，姜诚刚刚模仿的夏晚晴的这番话，语气、神态惟妙惟肖，除去声线上的差异，几乎就是活脱脱的真人翻版。然而这还不是最可怕的，更可怕的是，就连语言习惯，甚至思维方式，都和夏晚晴本人极其相似，以至于他们毫不怀疑，如果这场"游戏"是真的，那游戏的走向，多半也会和姜诚模拟的一模一样。

"嗯，我也觉得阿明很可疑，但除他之外，也有可能是××，哼，你别瞪我，瞪我也是你……"姜诚第二个模仿的是"坐"在"夏晚晴"右手边的"姜宜"，这一次，不但语气、神态几乎以假乱真，甚至连姜宜说话拖尾音的习惯都模仿了出来，姜诚依次"模拟"了七名玩家中的五位，直到轮到杜宇发言才停下来，"杜宇，到你发言了。"

"我……这算什么？"

"就当这是一场真的游戏，按照你正常的习惯！做出平时的推理！"姜诚的脸色无比严肃。

"我觉得不是阿明，原因很简单，以阿明的水平，应该很容易想到，夏晚晴平时跟他就不太对付，如果杀夏晚晴，夏晚晴一定会怀疑到他。"杜宇和阿明是同伙，在这种情况下，自然要想办法帮他开脱，"我怀疑是徐涛，没有理由，直觉。"

"阿明，现在有三个人怀疑你，你要怎么辩解？"

阿明笑了笑，似乎读懂了什么："我感觉，说什么都没意义了，直接投票吧。"

"投票"结果很快就出来了，由于"夏晚晴"的遗言实在理由充分，阿明以四票"优势"被淘汰出局，紧接着第二轮，尽管杜宇想尽办法混淆视听，但由于是第一轮唯一帮阿明辩护的那个人，杜宇也被投票"枪决"。杀手完败。一局游戏"战罢"，杜宇跟阿明都一头雾水，两人的目光反复交错，有无数问题想问。

"你们一定很奇怪，这个游戏，我既做裁判员又做运动员，有什么意义？"姜诚再次做出一件匪夷所思的事，只见他走到那盆代表"夏晚晴"的文竹跟前，伸出两根手指，在花盆根部的泥土里，用力挖了两下，接着，就像变戏法一样，"挖"出一个小小的纸团来，姜诚展开纸团，说："看看。"

杜宇看了一眼纸条，整个人瞬间石化。

"第一轮，阿明有80%的可能杀夏晚晴，10%的可能杀姜宜，10%杀其他人，之后第一轮发言，杜宇几乎一定会帮阿明洗白，概率超过90%。"

没错，姜诚又一次"预测"对了他们的选择。

阿明看到纸条后，也愣了一小会儿，但没有像杜宇一样轻信，而是绕着桌上转了一圈，在另外几盆文竹的根部，也分别挖了一下。结果发现，除了"姜宜"那盆文竹根部埋了一个纸团，上面写着同样的文字内容以外，另外的文竹都没有做手脚。

"嗯，你能想到这一点，很聪明。"姜诚说，"其实，如果这局游戏是真人在玩，以你一心求胜的性格，多半不会在第一轮选夏晚晴。但这毕竟只是一次模拟，而且你又知道，杜宇跟夏晚晴之间的那点小秘密，所以，以你不皮一下就难受的性格，多半会选她。"

阿明头顶的冷汗一下子冒了出来，姜诚这一番话，几乎完全还原了他在"杀人"过程里的心态变化，完全就是现实版的"读心术"。"这么看，姜诚早就知道杜宇跟夏晚晴的那点小秘密了？"阿明在心里为杜宇默哀。

"不用慌，我特地找你们玩这一局游戏，不是计较这个的。"姜诚的脸色忽然变得严肃起来，"还有，错的也不是你，是杜宇。"

杜宇心里骂着脏话。

姜诚又笑了，这笑容有些促狭，又有些狡猾："杜宇，你错就错在没看准形势，当时阿明显然已经是重点嫌疑对象，这种时候，除非你坚信自己的情商、口才能有足够的把握扭转形势，不然的话，最好的做法是跟阿明划清界限，甚至落井下石。因为只有这样，才能保全自己。还有你，阿明，你不该放弃发言，而应该想尽办法咬杜宇一口，让大多数人相信你俩不是同一个阵营，只有这样，才可能死中求活，博得一丝生机。"

"嗯，如果是真实游戏的话，我会这么做的。"

"我陪你们玩这局游戏，是想告诉你们，无论什么时候，都可以多为对方想一想，多为自己最重要的人想一想，多从大局想一想，你们两个人都是聪明人，知道共同进退，我很看好你们。"

"看好我们？"杜宇有些迷茫，事实上，一整个晚上他都在思考，姜诚布这个"局"的目的与意义，在他对面，阿明显然也抱着同样的困惑，不过跟杜宇不一样的是，阿明的迷茫与混沌不只源自心理，同时还掺杂了一些生理因素，不知从何时开始，他的脑袋有些晕沉沉的，眼前的人像、植物似乎都多出了一层重影："我，我好像有点晕……"阿明话音刚落，身子一歪，已趴在了桌面上。

"你怎么了！"杜宇大喊出来，愤怒地看向姜诚。

"你放心，一点安眠药而已，过两个小时就醒来了。"姜诚的表情很认真，"对了，到合适的时候，把今天的事，告诉小宜。"

"合适的时候？什么时候？"

"你很快就知道了。"姜诚的声音很轻柔，"对了，你这些天做的一切，我都知道，你做得很好，你是个好孩子……你放心，那一晚，最后关头出现在门口的那个人，并不是你……"

"不是我？"杜宇茫然。

第三十五章　初见

晚上11点35分，姜家别墅。

夜空晴朗，姜诚坐在院子正中的秋千上，仰头眺望星空，由于霓虹灯的污染，夜空中星辰寥落，唯有天顶皎洁的满月以及树梢明亮的金星清晰可见，姜诚静静地看向夜空中的某处，目光深邃而平静。

事实上，除去其中两次剧烈、撕心裂肺的咳嗽外，姜诚已将这个姿态保持整整四十分钟，枯瘦的身躯宛若一尊沉默的雕塑。终于，当皎洁的明月隐入一片奇形怪状的乌云时，姜诚长叹了口气，目光从头顶的夜空，缓缓移到别墅墙外的某个位置，一辆停在墙角的桑塔纳轿车上，嘴角牵动，露出一丝意味深长的笑容。

一双藏在黑暗中的眼睛眨了一下。

这个晚上，周锐一直在跟踪姜诚：姜诚在6点10分开始吃晚饭，之后刷锅洗碗，7点左右上了楼，在楼上待了两个多小时，直到将近9点才再次下楼——这些信息，都是周锐从别墅几个房间的灯光明暗以及先后响起的锅碗瓢盆、洗衣机运转声响中推断出来的。

8点55分，姜诚抱着一盆洗净的衣服走出房门，他晾衣服的动作有些吃力，尽管竭力挺直腰杆，但身形与脚步依旧能看出明显的佝偻与衰弱。晾完衣服后，姜诚打扫了一会儿客厅，在沙发上休息了个把小时，在深夜10点50分走进院子，躺在秋千上开始仰望星空。一种不知从何而来的奇异直觉告诉周锐，姜诚多半在谋划一件重要的事：一次谋杀、自杀，又或者意外死亡。然而，当姜诚带着那抹奇异的微笑，直直盯向他藏身的轿车时，一股寒意瞬间笼罩了周锐，这目光让他近乎100%确定，姜诚早就知道了自己的存在，而他整个晚上所做的一切，都不过是刻意的演戏，又或者猫捉耗子的游戏罢了。

　　周锐低头，开锁，准备发动轿车，结束这次毫无意义的盯梢，放在副驾驶座的手机却响了。

　　陌生号码。

　　"谁？"

　　"我。"一个苍老的声音说。

　　周锐猛然抬头，他发现，就在刚刚的五六秒内，姜诚已从秋千上站了起来，手里拿着手机。

　　"你干什么？"

　　"要聊聊吗？"

　　"聊聊？！"

　　"你不想跟我聊吗？！"

　　周锐愣住了，一时说不出话来，他忽然发觉，自己握着手机的右手居然正在颤抖。作为一个身经百战的刑警，周锐曾见识过数以万计形形色色的罪犯：狡诈的、蠢笨的、急躁的、冷静的、贪婪的、知足的、穷凶极恶的、良知未泯的，然而，即便是那些名噪一时甚至轰动全国的犯罪嫌疑人，也从未像姜诚这样，给他带来如此强烈的压力感，周锐深吸了一口气，说："当面聊？"

"嗯，我女儿不在家，我给你开门了。"

周锐走下车，整了整衣领，往不远处的别墅大门走去，这段路程只有短短二十余米，但是刚走到一半，周锐的额角、后背便被汗水浸得湿透了，他竭力深呼吸，强行将流汗的原因归结为闷热的天气而非心理因素。然而，当他走完这二十多米，站在门口，与那道瘦削、冷静的身影隔门相望的一刻，几乎跳出胸腔的心脏让他不得不承认，自己多年积累的自信、勇气，在这个人面前，显得那般脆弱而不堪一击。

"请。"姜诚抬起头，明亮的路灯照亮了这张清癯的面容，他的表情很平静，身上穿着一件居家睡衣，唇角挂着真诚的微笑，仿佛在邀请一个许久未见的老友。

周锐的心跳放缓了一些，他深深地看了姜诚一眼，走进了别墅。

"坐。"姜诚惜字如金地说，"喝茶？"

"不，谢谢。"

"你是个好警察。"

"嗯？"周锐有些惊异。

"如果小婉自杀的那会儿，你没有休病假，或许她就不会沉冤难雪了。"

周锐呆住了，事实上，在做警察的数十年里，他曾无数次听到过类似的褒奖，无论是上级领导、下属同僚、受害人家属甚至不少犯罪嫌疑人，都曾用诚恳的语气，向他表达发自内心的尊重与肯定。然而，当这样的话语，从姜诚口中说出来，周锐的心猛地战栗了一下，他说："谢谢。"

"你能找到我，说明你一定已经知道小婉的事情了。"

"这不是理由。"

姜诚并不理会，而是继续说："你一定清楚，小婉是怎么死的。"

"这只是你的猜测，并没有事实证据。"周锐内心挣扎，他很清楚事情的真相是什么，但警察身份让他不得不选择撒谎，"你的女儿是自杀，这是法律认定的事实。"

姜诚忽然笑了，上翘的嘴角带动满脸的皱纹，以及银白色的须发一并颤动起来，这笑容并没有持续太久，一阵突如其来的剧烈咳嗽让这张微笑的面容变得扭曲，姜诚微驼的脊背高高弓起，又猛然伸直，每一次起伏，都仿佛要带走姜诚所剩无几的生命，周锐一下子紧张起来，赶紧说："你怎么了？要不要去医院？"

姜诚艰难地抬起手，摇了摇："不用。"

"你的病，怎么样了？"

"你知道我的病？"姜诚喃喃自语，"嗯，这也不是什么难事，很容易就能查到。"

"我知道你一定觉得自己时日无多，所以铤而走险……"周锐刚说到一半就被姜诚打断了，这在两人的谈话中还是第一次，姜诚说："是的，我没有证据！是的，我的女儿自杀，是法律认定的事实。那么现在，你有证据吗？那几起死亡事件，官方认定的事实又是什么？"

周锐再度语塞，他没有想到，先前的强辩之语，到头来却把自己绕了进去。没错，在"官方通报"里，姜诚杀死的那几个人，就跟当年的姜婉一样，同样属于"意外死亡"或"自杀"。盖有公章的撤案决定书，此刻正放在他隔壁办公室的资料柜里。周锐理屈词穷，只能艰难地说："你喊我过来，到底想说什么？"

"我给你讲一个故事吧。"

"故事？"周锐全身一震，随即下意识地伸手入怀，想要悄悄打开手机的录音功能——刚刚下车时，因为过于紧张，他居然忘了这事。姜诚一眼就看穿了周锐的心思，说："想录音？"

周锐身体一颤，右手僵在了口袋里。

"如果那样，我就不讲这个故事了。"

周锐摇摇头，掏出手机，丢到面前的桌上让对方检查。姜诚粗略扫了一眼，依旧缄默不言，周锐又将全身的口袋翻了过来，最后，干脆脱掉了外面带纽扣的衬衣，只留一件背心。

"我真没录音，不信，你摸我身上。"

姜诚笑了笑，终于说："那好，我开始讲故事了。"

"你说。"

"云城市公安局，今年成立了一个大数据作战中心，是吧？"出乎意料的是，这个故事的开头并非陈述或追忆，而是反问，周锐被问了个措手不及，随即意识到，在这个并不重要的问题上撒谎是毫无意义的，于是说："是的。"

"大数据中心的一项重要课题，是通过大数据手段，对犯罪线索进行追溯、收集，例如你们怀疑某个人是犯罪嫌疑人，那完全可以事无巨细地查到他近日的所有信息，包括转账记录，通话记录，手机定位轨迹，见过什么人，在网上聊过什么，浏览过什么，只要付出足够的人力物力，都可以全部查到。他只要在任何地方露出丝毫破绽，都可能成为你们的突破口。对于罪犯来说，以往，只需要不留下任何指纹、监控、人证物证，就可以说是一次完美犯罪了，但现在，即便是不经意的一些小小细节，也可能暴露出行踪。嗯……就像两年前，某沿海城市的两个蟊贼，抢了一名外商的限量款手表，事后在网上浏览这块表能卖多少钱，就被锁定目标了，这个案例，你们应该学习过吧。"

"是的。"

"但你们做的还远远不止这些，今年上半年，你们以社区帮扶的名义，给全市200多名有吸毒前科的人发了智能健康手环，名为关怀，实为监视，只要这些人连续两小时心率远超正常值，那你们就直接根据定位，去家里或宾馆抓人了。"

周锐艰难地点了点头，说："你知道的很多。"

"大数据中心还有一项重要课题，那就是预估有犯罪前科的人，在劳改结束、刑满释放后的再犯罪概率。例如，某人二十年前杀了人，现在刚刚释放，那么，可以通过他在押期间的表现，以及释放后的就业情况、人际关系、消费数据，大约估算出这个刑满释放人员重新犯罪的概率，到底属于高危分子，还是相对安全的改过自新者。"

周锐点了点头，这些都属于保密内容，但有心者真想了解也并非难事："这都是为了社会治安。"

"我知道，这是有利民生的好事。"姜诚说，"我不是指责什么，我说这些，是为了下面的故事。"

"嗯，你说。"

"在上个月的刑满释放人员里，有一对因盗窃进去的兄弟，哥哥叫潘龙，弟弟叫潘虎，都是高中肄业，没一技之长，又好逸恶劳，最后成了惯偷。就在兄弟俩坐牢的时候，他们的父母去世了，家里的房子被叔叔给霸占了。"姜诚顿了顿，说，"这个叔叔也是个劳改释放分子，十年前砍断邻居的一条胳膊，蹲了七年大牢，在他眼里，潘龙、潘虎就是一对不成器的小混混，自然理都不理他们。"

"没错，"周锐说，"犯罪分子之间也存在鄙视链，杀人的看不起故意伤害的，抢劫的看不起盗窃的，所有人都瞧不起强奸的。"

"你说，这对兄弟刑满释放后，再次犯罪的概率高不高?"

"从你说的信息看，至少七成!"

"如果再犯罪的话，你觉得，他们是不是很想干一票大的，以免一直在家抬不起头来?"

周锐愣住了，这无疑是个相当违和的问题，让他心里不由自主地升出一种强烈的不祥感，他直直地盯着姜诚，试图从这张脸上找出一些自己想要的信息，然而姜诚依旧一副云淡风轻的模样，面容古井无波，端着茶杯的双手稳定而放松，就像一个真正的说书人那样，周锐沉思了片刻，说："是的，你说得对。"

"潘龙细心，潘虎莽撞，两个人过去盗窃，大多是潘龙拿主意，这小子虽然文化不高，但其实挺爱学习的，只不过学的都是些歪门邪道的玩意儿。就在这两天，潘龙手机上的知乎、贴吧软件，以通知信息的方式，推送了好几条跟犯罪有关的话题给他。这些信息都是跟绑架有关的，例如《历史上最成功的十名绑匪》《为什么张子强能成功绑架首富之子，勒索10亿港币全身而退》《东方快车谋杀案原型》等。"姜诚放下茶杯，目光飘向窗外的夜空，"你说，看了这些推送话题，潘龙会不会很想干一票绑架?"

周锐攥紧拳头，目光变得无比凌厉："是你干的?"

姜诚面色平静，没有承认，也没有否认。

"你到底想干什么?!"周锐猛然伸手，揪住姜诚的睡衣衣领，姜诚猛然前倾，手上的茶杯晃了晃，几滴淡青色的茶水从杯口洒了出来，落在一尘不染的地板上，然而姜诚并不慌张，也没有挣扎或反抗，只是淡淡地说："你不愿听故事了吗?"

周锐五内俱焚，他已大约猜到姜诚的"计划"了，只是尚且无法确定他说的这个"故事"，到底是木已成舟的"过去式"，还是尚能补救的"正在进行时"或"未来计划"，周锐深深地吸了一口气，松开手，说："好，你继续说。"

姜诚低下头，用餐巾纸仔细地拭去地板上的茶水，说："你知道'初见'吗?"

"什么?"

"嗯，你这个年纪的人，不知道也正常，'初见'是一款社交软件，今天下午，这款软件给潘龙推荐了一个白富美，开宝马车，拎LV的，你说，这是不是一个完美的绑架对象?"

"这个白富美是谁?!"周锐怒不可遏，"是不是赵恬恬?!"

姜诚深深地看了周锐一眼，说："我说了，这是个故事，如果你希望主角叫赵恬恬，那就叫赵恬恬吧。"

"你疯了?!"周锐咬牙切齿地说，手背的青筋如小蛇般暴突出来，此刻，他恨不得扼住姜诚的咽喉，逼他说出后面的关键信息，然而姜诚毫无惧色的目光让他心知肚明，即便自己这么做，也毫无意义。

他是个时日无多的人，自然视死如归，无所畏惧。

"这个白富美，嗯，赵恬恬挺能作的，她有个在外地上学的男朋友，平时，她男朋友一旦惹她生气，她就会跑出去，要么去酒吧喝酒，要么找别的男生看电影聊天。小孩子，想法挺幼稚的，觉得这样报复一下，两个人就扯平了。嗯，就在今天，赵恬恬男朋友就惹她生气了，而且是很严重的那种。潘家兄弟那头，一下子发现个这么合适的目标，两个人自然喜出望外，潘龙随即给赵恬恬发了条消息，这小子卖相不错，跟赵恬恬的前男友还有两分神似，所以，赵恬恬收到消息后，两边很快就聊上了。"姜诚再度露出笑意，他说，"正所谓，金风玉露一相逢，便胜却人间无数。"

周锐强遏心中的滔天怒意，说："你继续说。"

"简单点说吧，见面了，约会了，绑架了。"姜诚咳了两声，说，"潘龙这小子，还是比较上道的，图财，不害命，只可惜，事情多半会坏在他弟弟潘虎的身上。这小子比较莽，比较彪，偏偏又急色，一旦精虫上脑，十头牛都拉不回来，所以，用大数据来推断，他至少有九成的概率，会强奸绑架对象。而赵恬恬又是个养尊处优的大小姐，一定会拼死反抗，说不准会把潘虎的小弟弟给咬下来，所以，灭口，应该也是大概率事件……"

灭口……当听到这两个字时，周锐瞬间觉得天旋地转，即便在清醒后，他的第一感觉也非愤怒，这或许是他明白，任何情绪波动在此时此刻都于事无补。他更没有采取强制手段控制住姜诚，他清楚，这个人压根儿就不想逃跑，也从未计划过逃跑。抱着心底仅存的一丝希望，周锐说："这个故事，已经发生了吗？"

姜诚点点头，又摇摇头，这反应让周锐有些困惑，他问："怎么了？"

"发生了……一半。"

"什么意思?"

"没错,潘龙、潘虎绑架了赵恬恬,潘虎侮辱了赵恬恬……"说到这里时,姜诚低下头,不敢面对周锐愤怒的目光,下一秒,姜诚剧烈咳嗽起来,他咳得很用力,面容上泛起可怕的潮红色,姜诚说,"但在最后一刻,我干预了这次犯罪,让潘龙、潘虎放过了赵恬恬……"

"你……为什么?"

"因为,我也有女儿……"姜诚的声音变得有些颤抖,"没错,赵恬恬逼死了我女儿,我恨不得她去死。但当我听到,赵恬恬被侮辱时的哭喊、哀求时,我还是动摇了……算了,惩罚就到此为止,我的复仇计划,结束了。"

"你怎么说服他们的。"

"我先打通了赵恬恬的手机,直接报出了他们的名字,因为这一来,灭口就毫无意义了。但是我对这两个人的性格判断出现了一点偏差,所以,我只能铤而走险,直接敲响了房门,吓跑了他们。"

"你不是一直在家吗?什么时候出去过?"

"你应该知道,以我的手段,欺骗你很简单。"

周锐拧眉、咬牙,但并不承认,转问道:"潘龙、潘虎在哪儿?赵恬恬又在哪儿?"

"潘龙、潘虎应该已经把手机扔了,或者把卡拆掉了。"姜诚说,"不过,赵恬恬还在第一案发现场,城北的石油化工厂宿舍,她的呼吸、心跳都还正常,至少不会有生命危险。"

周锐站起身,不再说话,转身往门口走去。"你要去现场?到时候你怎么解释?"姜诚的话语仿佛一条无形的绳子,让周锐的脚步减缓了一些。"你等等,我有话对你说。"周锐走得更慢了，但并没有彻底停下。"你就不想知道，阿明现在在哪儿吗？"姜诚用悠长的语调说。

周锐猛然回头，目光里，似乎有火焰正在燃烧："阿明？你把我儿子怎么了?!"

第三十六章　人死债消

说实话，当听姜诚讲述赵恬恬的"故事"时，周锐也一度愤恨、恐惧、焦急过，但总体来说，这些情绪都在可控范围内，这并非冷漠，而是他心知肚明，既然姜诚已面对面地，给自己说出这段故事，那结局显然已无法改变。然而，当"故事"的主角从赵恬恬，变成自己的独子阿明时，周锐瞬间失去了冷静，他一个箭步跨到姜诚跟前，说："你把我儿子怎么了？"

姜诚没有说话，只是不紧不慢地拿出手机，点开相册，翻出其中的一张照片，递到周锐眼前，周锐只看了一眼，全身的血液瞬间涌上脑门，高大的身体晃了晃，险些栽倒在地。

照片里，是一间窗帘拉得严严实实的房间，从布置装饰来看，像是某个宾馆的房间。阿明静静地躺在房间正中的大床上，身上盖着一层薄薄的毛巾，双目紧闭，也不知是睡着还是晕倒了。

又或者，是更糟的那种情况……

周锐再也无法控制自己，他第二次揪起姜诚的睡衣衣领，用嘶哑的声音说："我儿子并没有惹你！你找他干什么？！"

"因为他妨碍了我。"

"他哪里妨碍你了?!"

"他采访了这几起意外死亡事件,发现了这里面的疑点,最近一直在调查我。"

"阿明怀疑到你了?"周锐愣了愣,随后很快回忆起来,阿明曾对自己说过的那些话。不过此时周锐已无暇,也不想去了解这一切的前因后果了,"我×!"周锐咬牙切齿地骂了一句,右手发力,将姜诚的衣领勒得更紧,让他几乎喘不过气来。

"你,你不要动粗,我是个病人……"

"你什么时候干的?"

"就在今晚,你以为我一直在家的时候……我刚才说了,你就算二十四小时监控我,我也能随时随地逃脱……其实,晚上6点40分,我就从别墅后面的窗子爬出去了。只不过我家里所有的电器设备都是智能联网,可以远程操控的,我算准了时间,在出门二十分钟后,我打开了厨房里的灯,紧接着让放在微波炉上的电子播放器外放出锅碗瓢盆的声音,晚上8点,我又远程遥控,打开了二楼书房的灯光,造成我上楼的假象,五分钟后,打开了洗衣机。晚上8点50分,我回到家,做的第一件事就是把衣服抱出去晾晒,我做这么多,就是让你坚信,这段时间我一直在家里,从来没有出去过。"

"我儿子现在在哪儿?"周锐咬牙切齿,双手手背上的青筋高高凸起,粗糙的指节狠狠顶在姜诚的喉结上。事实上,他的态度之所以发生如此剧烈的变化,从"以礼相待"到直接动粗,一方面是关心则乱,失去理智,但另一个不可忽视的原因是,在潜意识中,此前周锐对姜诚,始终是怀着某种理解和尊敬的。毕竟爱女被逼自杀,父亲亲手复仇,这样的行径虽然触犯国法,但站在人情角度看,依旧是值得同情的，谁知如今，姜诚为求"脱罪"，居然将"毒手"伸向完全与当年之事无关，而且人品无亏的阿明，这让周锐彻底失去了对姜诚的尊敬与同情。

"我儿子到底在哪儿?!"周锐又吼了一遍，他一度是个相当冷静的人，即便面对最狡猾、恶贯满盈的罪犯，也能保持基本的冷静与克制能力，然而这一刻，他无法做到。

"你……你松开我……你是公安局长! 你这是刑讯逼供……"姜诚被扼得喘不过气来，双手拼命乱推，但年老体弱的他又如何能挣脱周锐的束缚。短短一分钟内，姜诚的脸色从枯黄变得青紫，胸膛剧烈起伏，隔着薄薄的睡衣，甚至能看到，左胸的一块皮肉在疯狂跳动，仿佛心脏要冲破肋骨的束缚，从胸腔里蹦出来一样。

"不要装死!"周锐将右手松开了一些，同时不禁有些奇怪，虽说怒火攻心，但他的下手毕竟是有分寸的，足以让对方难受、艰于呼吸，但绝不至于窒息到危及生命的程度，然而事与愿违，姜诚的身体状况，似乎比预料中还差了许多。即便在周锐松手后，姜诚的状态依旧没有好转，呼吸越来越急促，干枯的身躯扭成一团，又过了十来秒，姜诚试着张口，却已说不出一句完整的话来，只是费力地抬起右手，指向客厅一侧的书桌，断断续续地吐出几个不太清晰的音节："电脑……桌面……文件……"

周锐依言望去，果然，在客厅一侧的书桌上摆着一台笔记本电脑，后面还插着电源，只不过处于黑屏待机状态。

"电脑里有什么?"周锐扶着姜诚，心里有些为难，也不知应该先看电脑，还是先管姜诚。几秒钟后，周锐做了一个艰难的决定："我给你打120!"

"不，千万别打120……看电脑……"这是姜诚昏迷前说出的最后几个字，即便在失去意识的一瞬，他枯槁的右手依旧悬在半空，食指指尖执拗地指向电脑的方向。这个手势让周诚改变了主意，他将姜诚放在沙发上，以最快的速度奔向电脑，电脑并没有加锁，鼠标轻轻一动，屏幕就亮了起来，周锐一眼就看见，干干净净的电脑桌面上，放着三个用最大图标显示的文件。

前两个是音频文件，文件名分别叫"给周锐""给姜宜"，最后则是一个名为"平安"的EXE（可执行）文件，图标是一张由无数数字织成的巨网。不知为什么，当看到这个图标与这个名字时，周锐身体内的灵魂仿佛跳动了一下。

他犹豫了两三秒，旋即打开了名为"给周锐"的文件。这是一段录音，时长共七分多钟。说话的正是躺在沙发上，生死未卜的姜诚。录音的语气很平静，语气抑扬顿挫，仿佛一段娓娓道来的故事。

"你放心，阿明没事。

"他是无辜的，我不会伤害他。他手机现在关机了，是我做的手脚。最多半小时后，你就能联系上他！

"不要打120！不要打120！不要打120！"

或许是担心收听者无法听清，在录音播放的同时，屏幕下方还出现了一行醒目的黑体字幕。听完前十五秒录音内容后，周锐冷静了一些——可惜并没有持续太久，在一段长达十秒的停顿后，姜诚抑扬顿挫的声音再次响起，而后面的内容，则让周锐陷入更难以挣脱的挣扎与彷徨中。

"让你不要打120，是因为再高明的医生也救不了我了。

"跟你见这一面，也是我的布局。

"昨天我去复诊，医生告诉我，我的肺部肿瘤，已发展到了压迫主动脉的程度。所以，我现在是一名主动脉超高压患者，稍有激动、运动都可能危及生命。嗯，现在是晚上10点，我刚刚吃了两片升压药，然后准备去院子里坐四十分钟，等药效发作。

"嗯，说白了，在你面前的我，就是个玻璃人，一碰就碎。

"我跟你讲故事，又故意用阿明激怒你，就是为了让你'碰碎'我，我做过关于你的行为数据分析，你确实很冷静、沉着，但事情涉及阿明，你有99%的可能无法控制自己。

"但是，请你千万，千万，千万不要因为碰碎我感到内疚，我身患绝症，时日无多，这一天早晚要来，早一点离开，反而会少受一些罪，我很感激你。

"从你第一次站在我家楼下那一刻起，今天的结局，就已经注定了。以你的能力，你的性格，一定会找到真相。

"但我不能让你公开真相——这倒不是为了我的名声，人都死了，还计较名声干什么，我是为了这世上的最后一个亲人，姜宜。

"我不知道你有没有见过我女儿，她很乖，很可爱，她的梦想是开一间小小的酒吧，过无忧无虑的日子。

"对了，她刚找了一个很优秀的男朋友，杜宇。

"嗯，杜宇也是我的一枚棋子，但我确实很喜欢这个年轻人，所以就让他做了我的准女婿。你回头可以问他一些问题，但不要逼他回答你。"

（停顿十秒）

"不知道听到这里，你有没有猜到我的布局，以你正常状态的智商，应该能猜到的，但是此刻你一定心乱如麻，所以我也不能确定了。

"嗯，现在，你跟我，都在'同一条船上'了。

"你没有杀我，但我确实'因你而死'。

"不要内疚！不要内疚！我是在利用你！"

（停顿五秒）

"你放心，只要你不主动说，我的死，就是'因病死亡'，绝不会和你扯上任何联系。我不知道你有没有对我动粗，但就算动粗，想必也不会太严重——我了解你的性格，你不会对一个毫无还手之力的老人下狠手的。还有，医生前天就给我下了病危通知书，我对今天可能发生的一切情况都早有预案，在另一个文档里，我对姜宜交代了这一切。

"请相信我，我有这个能力，做好完美的布局。

"赵恬恬被绑架撕票，我做得很干净，那条以'初见'软件的名义，将赵恬恬推荐给潘龙的手机通知，也伪造得天衣无缝。而除去这一点之外，后面的绑架、撕票行为，都是'自然发生'，而非'人为操控'的。

"现在，无论从法医学、证据学、犯罪心理学的角度推断，赵恬恬的案件，都是一场纯粹的'绑架人质，勒索赎金'案。

"下面两种情况，你仔细想一想，选一选。

"情况一：赵恬恬的案子，是一场偶然的绑架，两个一心'想做大事'的惯偷，绑架了一个漂亮的官二代，劫匪见色起意，强暴了人质，还差点把人质灭口。嗯，听上去确实挺严重，但跟第二种情况一比，那完全就是小巫见大巫了。

"情况二：在和谐安定的云城市，隐藏着一个可怕的高智商罪犯，他的女儿三年前被逼自杀，然而，由于权力的干预，法律的公正迟迟没有到来。这个父亲卧薪尝胆，使用各种布局手段报复杀人。然而，由于公安机关的部分领导不重视，不作为，这几起谋杀，被错误地按自杀、意外死亡结案，罪犯得以逍遥法外。最后，有一位已退居二线的副局长，找到了其中的线索，并冒官方之大不韪，直面嫌疑人，谁知道由于一时激动，这位副局长，居然失手将嫌疑人给弄死了……即便如此，他也没能阻止罪犯的最后一场复仇……

"呵呵，你应该明白，如果是第二种情况，多少人会丢官？多少人会处分？多少人会恨你入骨？你觉得，如果把这道选择题放到你们的一把手面前，他会怎么选？

"甚至，把这道选择题，放到赵恬恬的父亲赵学文面前，你觉得他会怎么选？他的女儿已经这样了，如果选择第二种情况，他还将失去他现在的一切！

"对了，这个案子里，最后，我为了留赵恬恬一条命，做了两件蠢事：打了一个电话给潘龙，最后还用脚步声吓跑了他们，这两点可能会成BUG，不过没关系，那个废弃的居民楼其实是个摄影爱好者'胜地'，脚步声可以用这一点解释，至于那个电话，嗯，我建议你给潘龙、潘虎安排一个律师，他们会很愿意承认，自己是'主动中止犯罪'的。

"我做过你的性格数据分析，你有99%的可能会选一。这样，对你好，对我好！对你的所有同事、领导好！对每一个活着的人，都好！

"最后，我已是一个死人，复仇已彻底画上句号。

"平安云城！和谐稳定！"

周锐几乎是屏住呼吸，听完了这段七分三十秒的"遗言"。听完后，他回过头，望了躺在沙发上的姜诚一眼，姜诚依旧卧在沙发上，不久前还微微起伏的身躯变得格外安静，周锐心知肚明，这并非体征的平稳，而是死亡的前奏。他强忍着走回沙发，一探姜诚鼻息心跳的冲动，艰难地将目光重新移回电脑桌面上。

他深吸了一口气，双击另一个"给姜宜"的录音。然而这一个文档是被加密的，密码提示问题是一个让周锐束手无策的问题："你十岁生日，我给你买了什么礼物？"后面还附加了一行"警示"："若输错答案，本文档自动删除。"周锐苦笑了一下，摇了摇头，点下"退出"键。

这个晚上发生的一切，接连不断的变化让他根本无暇停顿下来冷静思考。很显然，姜诚在布局之初，就将事态所有的变化可能、复杂多变的人性都掌握得极其透彻。如此高明、缜密的手段让周锐毛骨悚然，就在他犹豫，要不要打开最后一个名为"赠礼"的文件前，另一个意想不到的变化发生了：他刚刚打开的，那个"给周锐"的录音文档，忽然弹出一行提示信息："谢谢收听"，紧接着，毫无征兆地自动关闭，迅速消失在了桌面上。

很显然，作为当年的计算机软件大神，姜诚很"贴心"地给这段录音加上了"阅后即焚"功能。周锐艰难地转过头，看了姜诚一眼，最终用力按动食指，点开了电脑桌面上那个名为"平安"的EXE文件。

"平安，平安？"

难道说，一个小小的软件，就可以给我们带来平安吗？

周锐不愿相信。

第三十七章　厚礼

　　"平安"的打开过程相当漫长，它的加载动画极其简洁，两个白底红字的"平安"汉字，显然，姜诚并没有浪费一丁点儿时间在软件的美化、UI设计上。读取过程持续了两三分钟，当软件打开的一瞬，一个无比熟悉的画面跳了出来。

　　"平安"的主界面居然是一张云城地图，跟常用的导航软件至少有七分相似，周锐很快注意到，在地图上，有五个亮点正在闪烁，其中有三个点是黄色的，剩下的两个，一个是鲜红色，另一个则是橙色。周锐移动鼠标，正准备点击那处刺目的红点，一个提示界面却主动跳了出来，并且"毫不客气"地占据了屏幕正中的位置。

　　界面上只有一个按钮：播放。

　　周锐不假思索地点了下去，姜诚的声音又一次响了起来：

　　"周警官，下面，请让我用四五分钟，给你讲述一下'平安'的意义，相信我，这或许会是你做警察二十年来，所看到的最伟大、神奇的一次技术革命，它的意义，甚至超过DNA监测、指纹提取技术。

　　"没错，我可以利用大数据实施谋杀，但同样，我也可以用大数据来帮助警方抓捕罪犯，甚至杜绝犯罪。尽管还是一个雏形，但'平安'的核心算法，比你们警方大数据中心目前所掌握的技术，要超前十年、二十年。这不只是技术的领先，更是理念的碾压。

"就我所知，警方目前的大数据侦查手段，大多还停留在'发现'的层面，例如'发现'摄像头下的车祸、抢劫、盗窃，'发现'银行卡、网上账户间的巨额转账记录，'发现'烈性传染病患者的密切接触人员，'发现'吸毒人员的心率、呼吸远超正常值。

"但是，这只是一双眼睛，而非大脑。它看到的，只是肤浅、最简单的表象，而非实质。

"而'平安'，则是大脑。

"现在，请你先点击屏幕上的那处红点。"

周锐毫不犹豫地照做了，屏幕上跳出一张照片，这是一个二十岁出头的小青年，模样不赖，但发型、气质都略显轻浮，一看就是社会闲杂人员，在照片下方，有两行醒目的字幕：

李昊，二十二岁，无业，超高危人员。

短期内，有极大概率犯下绑架、杀人、碎尸案件。受害对象，何小丽，女，网络主播。

周锐愣住了，毫无疑问，这是一起"犯罪预告"，就像每天电视上播放的"天气预报"那样，在他想明白之前，照片渐渐隐去，屏幕上出现了白底黑字的"字幕"，一行行文字配合对应的图片，以滚屏方式缓缓出现：

在这之前，我"入侵"了你们公安机关的大数据信息库。李昊则是"平安"的AI通过对数京条大数据信息的智能筛选、分析，找到的超高危分子。

上月24日晚10点40分，华润路锦江宾馆，这个叫李昊的二十二岁本地男子，开房时未使用本人身份证登记，而是使用了一位名叫吴前贵的同龄男子的身份证。

这一点，是AI通过对比入住信息，与宾馆前台监控发现的。

但是，用别人身份证开房的情况很常见，最常见的是因为公务帮他人订房；又或者本人身份证遗失，暂时借用别人的情况；甚至还有一些人，在一夜情、约炮时，不愿透露真实身份姓名，故意使用他人身份证的。你们警方自然也没那么多人力，对每一起类似情况深入调查。但是，一旦"大数据技术"结合了"AI智能学习"后，计算机就可以自己对信息进行分析、判断，进而通过一些衍生信息，发现真相。

首先，李昊是无业游民，不存在因公务接待为他人开房的可能。

其次，李昊本人的身份证，在开房前一天，后一天，都在市区某网吧登记上网，显然并未遗失。

再次，李昊与吴前贵素不相识。

最后，李昊未婚，又不是有头有脸的人物，不存在隐瞒身份开房的必要。

所以，AI认为，李昊使用他人的身份证开房，属于"无合理理由"的"显著疑点"。我将其称为

"第一线索"。"第一线索"很重要，但数量实在太多，事实上，AI在一个晚上的时间，就在大数据信息库里找到了四万多条"第一线索"，其中有超过90%，都属于"杞人忧天"。正因如此，AI需要根据"第一线索"，在大数据系统中，继续搜索相关信息，对事件背景进行深度挖掘。

下面的十几条信息，就是AI经过智能分析，自动找到的：

信息一（监控录像）：当晚开房，与李昊同行的还有一名女子，开房时未进行身份登记，AI通过面部识别，证明为邻市女子何小丽。

信息二（个人身份信息）：何小丽，女，二十一岁，网络当红主播。父母早逝，银行存款约170万元。

信息三（个人贷款信息）：李昊在近半年内，因网络赌博，欠下网贷、套路贷60余万元。

信息四（手机定位信息）：上月下旬，李昊与何小丽，在开发路新叶小区同居（手机定位位置重叠）十余晚。

信息五（App浏览、消费记录）：上月下旬，李昊曾在京东、淘宝网上，下单购买"高压锅""除味剂""铁铲"等物品，并多次浏览"电锯"商品。

信息六（个人身份信息）：李昊本人在云城有房，位于我市解放路天河小区，独居。

信息七（车辆租赁信息）：本月10日，李昊在我市三川车行租下一辆二手皮卡。

信息八（手机定位信息）：本月上旬，李昊多次独自驾车前往市郊万福水库、凤凰山景区等地，每次逗留两到六小时，何小丽未同行。

信息九……

　　随着一条条信息依次在屏幕上浮现，周锐的呼吸愈发沉重起来，没错，这些信息清楚地揭示出，一场"绑架、杀人、抛尸"案，正在城市的某个角落酝酿、生长。当然，到目前为止，这起"犯罪"还处于"前期准备"阶段，但如果放任不管，它有极大的概率，在不久的未来变成真实的血案。

　　也正是在这一刻，周锐终于明白，也终于相信，为什么姜诚说，这是他做警察二十年来，所看到的最伟大、神奇的一次技术革命了。

　　没错，如看到这十几条信息，大多数有基本判断能力的人，都能猜到未来会发生什么，该如何阻止。然而问题在于，如果仅凭人力，根本不可能从浩如瀚海的大数据信息中，找出这十几条关键信息——就算全国的警察数量增加一百、一千倍，也不可能做到。

　　说实话，李昊是个"愚蠢"的犯罪分子，他用别人身份证开房的行为，说到底只是画蛇添足，还会留下马脚的"反向操作"。然而，在"凶案"真正发生之前，又有谁能注意到这点小小的"线索"？

　　下一秒，字幕缓缓消失，姜诚的声音又一次从手机听筒里飘了出来。

　　"没错，平安的魔力就在于，AI通过深度学习，真正具备了'智慧'，可以理解每一条'数据'背后的各种可能，并学会将不同信息进行关联。只有这样，AI才能从数京TB的数据信息中，筛选出真正有价值的那部分，进而找出其中的犯罪征兆、安全隐患。这，才是大数据的真正魔力！

"最后，再送你一个礼物吧，二十年前，轰动全国的'212慧文美容院杀人案'：一对母女惨遭杀害，十一岁的女孩更在死前惨遭凶手凌辱。那个你们找了二十年的犯罪嫌疑人叫黄均，今年五十七岁，出租车司机，家住学士广场10栋201。

"'第一线索'是，过去五年，黄均曾十余次上网查询'212杀人案'。但符合这个条件的一共有四十多人，所以，AI需要进一步寻找、挖掘真相。

"在黄均身上，AI找到的衍生信息包括：第一，治安探头拍到，去年年底，黄均散步回家时在小区门口遇到警察排查，身体抖了一下，迅速低头绕行；第二，黄均在四年前买了一款智能手机，却从不用指纹解锁，每次都不厌其烦地输入密码；第三，黄均不用指纹识别并非年纪大了学不会，因为两年前，他再次换手机后，就很快地习惯了面部识别；第四，手机定位显示，黄均有晨跑的习惯，每天绕家门口的荷花池公园跑一圈，但每次跑到公园西门时，他都会拐上一条小路，小路的路况很差，一到雨季就泥泞难行，于情于理都不合理，唯一的理由是，在公园西门对面，是'景区派出所'的大门，他这么做，是为了避开派出所门口……

"综合以上几点，我认为，黄均至少有八成概率，就是你们要找的那个人！"

周锐的身体再次颤抖起来，呼吸与心跳都仿佛停滞了，这份"礼物"实在太"贵重"了，这起发生在云城市、轰动全国的凶杀悬案，尽管已过去了二十年，却依旧是每位刑侦人员心中的伤疤与痛点，如今，这个他们苦苦寻觅了二十年的"嫌疑人"，居然被姜诚"找了出来"？

"对了，你可以试着去点地图上的其他亮点，这些都是AI即时演算的，正在发生的违法线索：如果四五部定位在同一处的手机，微信之间来回频繁大额转账，那么，十有八九是一场赌局；如果几十部手机在同一个小区内先后失去信号、关机，之后这些手机主人的亲友接到同一个号段的电话，再往后，美团每天都能接到这个小区的十几份盒饭的订单，那么恭喜，你们找到了一个传销团伙；如果某名抑郁症患者忽然给数十名亲友发送'奇怪'的信息，那么，一场自杀可能即将发生；如果电视新闻画面里，某位领导开会时下意识地看向手腕，却没有手表，那意味着他有一块不能出现在新闻照片里的名表。"音响里，姜诚略带戏谑地笑了一下，"噢，我忘了，最后这件事应该归纪检管，跟你们公安应该没有太大关系。"

"除此之外，AI还可以大致预估出，每一位公民未来一段时间内的犯罪可能与概率。例如，学历、收入偏低，但偏偏喜欢在网上打赏女主播或是热衷线上赌博的年轻人，犯下盗窃、抢劫罪的可能性要远高于正常人；以及一个曾在网上购买多张假身份证的人，往往和诈骗、传销团伙脱不开关系；一个在京东、淘宝上匿名买伟哥，同时开房记录混乱的公务员，往往是性贿赂案件的重点嫌疑人。

"有了这些线索，我们就可以实时'干预'。例如，我就在最后关头，用两句话说服了潘龙，留下了赵恬恬的性命。

"桌子右手抽屉里有一个蓝色的U盘，里面有文件的全部源代码。愿它能给云城带来真正的平安！

"我做了很多错事，这款软件，就算是我最后的赎罪吧！"

周锐再次扭头，看了沙发上的姜诚一眼，老人的身躯已彻底归于平静，脸颊上浮现出明显的枯败颜色。他艰难地拉开抽屉，取出U盘，站起身，头也不回地走了出去……

　　既然你已经死了，就让这一切结束吧。

第三十八章　葬礼

　　姜诚的葬礼很隆重肃穆，大约有两百多人参加了这位传奇人物的葬礼。哀悼人群中不乏一些企业老板、文化名流、大学教授，这些人要么是姜诚生前的同学好友，要么是曾经蒙他指教、点拨的社会人士，甚至包括一些在电视上认识"姜太公"的观众粉丝。在人群第一排，站着一位四十多岁、气质儒雅的中年人，从他身边空出的那一大块地方，以及周围人的目光看，显然身份绝不简单。

　　中年人姓申，现任云城市长，据传云城市委书记年底就要调任省会，由申市长接班。这位未来的云城"一把手"和姜诚并无交集，事实上，以他信仰马列主义的党员身份，也不该与这样的"国学大师"产生交集，他之所以来参加葬礼，不过是为了"陪"一个人。

　　在人群的最中间，申市长右侧大约两三米的位置，一位六十余岁、戴黑框眼镜的老者低头肃立，老者衣着朴素，衬衫的袖口甚至打着一块指甲大的补丁，但全身上下，自然而然地散发出一种超脱常人的气质。

　　老者姓陈，姜诚大学时的同窗好友，中科院资深院士，国内信息工程学泰斗级人物——市长、院士两名重量级人物的到来，无疑给这场追悼会平添了一些特殊的分量。这让站在人群第三排的周锐百感交集，在前一天晚上，他的内心再度陷入挣扎——十二个小时前，潘龙、潘虎在邻市落网，他也在特护病房里，见到了遍体鳞伤的赵恬恬，女孩纤弱的身体上，无数道触目惊心的伤痕让周锐出离愤怒，以至于心中再度升起那个念头：揭发姜诚，公开真相！然而，十分钟前，当申市长陪着陈院士，走入庄严肃穆的追悼大厅，向安卧在鲜花翠柏丛中的姜诚遗体三鞠躬之后，一切都不一样了。

从某种程度上来说，这一场葬礼，也算给姜诚这一生，彻底"盖棺论定"了。

"请亲属、好友进行遗体告别。"大厅上方响起一个冰冷的女声，哀乐低鸣，人群中响起一阵微弱的抽泣声。周锐领着阿明，跟在杜宇身后，走到姜诚的遗体前，姜诚依旧穿着跟杜宇第一次见面时的那件唐装，神态安详，宛若睡着一样。默哀、鞠躬完毕，杜宇忍不住回头望了阿明一眼，阿明紧咬牙关，眸子里隐约有液体在流动。告别仪式结束后，一身缟素的姜宜走到台前，站在黑底白字的"沉痛悼念姜诚同志"横幅正下方，开始念追悼词。

"今天，我怀着万分悲痛的心情，悼念敬爱的父亲不幸病逝，向他的遗体做最后告别。

"父亲年初被确诊癌症，病情日益加重，经医治无效，于8月24日凌晨在家中与世长辞，享年六十一岁。

"父亲的一生，是传奇的一生，四十三年前，父亲以全市理科状元的身份，考入国内某知名高校计算机系，成为我国第一代软件专业人才，在业内享有极高声誉。近年，父亲转攻国学、风水学，成为受人尊敬的国学大师。父亲临终前曾对我说，吾生也有涯，而知也无涯，以有涯随无涯，殆矣。所以，他尽管'殆'了，但这一生，是充实完满，没有遗憾的。

"三年前，我家遭遇变故，我的妹妹、母亲先后去世，父亲曾说，其实母亲离世之时，他很想随母亲而去，但世间仍有诸多牵挂未曾了却……"

说到这里，姜宜猛然抬头，目光穿透重重人群，无比精准地锁定了周锐。周锐悚然低头，不敢和姜宜直视，好在，这段"弦外之音"只持续了不足两秒就戛然而止，姜宜接着说：

"父亲最牵挂的，是我。虽然我已长大成人，但在父亲眼里，我依旧是个无法照顾好自己的孩子，最近两年，父亲独自一人，照顾、抚养我，供我读书，照料我生活。父爱如山，当大山轰然倒塌的一刻，我才深切地感受到，您为我付出的心血重量。

"从确诊患病到与世长辞，其间不过半年，在这段时日，父亲也曾勇敢直面病魔，和命运努力斗争。然而在这世间，依旧有一些力量、规律，非人力所能抵抗。从国学角度来说，这些力量，即天道、天理所在。父亲说，他已尽力而为，因此死而无憾。

"父亲说，他这一生绝不完美，唯有一点值得自豪，那便是为人行事，无愧于心。

"死者已矣，逝者如斯，唯望生者坚强。"

哀乐再度响起，念完悼词的姜宜再也无法抑制悲痛，泪水如拧开的水龙头般流淌出来，一时间，大厅内哭声一片，哭声平息后，多数到场者渐渐散去，只余下十多名死者的至亲好友。周锐找了个时机，走到角落里孑然而立的姜宜身边，低声说："你好。"

姜宜冷冷地看了周锐一眼，说："周局好。"

"节哀顺变。"周锐直视姜宜的眼睛，意味深长地说，"一切都结束了。"

"结束了吗？"

"是的，都结束了，不管一个人做过什么，他的生命结束了，那一切就结束了。"

"如果没有你，他或许不会死的！"姜宜说，由于情绪激动，这句话的声音，比先前的私语略高了几分，不远处，本在跟阿明聊天的杜宇被惊动了，讶异地看了姜宜一眼，交流了两句。又过了三五秒，两人一前一后地往这边走了过来。

"算了，过去的，就过去吧。"姜宜忽然觉得很累，现在的她，只盼着早些结束这次对话，以及走完这一套程序。她深深地看了周锐一眼，在杜宇开口前抢先说："我先去忙了。"

"好的，保重。"

"杜宇，这边忙完，我有话要对你说。"姜宜说。

"嗯？"杜宇有些茫然，正想多问两句，但姜宜已说出"再见"二字，接着头也不回地往远处走去。周锐看着姜宜的背影，用刚好她能听见的音量说："你跟你爸爸很像。"

姜宜的脚步顿了顿，但终究没有停下。

六小时后，姜家别墅。

杜宇用了整整半个小时，对姜宜讲完了三天前，他、阿明与姜诚在茶吧玩的"最后一次游戏"，姜宜听得很仔细，听完后，姜宜沉默了很久，忽然开口说："有些话，我一直想对你说，但始终没有勇气，也没法下定决心……"

"今天你太累了，要不，过几天再说吧。"

"不，一定要说。"

"嗯……"

"如果不是我，我爸爸或许就不会死，他的病，并不是没有治好的希望……"姜宜的抽泣很快升级为痛哭，压抑已久的情绪伴着泪水，如决口的洪水般倾泻出来。杜宇尝试安慰她，但收效甚微，姜宜哭了很久才停歇下来，她抬起红肿的泪眼，直直地看着杜宇。

"你觉得，我爸爸是为了让周锐停止追查，而且，怕连累我们担上知情不报的罪名，才不得不主动结束生命的，是吧……"

"嗯？"

杜宇怔住了，不是别的，这问题实在太怪异了。从杜宇的角度来看，这个问题的正确答案无疑是"是的"，然而，在这个特殊的时候，姜宜居然问出这个答案看似一目了然的问题，明显是不合常理，也不合逻辑的，杜宇全身发冷，他问："难道在这之外，还有什么你怕我知道的隐情？"

"我知道，他给你讲过四个故事，那么现在，我也给你讲一个故事吧，最后一个故事，你一定要记得，这只是一个故事。"

"你说，我听。"

"我先问你三个问题吧。我爸爸跟你说，他杀的第一个人，是王鸿儒校长。他策划了一整套周密的计划，只为了在马拉松赛场上，诱发王鸿儒的低血糖症，让他抢救无效死亡。但你有没有想过，低血糖症这种病，除非情况特别严重，大多数时候并不致命，而王鸿儒的病情如果真有那么重的话，又怎么可能不吃早饭去跑马拉松？"

"这个……你爸爸说，他的这次计划，成功率也就不到两成，不过一次不成功也没关系，可以有第二、第三次。"

姜宜不置可否地笑了笑："第二个问题，我爸爸对你说，你摄影机里的那段素材，是他长期以来的心病，为此，他不惜让我主动接近你。这件事，你不觉得有点舍本求末吗？我毕竟不是演员，跟你在一起后，好几次，在你可能接触到真相时，我都表现得很不自然，例如第一次去采访喝百草枯的阿莹，又比如，你跟阿明向我爸请教王鸿儒猝死那事时……你了解我爸爸的智商，他会想不到，让我接近你，只会适得其反，增加他做的这一切被你们发现的可能吗？"

"这个，他说，他挺喜欢我，希望我以后能照顾你。"

"自恋……"姜宜唇角翘了一下，但很快又恢复了冷漠的表情，"最后一个问题，你应该很了解，我爸爸根本就不怕死，那么，他为什么还要这么处心积虑地想要脱罪，躲避法律的惩罚？！"

"那是为了你，他是杀人犯无所谓，但你不能是杀人犯的女儿！"

"我有美国的绿卡，他只要把别墅卖了，把钱给我，然后我去美国生活，那不就全部解决了吗？难道警方会因为一个知情不报——不对，疑似知情不报的理由，跨国抓我？"

这是一个无从反驳的问题，杜宇冷汗涔涔而下："你想说什么？"

"你有没有想过，我爸爸做的这一切，都是故意让你、阿明还有阿明的爸爸，一步步发现线索，找出真相。他故意留下了一些漏洞，例如阿莹手腕上那个歪歪扭扭的白鸽图案，让你怀疑她的自杀是受人引导的；又如，他故意半夜威胁夏晚晴，让她求助你，从而让你确定这几起死亡事件存在问题。你认为，这些都是计算失误吗？如果他真的那么容易计算失误，那他是怎么完成这几次谋杀的！"

"为什么？"

"证明……我爸爸这么做，是为了证明……"姜宜眼中再次流出泪来。

"证明什么？"

"证明他有能力，也有决心筹划、完成这样的谋杀。"

"为什么要证明？"

"因为杀死王鸿儒的凶手，并不是他……"

"是谁？"

"我。"

第三十九章　最后一个故事

"这是一个故事，你一定要记得，这是一个故事……就像我爸爸曾经对你说的那些。"姜宜的声音很清冷，也很清晰。

"我知道，你说吧。"

"三年前，有一个在美国学医学的女孩，有一天，她的妈妈忽然打电话告诉她，她的妹妹在学校自杀了，那一刻，她的天塌了。她坐了三十多个小时的汽车、飞机、高铁赶到家，在她面前的，是妹妹苍白、冰冷的遗体。

"从那一天开始，女孩变了，从无忧无虑变得郁郁寡欢，这样的状态大约持续了一年多，正当女孩逐渐从阴影中走出来的时候，她接到了第二个电话。

"这一次，女孩的爸爸告诉她，她的妈妈出了车祸。

"然而这依旧不是结束，又过了大半年，女孩的父亲，被确诊为癌症……

"在女孩彻底崩溃之前，她听说了一件事：三年前，她妹妹自杀的背后，其实存在一个被层层掩盖的校园欺凌事件，而她的妈妈，也是为了给妹妹讨一个说法，东奔西走，最后疲劳驾驶，才出了车祸……

"从那一刻开始，女孩便忘记了悲伤，她决定复仇。"

"这个女孩，就是你？"杜宇觉得自己在明知故问。

"不，你又忘了，这是一个故事，这个女孩，不过是故事的主角而已。"姜宜忽然笑了起来，这笑容清澈纯净，一如他们初见那天一样，"当然，如果你希望女孩的名字叫姜宜，那就叫姜宜吧，至于这个故事，就叫'公主复仇记'吧。"

"那么……在这个故事里，下决心复仇的，并不是那个身患绝症的父亲，而是这个女孩？"

"对，也不全对。准确地说，迈出第一步的，是女孩，而不是父亲。"

"她怎么做的？"

姜宜再一次笑了，她问："你听过口服胰岛素吗？"

"口服？胰岛素不都是注射吗？"

"嗯，现在市面上所有的胰岛素都是注射的。胰岛素是蛋白质，如果口服的话，会被胃酸破坏，想要口服达到效果，就必须在有效成分外面，涂上一层只能被肠道吸收，不会被胃酸溶解的高分子层。

"正因如此，口服胰岛素天然存在两大弊端：第一，价格太贵，是注射的几十倍；第二，没法做到均匀吸收，易引发血糖指数大幅波动。因为这两点问题，口服胰岛素的概念喊了几十年，但始终没有真正问世。嗯，这两个缺点，从医用角度来看确实难于跨越，但如果用它来谋杀的话，那缺点就成了优点。"

"谋杀？"

"嗯，只要给一个正常人，服下常规剂量三倍的口服胰岛素，那一个小时后，这个人就会表现出低血糖症状，如果将剂量提高到十倍，这个人就会出现极其严重的急性低血糖症状，进而导致死亡。而正常剂量十倍的口服胰岛素，也只有一枚常规药片那么大，而且具有一定的水溶性。

"如果将这个方法用在正常人身上，确实可能引人怀疑，但是，如果目标本身就有慢性低血糖的话，那么，这不就是一场最完美的谋杀吗？"

杜宇说不出话来。

"正因如此，这个复仇的公主，把当年遮掩真相的王校长，列为第一个谋杀目标。这个校长并不正派，当他在小区门口，遇到打扮得漂漂亮亮，自称勤工俭学、为饮料做代言的女孩时，几乎没有任何犹豫，就喝下了女孩递给他的功能饮料。然而，喝完饮料后，一个意外出现了，那瓶被掺入口服胰岛素的饮料，居然中奖了。

"王校长将中奖的拉环放入口袋，跟女孩打了个招呼，走向不远处的出租车等待点……

"其实，这不过是一个无比细微的插曲，细微到被发现不过是小概率事件。然而，对这个女孩来说，这个插曲让她方寸大乱，整个人被恐惧彻底淹没。女孩跑回家，六神无主地等了很久，当两小时后，手机上蹦出'马拉松跑者猝死'的标题时，女孩站在妹妹的房间里，颤抖着，哭泣着，将心里话全部说了出来。而这一幕，恰好被刚刚从医院回来的父亲听到了。

"父亲很震惊，也很愤怒，他愤怒的并非女儿为妹妹复仇，而是没有把这一切提前告诉他，以至于留下了如此致命的漏洞。他还恨自己，身为一个父亲、一个丈夫、一个男人，复仇，本该是他的责任才对。

"当天晚上，这个父亲从一段网络视频里，看到了那个一闪而过的拉环。

"他决定'证明'一件事。

"这件事就是：那个决心复仇、有能力复仇、完成复仇的人，是他，而非他女儿。

"他要为他的女儿'顶罪'。

"事实上，这个父亲早就想过复仇，一个他自己都不愿承认的事实是，就在他投身玄学的这三年，在潜意识中，就把几种谋杀手段都想好了。

"在复仇、证明的双重动力下，他导演了阿莹、陶小华的自杀，导演了保安捉奸、老师心脏病突发的意外，导演了两个惯偷绑架赵恬恬、强奸灭口的案件。因为这四件事，能够有力地证明，王鸿儒突发低血糖身亡，也是他做的，他有这个能力！也有这个决心！

"当然，如果一直到最后，事情都不暴露，那自然是最完美的结果，但这个父亲也知道，在公安系统里，一定会有像周锐这样，聪明、细心、富有正义感的领导存在。他们会从几名死者的身份关联里，找出其中的线索。所以，他最重要的目的是，一旦有人怀疑到这一点，他必须让这个人相信，所有的谋杀，都是他一手所为，跟他的女儿没有任何关系！！"

故事讲完了。杜宇百感交集，事实上，在这之前，他也不止一次觉得奇怪：姜诚这几次"行动"，似乎都存在某些不太"合理"的细微漏洞，最重要的是，在关键时刻，他竟然留下了那么明显的照片线索，让杜宇直接起了疑心，进而发现了真相。

在他看来，以姜诚的智商和缜密程度，本可以做得更完美才对。

以及好几次他们玩"杀人游戏",姜诚主动参与,毫不藏拙的表现;还有,一个月前,姜诚带杜宇去见自己的师父,事后看来,姜诚根本就没有隐藏、脱罪的强烈意愿,相反,他一直在用某些巧妙的方式引导、暗示杜宇:他,就是凶手。

对了,最后一次见面,那场暗藏玄机的"模拟游戏",姜诚已那么明显地提示他跟阿明,如果两名"杀手"中的一位已确定无法保全,最好的法子,就是牺牲自己,成全别人。

"多为对方想一想,多为自己最重要的人想一想,多从大局想一想。"在游戏的最后,姜诚是那么说的。

最后,一个熟悉的声音再度在杜宇的脑海中响起——在此之前,姜诚曾先后三次,用无比严肃的语气对他说:"不管发生什么,你要保护好小宜。"

几天前,杜宇一度以为,自己已听懂了这句话的含意,然而此刻他明白,自己依旧错了,错得离谱。这让他难于思考,就连呼吸都变得困难起来。

"为什么对我说这个故事?"

"不知道。"姜宜目光空洞,"爸爸骗了我,他说,让我配合他,这样他就会听我的话,跟我去美国看病。但他骗了我,他从一开始就决定牺牲自己了,因为只有这样,才会让一切盖棺论定。我真傻,居然连这一点都想不到。"

"他是一个好父亲。"

尾声

七日后

姜诚"头七"次日，姜宜因难以忍受良心的谴责，向公安机关投案自首。半年后，云城市中级人民法院做出一审判决，依据《中华人民共和国刑法》，姜宜因故意杀人罪，依法判处有期徒刑二十年；杜宇因知情不报，被判处有期徒刑两年，缓刑两年。此外，对三年前姜婉被逼自杀，多方掩盖真相一事，中纪委介入调查，并对主要当事人赵学文，做出"留置"处理决定。

　　姜诚所留之"平安"软件，被公安机关大数据中心技术人员深度研究学习，203×年，全国犯罪率较十年前下降60%，恶性犯罪率下降75%。